William Melvin Kelley

EIN ANDERER TAKT

Roman

Aus dem amerikanischen Englisch
von Dirk van Gunsteren

Mit einem Nachwort
von Kathryn Schulz

HOFFMANN UND CAMPE

Die Originalausgabe erschien 1962 unter dem Titel
A Different Drummer bei Doubleday, New York.

Die Zitate auf S. 7 stammen aus: Henry David Thoreau,
Walden oder Leben in den Wäldern. Aus dem amerikanischen Englisch
von Emma Emmerich und Tatjana Fischer
Copyright der deutschsprachigen Übersetzung
© 1971 Diogenes Verlag AG Zürich

1. Auflage 2020
Copyright © 1962 by The Estate of William Melvin Kelley
Für das Nachwort »The Lost Giant of American Literature« by
Kathryn Schulz © The New Yorker, January 29, 2018
Für die deutschsprachige Ausgabe
Copyright © 2019 by Hoffmann und Campe Verlag, Hamburg
Foto vorne: © Gail L. Anderson
Foto hinten: © 2013 The BearMaiden
www. hoffmann-und-campe.de
Umschlaggestaltung: Rothfos & Gabler, Hamburg
Umschlagabbildung: © Addison Gallery of American Art, Philips Academy,
Andover, MA, USA / gift of Arnold H. Crane / Bridgemen Images
Satz: Dörlemann Satz, Lemförde
Gesetzt aus der Berling
Druck und Bindung: Druckerei C. H. Beck, Nördlingen
Printed in Germany
ISBN 978-3-455-00981-1

HOFFMANN
UND CAMPE

Ein Unternehmen der
GANSKE VERLAGSGRUPPE

INHALT

Den größeren Teil von dem, was meine Mitbürger gut nennen, halte ich innerlich für schlecht, und wenn ich irgendetwas bereue, so ist es höchstwahrscheinlich mein gutes Betragen. Von welchem Dämon war ich besessen, dass ich mich so gut benahm?

***

Wenn jemand mit seinen Gefährten nicht Schritt hält, so tut er es vielleicht deshalb nicht, weil er einen anderen Trommler hört. Lasst ihn zu der Musik marschieren, die er hört, wie immer ihr Takt und wie fern sie selbst auch sei.

HENRY DAVID THOREAU

DER
STAAT

Auszug aus dem *Thumb-Nail Almanach*, 1961, Seite 643:

… ein Bundesstaat im tiefen Süden, im Norden begrenzt durch Tennessee, im Osten durch Alabama, im Süden durch den Golf von Mexiko, im Westen durch Mississippi. HAUPTSTADT: Willson City; FLÄCHE: 129 921 km²; BEVÖLKERUNG (vorläufig, laut Zensus 1960): 1 802 268; MOTTO: Wir wagen es, mit Ehre und Waffen für unser Recht einzustehen; EINTRITT IN DIE UNION: 1818

DIE ANFÄNGE – DEWEY WILLSON

Obwohl der Staat auf eine vielfältige und wechselhafte Geschichte zurückblickt, kennt man ihn hauptsächlich als Heimat des Generals der konföderierten Armee Dewey Willson, der 1825 in Sutton geboren wurde, einer Kleinstadt vierzig Kilometer nördlich der Hafenstadt New Marsails. Willson absolvierte 1842 die Militärakademie in West Point und stieg vor dem Ausbruch des Bürgerkriegs bis zum Rang eines Obersten auf. Nach dem Austritt seines Heimatstaates aus der Union im Jahr 1861 gab er sein Offizierspatent zurück und wurde zum General der konföderierten Armee ernannt. Hauptsächlich ihm sind die beiden berühmten Siege der Konföderierten in den Schlachten bei Bull's Horn Creek und Harmon's Draw zu verdanken; die letztere wurde keine fünf Kilometer von seinem Geburtsort entfernt geschlagen. Willsons Sieg bei Harmon's Draw vereitelte den Versuch der Unionstruppen, auf New Marsails zu marschieren und es einzunehmen.

Nach dem Wiedereintritt des Staates in die Union im Jahr 1870 wurde Willson Gouverneur. Wenig später bestimmte er den Ort, zeichnete, zu großen Teilen jedenfalls, den Plan und veranlasste den Bau der neuen Hauptstadt, die heute seinen Namen trägt. 1878 zog er sich aus dem öffentlichen Leben zurück und ließ sich in seiner Heimatstadt Sutton nieder. Am 5. April 1889 erlitt er nach der Einweihung einer drei Meter hohen Bronzestatue seiner selbst, die die Bürger von Sutton ihm zu Ehren hatten errichten lassen, einen Schlaganfall und verstarb. Er wird von den meisten Historikern als der nach Robert E. Lee bedeutendste General der Südstaaten angesehen.

JÜNGSTE ENTWICKLUNGEN

Im Juni 1957 verließen aus noch ungeklärten Gründen sämtliche Neger den Staat. Heute ist er der einzige Bundesstaat, unter dessen Einwohnern sich kein einziger Neger befindet.

DER
AFRIKANER

Jetzt war es vorbei. Die meisten Männer, die auf der Veranda von Thomasons Lebensmittelgeschäft saßen oder standen, aufrecht oder angelehnt, waren am Donnerstag, als das alles angefangen hatte, draußen auf Tucker Calibans Farm gewesen, auch wenn keiner von ihnen, mit Ausnahme von Mister Harper vielleicht, gewusst hatte, dass es der Anfang von etwas gewesen war. Den ganzen Freitag und den größten Teil des Samstags hatten sie den Negern von Sutton zugesehen, die, mit oder ohne Koffer, am Ende der Veranda auf den stündlich verkehrenden Bus gewartet hatten, der sie über die Hügel im Osten und vorbei an Harmon's Draw zum Bahnhof von New Marsails bringen würde. Aus dem Radio und den Zeitungen hatten sie erfahren, dass Sutton nicht der einzige Ort war, wo das passierte. In allen großen und kleinen Städten bis hin zum letzten Kaff benutzten die Neger alle verfügbaren Transportmittel, einschließlich ihrer eigenen Beine, um sich über die Staatsgrenze nach Mississippi, Alabama oder Tennessee zu begeben, wo manche (allerdings nur die wenigsten) sich sofort nach einem Dach über dem Kopf und Arbeit umsahen. Die Männer wussten auch, dass die meisten nicht gleich hinter der Grenze blieben, sondern weiterziehen würden, bis sie irgendeinen Ort erreicht hatten, wo sie leben oder wenigstens in Würde sterben konnten, denn in der Zeitung hatten sie Bilder vom Bahnhof gesehen, wo alles voller Neger war, und die lange Karawane der mit Negern und ihrem Zeug vollgestopften Wagen auf der Landstraße zwischen Willson City und New Marsails hatte sie in der Überzeugung bestärkt, dass diese Leute das nicht auf sich nahmen, um nach bloß hundert Kilometern gleich wieder anzuhalten. Und sie hatten die Erklärung des Gouverneurs gelesen: »Es gibt keinen Grund zur Sorge. Wir haben sie nie gewollt, wir haben sie nie gebraucht, und wir werden sehr gut ohne sie zurechtkommen; der Süden wird sehr gut ohne sie zurechtkommen. Auch wenn unsere Bevölkerungszahl um ein Drittel verringert ist, werden wir prima zurechtkommen. Es sind noch immer genug gute Männer da.«

Das wollten alle glauben. Sie hatten noch nicht lange genug in einer Welt ohne schwarze Gesichter gelebt, um irgendeine Gewissheit zu haben, doch sie hofften, dass alles gut gehen würde, und versuchten sich einzureden, es sei jetzt wirklich vorbei, ahnten aber, dass es für sie jetzt gerade erst anfing.

Zwar hatte das Ganze hier seinen Anfang genommen, doch inzwischen war ihnen der Rest des Staates weit voraus: Sie hatten in sich noch nicht die Wut und Verbitterung gespürt, über die sie in der Zeitung gelesen hatten, sie hatten nicht versucht, die Neger aufzuhalten, wie es andere weiße Männer in anderen Städten getan hatten, die es als ihr Recht ansahen, schwarzen Händen die Koffer zu entreißen und Faustschläge zu verteilen. Ihnen war die entmutigende Feststellung erspart geblieben, dass solche

Bemühungen vergeblich waren, oder vielleicht war ihnen diese Demonstration gerechten Zorns auch regelrecht verwehrt worden – Mister Harper hatte ihnen erklärt, dass die Neger sich ohnehin nicht aufhalten ließen, und Harry Leland war so weit gegangen zu sagen, sie hätten ein Recht darauf zu gehen –, und so wandten sie sich an diesem späten Samstagnachmittag, als die Sonne hinter den schmucklosen, ungestrichenen Gebäuden auf der anderen Seite der Landstraße unterging, wieder Mister Harper zu und mühten sich zum tausendsten Mal in drei Tagen, zu begreifen, wie es eigentlich angefangen hatte. Sie konnten nicht alles wissen, aber das, was sie wussten, enthüllte ihnen vielleicht einen Teil der Antwort, und sie fragten sich, ob an dem, was Mister Harper über die »Stimme des Blutes« gesagt hatte, vielleicht etwas dran war.

Mister Harper erschien gewöhnlich morgens um acht auf der Veranda, wo er seit zwanzig Jahren Hof hielt, und zwar in einem Rollstuhl, so alt und sperrig wie ein Thron. Er war pensionierter Army-Offizier. General Dewey Willson persönlich hatte ihn nach West Point empfohlen, und so war er nach Norden gegangen und hatte gelernt, Kriege zu führen, die zu führen er dann nie Gelegenheit bekommen hatte: Er war zu jung für den Bürgerkrieg, kam erst nach Kuba, als der Spanisch-Amerikanische Krieg längst vorbei war, und war zu alt für den Ersten Weltkrieg, in dem er seinen Sohn verlor. Der Krieg hatte ihm nichts gegeben, aber alles genommen. Vor dreißig Jahren war er zu dem Schluss gekommen, das Leben sei es nicht wert, dass man ihm stehend begegnete, denn es schlug einen ja doch bloß nieder, und so hatte er sich in den Rollstuhl gesetzt, betrachtete die Welt fortan von der Veranda aus und erklärte ihr willkürliches Wirken den Männern, die sich täglich um ihn scharten.

In all den Jahren hatte er diesen Stuhl vor den Augen der Welt nur einmal verlassen – und zwar am vergangenen Donnerstag, um sich Tucker Calibans Farm anzusehen. Jetzt saß er wieder wie festgewachsen, als hätte er sich nie erhoben. Das glatte weiße, in der Mitte gescheitelte Haar war lang und hing zu beiden Seiten seines Gesichts herab wie das einer Frau. Seine gefalteten Hände ruhten auf einem kleinen, aber ausgeprägten Bauch.

Thomason, der, weil es so wenig Kunden gab, eher selten in seinem Laden war, stand direkt hinter Mister Harper und lehnte an der schmutzigen Schaufensterscheibe. Bobby-Joe McCollum, kaum zwanzig und der jüngste der Gruppe, saß auf der Verandatreppe und rauchte eine Zigarre. Loomis, der ebenfalls zum Kern der Gruppe gehörte, saß auf einem Stuhl, den er nach hinten gekippt hatte. Er war auf der Universität in Willson gewesen, wenn auch nur drei Wochen lang, und fand Mister Harpers Erklärung für die Ereignisse zu unwahrscheinlich, zu einfach. »Also, ich kann das nicht glauben, dieses ganze Zeug von wegen Stimme des Blutes und so.«

»Was soll es denn sonst sein?« Mister Harper drehte sich zu Loomis um und blinzelte ihn durch die herabhängenden Haare an. Er sprach anders als die anderen Männer – seine Stimme war hoch und belegt, sie klang trocken und akzentuiert wie die eines Neuengländers. »Wohlgemerkt: Ich bin keiner von diesen abergläubischen Schwätzern, ich glaube nicht an Geister und so weiter. Für mich ist das rein genetisch: etwas Besonderes im Blut. Und wenn irgendjemand auf der Welt etwas Besonderes im Blut hat, dann

Tucker Caliban.« Er senkte die Stimme, bis sie beinahe ein Flüstern war. »Ich sehe geradezu, wie es gewartet hat: Es hat geschlafen, und eines Tages ist es aufgewacht und hat Tucker tun lassen, was er getan hat. Kann gar nicht anders sein. Wir hatten nie irgendwelchen Ärger mit ihm, genauso wenig wie er mit uns. Aber auf einmal hat das Blut in seinen Adern aufbegehrt, und er hat diese … diese Revolution angefangen. Und mit Revolutionen kenne ich mich aus – das ist eine der Sachen, die sie uns in West Point beigebracht haben. Was meint ihr wohl, warum ich es so wichtig fand, dass ich von meinem Stuhl aufgestanden bin?« Er starrte über die Straße. »Es ist das Blut des Afrikaners! Ganz einfach.«

Bobby-Joe stützte das Kinn in die Hände. Er drehte sich nicht zu Mister Harper um, und so merkte dieser nicht gleich, dass der Junge sich über ihn lustig machte. »Von diesem Afrikaner hab ich schon mal gehört, und ich weiß auch, dass mir vor langer Zeit mal einer die Geschichte erzählt hat, aber ich kann mich *ums Verrecken* nicht erinnern, wie sie ging.« Mister Harper hatte sie schon viele, viele Male erzählt, zuletzt erst gestern. »Erzählen Sie doch mal, Mister Harper, damit wir verstehen, was das mit dem Ganzen hier zu tun hat. Na, wie wär's?«

Mister Harper hatte inzwischen gemerkt, was los war, doch das machte nichts. Er wusste, dass manche der Männer fanden, er sei zu alt und solle eigentlich tot sein, anstatt sich jeden Morgen auf die Veranda schieben zu lassen, aber er erzählte die Geschichte eben gern. Trotzdem wollte er sich ein bisschen bitten lassen. »Ihr kennt diese Geschichte doch so gut wie ich.«

»Och, Mister Harper, wir wollen doch bloß, dass Sie sie

uns noch mal erzählen.« Bobby-Joe sprach, als wäre der alte Mann ein kleines Kind. Einer, der hinter Mister Harper stand, lachte.

»Na, egal. Ich erzähle sie euch, ob ihr sie hören wollt oder nicht – nur um euch zu ärgern.« Er lehnte sich zurück und holte tief Luft. »Würde natürlich keiner behaupten, dass *alles* daran wahr ist.«

»Das ist wahr, wenn auch sonst nichts wahr ist.« Bobby-Joe zog an seiner Zigarre und spuckte aus.

»Vielleicht lässt du mich einfach erzählen.«

»Ja, *Sir!*«, sagte Bobby-Joe betont zackig, doch als er sich umsah, fand er in den beschatteten Gesichtern der anderen Männer keine Zustimmung; Mister Harper hatte sie bereits in seinen Bann geschlagen. »Ja, Sir.« Diesmal war es aufrichtig gemeint.

Wie gesagt, keiner würde behaupten, dass alles an dieser Geschichte wahr ist. Anfangs vielleicht schon, aber seitdem hat bestimmt der eine oder andere gedacht, er könnte die Wahrheit verbessern. Und da hatte er recht. Eine Geschichte ist viel besser, wenn sie halb erlogen ist. Ohne Lügen wird das nichts. Zum Beispiel die Sache mit Samson. Das war sicher nicht ganz so, wie man's in der Bibel liest; irgendeiner hat sich wohl gedacht, wenn da einer ist, der ein bisschen stärker ist als die meisten anderen Männer, kann's ja nicht schaden, ihn viel stärker zu machen. Und das ist wahrscheinlich das, was die Leute hier gemacht haben: Sie haben den Afrikaner genommen, der sowieso schon ziemlich groß und stark war, und haben ihn noch größer und stärker gemacht.

Ich würde sagen, sie wollten sichergehen, dass wir ihn

nicht vergessen. Obwohl … wenn man's bedenkt, gibt's eigentlich keinen Grund, warum wir den Afrikaner vergessen sollten, auch wenn das alles schon ziemlich lange her ist, denn wie Tucker Caliban hat der Afrikaner für die Willsons gearbeitet, die die wichtigsten Leute hier in der Gegend waren. Nur dass die Willsons damals ein ganzes Stück beliebter waren als die heute. Sie waren nicht so hochnäsig wie unsere Willsons.

Aber hier geht's ja nicht um die heutigen Willsons, sondern um den Afrikaner, und der gehörte dem Vater des Generals, Dewitt Willson. Dewitt hat's zwar nicht geschafft, den Afrikaner zum Arbeiten zu bringen, aber gehört hat er ihm, so viel steht fest.

Das erste Mal kriegten die Leute in New Marsails – das damals noch New Marseille hieß, nach der Stadt in Frankreich – den Afrikaner an jenem Morgen zu sehen, an dem das Sklavenschiff, auf dem er war, in den Hafen einlief. Damals war es immer ein großes Ereignis, wenn ein Schiff kam, und alle liefen im Hafen zusammen, um es zu begrüßen; sie hatten's auch nicht weit, denn die Stadt war damals nicht größer als Sutton heute.

Das Schiff legte an, die Segel wurden geborgen und festgemacht, und dann wurde die Gangway runtergelassen. Der Besitzer, der zugleich der größte Sklavenauktionator von New Marsails war – er konnte so gut und schnell reden, dass er sogar einen einarmigen, einbeinigen, schwachsinnigen Neger zu einem Spitzenpreis an den Mann bringen konnte –, spazierte an Bord. Mir wurde gesagt, dass er ein spindeldürres Männchen mit so gut wie gar keinen Muskeln war. Er hatte einen gerissenen Blick und eine runde, aufgequollene Nase, pockig wie eine faule

Orange, und er trug immer einen altmodischen blauen Anzug mit spitzenbesetztem Kragen und eine Art Derby aus grünem Filz. Und hinter ihm, genau drei Schritte hinter ihm, ging ein Neger. Manche sagten, das war sein Sohn von einer farbigen Frau. Ich weiß nicht, ob das stimmte, aber ich weiß, dass dieser Neger aussah und ging und sprach wie sein Herr. Er hatte die gleiche Statur und die gleichen schlauen Augen und war sogar gleich gekleidet – mitsamt dem grünen Derby –, sodass die beiden wie das Negativ und der Abzug desselben Fotos waren, denn der Neger war braun und hatte krauses Haar. Er war der Buchhalter und Aufseher des Auktionators und außerdem alles, was man sich nur vorstellen kann. Die beiden gingen also an Bord, und der Neger hielt sich ein bisschen abseits, während der Auktionator dem Kapitän die Hand schüttelte, der an Deck stand und die Arbeit der Mannschaft überwachte. Damals hat man sich natürlich anders ausgedrückt als heute, und darum weiß ich nicht, was genau sie gesagt haben, aber ich nehme an, es war so was wie: »Hallo – wie war die Fahrt?«

Ein paar der Leute auf dem Kai fanden, dass der Kapitän irgendwie krank aussah. »Ganz gut«, sagte er. »Bis auf die Tatsache, dass wir diesmal einen richtig aufsässigen Scheißkerl dabeihaben. Wir mussten ihn in Ketten legen, getrennt von den anderen.«

»Dann wollen wir uns den mal ansehen«, sagte der Auktionator. Der Neger hinter ihm nickte. Das tat er immer, wenn der Auktionator was sagte, sodass es aussah, als wäre er ein Bauchredner und der Auktionator seine Puppe – entweder das oder umgekehrt.

»Noch nicht. Verdammt! Ich lass ihn raufbringen, wenn

die ganzen anderen Nigger von Bord sind, dann können wir ihn alle zusammen bändigen. Verdammt!« Er wischte sich die Stirn, und wer gute Augen hatte, konnte den blauen Fleck dort sehen – als hätte ihn einer mit Wagenschmiere bespritzt und er hätte noch nicht die Zeit gehabt, es abzuwischen. »Verdammt!«, sagte er noch mal.

Na, da waren die Leute natürlich ziemlich gespannt, nicht bloß aus reinem Interesse wie sonst, sondern weil sie den Scheißkerl sehen wollten, der so viel Ärger machte.

Dewitt Willson war auch da. Nicht wegen dem Schiff oder weil er Sklaven kaufen wollte. Nein, er wollte nur seine Standuhr abholen. Er baute sich gerade ein neues Haus außerhalb von Sutton, und er hatte diese Uhr in Europa bestellt und wollte sie so schnell wie möglich haben, und am schnellsten ging es mit einem Sklavenschiff. Er wusste natürlich, dass es sieben Arten von Unglück bringt, Sachen auf einem Sklavenschiff zu transportieren, aber er hatte es so eilig, seine Uhr zu kriegen, dass er sie mit diesem Schiff hatte schicken lassen. Sie war in der Kajüte des Kapitäns, verpackt in einer mit Watte gepolsterten und festgezurrten Kiste. Und Dewitt war mit einem Wagen gekommen, um sie abzuholen, nach Hause zu fahren und seine Frau zu überraschen.

Dewitt und alle anderen standen da und warteten, aber erst ging die Mannschaft runter in den Laderaum, ließ die Peitschen knallen und trieb die Neger in einer langen Reihe raus. Den meisten Frauen hingen die Brüste bis auf die Bäuche, und einige hatten schwarze Kinder auf dem Arm. Die Gesichter der Männer waren finster verkniffen, als hätten sie in Zitronen gebissen. Fast alle Sklaven waren splitternackt und standen blinzelnd an Deck; sie hatten schon lange nicht mehr das Licht der Sonne gesehen. Der Auktionator und sein Neger gingen wie immer an der langen Reihe auf und ab, inspizierten Zähne und Muskeln und begutachteten gewissermaßen die Ware. Dann sagte der Auktionator: »Na, dann rauf mit dem Unruhestifter.«

»Auf keinen Fall, Sir!«, rief der Kapitän.

»Warum nicht?«

»Hab ich doch gesagt: Ich hol ihn erst rauf, wenn die anderen Nigger von Bord sind.«

»Tja, na gut«, sagte der Auktionator, sah aber nicht so aus, als würde er irgendwas verstehen. Und sein Neger auch nicht.

Der Kapitän rieb mit der Hand über den blauschwarzen Bluterguss. »Verstehen Sie nicht? Er ist ihr Häuptling. Wenn er das Kommando gibt, haben wir hier mehr Ärger als der liebe Gott Priester. Ich hatte jedenfalls schon genug!« Er rieb noch mal über die Stelle.

Die Matrosen trieben die Neger die Gangway hinunter, und die Leute am Kai traten beiseite und sahen zu. Diese Neger *rochen* sogar wütend, denn die waren da unten so zusammengepfercht gewesen, dass keiner mehr Platz hatte als ein Kind in der Krippe. Sie waren dreckig und wütend und bereit zu kämpfen, weshalb der Kapitän ein paar Männer mit Gewehren an Land schickte, damit sie ihnen Gesellschaft leisteten. Die anderen Matrosen, zwanzig oder dreißig, standen an Deck und traten von einem Bein aufs andere. Die Leute auf dem Kai wussten gleich, was los war: Die Matrosen hatten Angst. Man konnte es in ihren Augen sehen. All die großen, starken Männer hatten Angst vor dem, was da unten im Laderaum festgekettet war.

Auch der Kapitän sah irgendwie ängstlich aus, fummelte an dem Bluterguss herum, seufzte und sagte zu seinem Maat: »Na gut, dann geh runter und hol ihn.« Und zu den anderen: »Und ihr geht mit – alle. Vielleicht kriegt ihr das ja hin.«

Die Leute hielten den Atem an wie Kinder im Zirkus, wenn der Seiltänzer dran ist, denn selbst eine blinde, stocktaube alte Dame hätte gemerkt, dass im Laderaum irgendwas war, das gleich zum Vorschein kommen würde. Es wurde ganz still, und außer dem Klatschen der Wellen am Schiffsrumpf hörte man nur die Matrosen, die, allesamt in schweren Arbeitsschuhen, hinunter in den Laderaum trampelten und sich Zeit ließen, dem Ding da unten zu sagen, dass es an Deck erwartet wurde.

Auf einmal kam von irgendeinem finsteren Ort in den Tiefen des Schiffs ein Gebrüll, lauter als ein in die Enge getriebener Bär, lauter sogar als zwei Bären bei der Paarung. Es war so laut, dass sich die Bordwände nach außen wölbten. Und alle wussten, dass es aus einer einzigen Kehle kam, denn es waren nicht mehrere Stimmen, die sich vermischten, sondern bloß eine. Und dann war direkt vor ihren Augen und knapp über der Wasserlinie plötzlich ein Loch in der Bordwand, und Splitter flogen in hohem Bogen durch die Luft, wie wenn man eine Handvoll Kieselsteine in einen Teich wirft. Man hörte Kampfgeräusche, Poltern und Geschrei, und nach einer Weile kam einer an Deck gestolpert und blutete aus einer Kopfwunde. »Gottverdammich – er hat die Kette aus der Wand gerissen«, rief er. Alle starrten auf das Loch, und keiner merkte, dass der Matrose in diesem Augenblick an seiner Kopfverletzung starb.

Tja, ihr könnt euch vorstellen, wie sich die Leute auf dem Kai in Grüppchen zusammendrängten, zum Schutz für den Fall, dass dieses Ding im Laderaum sich irgendwie befreite und durch das friedliche Städtchen New Marsails tobte. Dann wurde es wieder ganz still, auch im Laderaum, und alle lauschten. Sie hörten Ketten klirren, und dann sahen sie den Afrikaner zum ersten Mal.

Als er die Treppe vom Laderaum zum Deck raufging, erschienen zuerst sein Kopf und die Schultern, so breit, dass er seitwärts gehen musste, dann kam der Rest des Körpers und hörte gar nicht mehr auf zu erscheinen. Schließlich stand er da, splitternackt bis auf einen Lendenschurz und mindestens zwei Köpfe größer als alle anderen an Deck. Er war schwarz und glänzte wie die Stelle auf der Stirn des Kapitäns. Sein Kopf war so groß wie die Kessel in Kannibalenfilmen und wirkte genauso schwer. Mit den vielen Ketten, die an ihm herabhingen, glich er einem geschmückten Weihnachtsbaum. Aber vor allem von seinen Augen konnten sie den Blick nicht wenden; sie lagen so tief in den Höhlen, dass sein Kopf aussah wie ein riesiger schwarzer Totenschädel.

Da war etwas unter seinem Arm. Zuerst dachten sie, dass es ein Tumor oder so war, und achteten nicht weiter darauf, aber dann bewegte es sich ganz von allein, und sie sahen, dass es Augen hatte, dass es ein Baby war. Jawohl, er hatte sich ein Kind unter den Arm geklemmt wie eine schwarze Lunchbox, und es drehte den Kopf und sah alle an.

Jetzt, da sie den Afrikaner sahen, wichen sie ein Stück zurück, als wäre der Abstand zwischen ihnen und ihm nicht groß genug, als könnte er den Arm über die Reling strecken und ihnen den Kopf vom Leib schnippen. Aber er war jetzt ganz ruhig, und er blinzelte auch nicht wie die anderen, sondern genoss die Sonne, als würde sie ihm gehören und als hätte er ihr befohlen, über ihm zu scheinen.

Dewitt Willson starrte ihn nur an. Schwer zu sagen, was er dachte, aber einige behaupteten, sie hätten ihn immer wieder murmeln hören: »Ich muss ihn haben. Er wird für mich arbeiten. Ich werde ihn brechen. Ich muss ihn brechen.« Sie sagten, er habe nur gestarrt und vor sich hin gemurmelt.

Und der Neger des Auktionators starrte ebenfalls, aber er murmelte nicht. Es hieß, er habe ausgesehen, als würde er den Afrikaner taxieren: Er musterte ihn von Kopf bis Fuß, rechnete – soundso viel für Kopf und Verstand, soundso viel für Statur und Muskeln, soundso viel für die Augen – und machte sich Notizen auf einem Zettel.

Der Kapitän rief den Matrosen an Land zu, sie sollten die Neger zur Versteigerung bringen, also zu dem kleinen Hügel in der Mitte von New Marsails, wo heute der Auktionsplatz ist. Einige Männer machten eine Gasse frei, und ein paar weitere gingen an Land und trieben die aneinandergeketteten Neger vor sich her. Ihnen folgten die Leute, die am Kai gestanden hatten und die es jetzt zur Auktion zog, weil sie sehen wollten, was der gängige Preis für einen guten Sklaven war – so wie die Leute heutzutage die Börsennachrichten lesen –, und, viel wichtiger noch, weil sie gespannt waren, wie viel der Afrikaner bringen würde. Erst als sie weg waren, kamen der Afrikaner und seine Eskorte, mindestens zwanzig Mann, von denen jeder eine Kette hielt, sodass der riesige Neger aussah wie ein Maibaum, umgeben von einem Kreis aus Männern, die einen gesunden Abstand zu ihm einhielten.

Als sie den Platz erreicht hatten, zerrte man die anderen Neger beiseite, und der Afrikaner und sein Gefolge stellten sich auf den Hügel. Woraufhin der Auktionator, dessen Neger auch jetzt drei Schritte hinter ihm stand, mit der Versteigerung begann:

»Meine Herrschaften, Sie sehen hier eines der großartigsten Besitztümer, die ein Mann sich nur wünschen kann. Beachten Sie Größe, Breite und Gewicht, beachten Sie die außergewöhnlich starken Muskeln und die edle Haltung. Es handelt sich um einen Häuptling – er hat also hervorragende Führungsqualitäten. Und wie Sie sehen, ist er sanft im Umgang mit Kindern. Er ist natürlich auch imstande zu zerstören, aber ich behaupte, das zeigt nur, wie gut er zupacken kann. Ich glaube, das, was ich hier sage, bedarf keines weiteren Beweises – sehen Sie ihn sich an, und Sie haben Beweis genug. Wenn ich ihn nicht schon besitzen würde und eine Farm oder Plantage hätte, würde ich die Hälfte meines Landes und alle meine Sklaven verkaufen und alles Geld zusammenkratzen, um ihn zu kaufen, damit er die andere Hälfte bearbeitet, aber ich besitze ihn schon und habe kein Land. Das ist mein Problem. Ich kann ihn nicht gebrauchen, ich muss ihn loswerden. Und da, liebe Freunde, kommen Sie ins Spiel. Einer von Ihnen muss ihn mir abnehmen, und für diesen Gefallen werde ich ihn bezahlen. Jawohl! Es soll niemand sagen, dass ich mich für einen Gefallen, den ein Freund mir tut, nicht erkenntlich zeige. Und zwar folgendermaßen: Der Käufer kriegt zwei zum Preis von einem, denn das Kind, das dieser Neger im Arm hat, lege ich noch drauf.«

(Einige sagen, sie hätten später rausgefunden, dass der Auktionator dieses Angebot machen musste, denn schon der Kapitän hatte versucht, dem Afrikaner das Kind wegzunehmen, und eins vor den Kopf gekriegt. Also konnte der Auktionator sie gar nicht separat verkaufen – dafür hätte er einen von beiden töten müssen.)

»Sie wissen, dass Sie damit ein gutes Geschäft machen«, fuhr er fort, »denn das Kind wird wachsen und so groß werden wie sein Vater. Stellen Sie sich das mal vor: Wenn dieser Mann zu alt zum Arbeiten ist, haben Sie hier sein verjüngtes Ebenbild, das an seine Stelle tritt.

Es ist Ihnen sicher nicht neu, dass ich nicht besonders gut bin, wenn es um Preise und Kosten und so weiter geht, aber grob geschätzt dürfte ein Arbeiter wie der hier wohl nicht unter fünfhundert Dollar kosten. Was meinen Sie, Mister Willson – glauben Sie, das ist er wert?«

Dewitt Willson gab keine Antwort. Er sagte gar nichts, griff in die Tasche, zog tausend Dollar in bar hervor, so gelassen, als würde er sich ein Stäubchen vom Anzug zupfen, ging den Hügel halb hinauf und gab dem Auktionator das Geld.

Der Auktionator schlug mit dem grünen Derby an sein Bein. »Verkauft!«

Keiner, nicht mal die Leute, die behaupten, sie wären dabei gewesen, kann genau sagen, was als Nächstes geschah. Es muss wohl so gewesen sein, dass die Matrosen, die die Ketten festhielten, nicht mehr so aufpassten, als sie das ganze Geld sahen, denn der Afrikaner drehte sich einmal um sich selbst, und schon hielt keiner mehr irgendwas fest, sondern hatte eine blutige Hand, weil die Kette durchgelaufen war wie ein Sägeblatt. Und jetzt hielt der Afrikaner die Ketten, *alle* Ketten, er hatte sie gerafft wie eine Frau die Röcke rafft, wenn sie in einen Wagen steigt, und ging auf den Auktionator los, als hätte er verstanden, was der Mann sagte und tat, was aber eigentlich nicht sein konnte, denn er war ja Afrikaner und sprach wahrscheinlich nur dieses afrikanische Kauderwelsch. Aber egal, er ging jedenfalls auf den Auktionator los, und manche Leute, wenn auch nicht alle, schwören, dass er ihn mit den Ketten geköpft hat und dass der Kopf mitsamt dem Derby wie eine Kanonenkugel ein paar Hundert Meter durch die Luft geflogen und dann noch ein paar Hundert Meter weit gehüpft ist und immer noch genug Schwung hatte, um einem Pferd, auf dem ein Mann nach New Marsails ritt, das Bein zu brechen. Der Mann kam in die Stadt und erzählte, dass er sein Pferd erschießen musste, weil ihm ein fliegender Kopf mit einem grünen Derby das Bein gebrochen hatte.

Dann passierten ein paar seltsame Dinge. Der Neger des Auktionators, der ein, zwei Schritte zurückgetreten war, als der Afrikaner sich losgerissen hatte, kümmerte sich gar nicht weiter um den geköpften Auktionator, sondern achtete nur darauf, dass kein Blut auf seinen Anzug spritzte. Er rannte zu dem Afrikaner, der bei dem taumelnden, aber noch immer aufrecht stehenden Leichnam stand, packte ihn am Arm, zeigte in eine Richtung und rief: »Da lang! Da lang!«

Ich nehme an, der Afrikaner verstand zwar nicht, was der Neger sagte, wohl aber, dass er ihm helfen wollte. Er rannte los, und der Neger folgte ihm, wie er dem Auktionator gefolgt war, mit drei Schritten Abstand. Der Afrikaner rannte den kleinen Hügel hinunter, obwohl er wohl an die dreihundert Pfund Ketten trug, und er schwang sie, brach sieben oder acht Leuten einen Arm oder ein Bein und bahnte sich und dem Neger einen Weg durch die versammelten Bürger von New Marsails. Manche griffen zum Gewehr und wollten auf ihn schießen, und vielleicht hätten sie ihn auch getroffen (was nicht heißen soll, dass das den Afrikaner gestoppt hätte), aber Dewitt Willson lief wie ein Verrückter den Hügel rauf, zwischen die Leute und die beiden fliehenden Neger, und schrie: »Er gehört mir! Ich bringe jeden vor Gericht, der auf mein Eigentum schießt!« Aber schon war der Afrikaner außer Schussweite und rannte nach Süden in die Sümpfe am Ende der Stadt. Also holten Dewitt und ein paar Männer Pferde und Gewehre und machten sich an die Verfolgung.

Der Afrikaner legte ein ziemliches Tempo vor (er hat wohl nicht nur das Kind und die Ketten, sondern auch den Neger getragen, denn sonst hätte das Bürschchen nicht mithalten können), und Dewitt und die anderen hätten vielleicht Mühe gehabt, ihn zu verfolgen, wenn er nicht geradewegs durch Wald und Sumpf gerannt wäre und eine Schneise aus ausgerissenen Sträuchern, Grasbüscheln und kleinen Bäumen gezogen hätte, in denen sich die Ketten verfangen hatten, und die direkt zum Meer führte. Sie war schnurgerade und so breit, dass zwei Pferde nebeneinanderher gehen konnten, und sie folgten ihr durch den Sumpf und über den Strand bis zum Wasser. Dort endete die Spur.

Die Männer meinten, der Afrikaner habe wohl versucht, zurück nach Afrika zu schwimmen (manche sagten, er hätte es trotz Ketten und Kind schaffen können), und der Neger des Auktionators sei jetzt wahrscheinlich allein auf der Flucht. Sie waren einigermaßen müde, wollten nach

Hause und die ganze Sache vergessen, aber Dewitt war sicher, dass der Afrikaner nicht einfach weg war, jedenfalls nicht übers Meer, sondern dass er zurückkommen würde, und darum ließ er die Männer den Strand absuchen. Ein paar Hundert Meter weiter fanden sie zwei Paar Fußspuren, die in den Wald führten.

Für Dewitt Willson wurde es schwierig, die Männer dazu zu bringen, die Verfolgung seines Eigentums fortzusetzen. Zum einen wurde es dunkel. Zum anderen war die Spur jetzt nicht mehr so breit, denn der Afrikaner hatte die Ketten wohl gerafft, damit sie sich nicht irgendwo verfingen, so wie Mädchen beim Waten ihren Rock raffen. Da war es verständlich, dass die Männer nicht mehr ganz so eifrig waren, denn jetzt ging es darum, einen wilden Mann im Wald zu suchen, und zwar nachts, wo es bestenfalls schwierig sein würde, ihn zu sehen, und man nicht wusste, wo er war, und er jederzeit kommen und einem den Kopf abschneiden konnte, bevor man überhaupt wusste, dass er da war. Also kampierten sie am Strand. Ein paar Männer holten Decken und Proviant, und bei Tagesanbruch nahmen sie die Verfolgung wieder auf.

Mehr als diese eine Nacht aber brauchten der Afrikaner und der Neger des Auktionators nicht. Es wurde jetzt schwieriger denn je, ihn zu fangen, denn als die Verfolger nach ein, zwei Kilometern an eine Lichtung kamen, lag da im Sonnenlicht ein schimmernder Haufen aus zerbrochenen Steinen, Ketten und Schellen, von denen sich der Afrikaner in der Nacht befreit hatte. Jetzt also konnte er sich ungehindert bewegen und war irgendwo in der Gegend. Er war so groß und so schnell, dass niemand auch nur den leisesten Schimmer hatte, *wo* er gerade war, und den Leuten dämmerte langsam, dass er im Umkreis von hundertfünfzig Kilometern eigentlich überall sein konnte. Aber Dewitt ließ nicht locker und jagte sein Eigentum, jetzt mit weniger Männern, zwei Wochen lang, die halbe Strecke bis dahin, wo jetzt Willson City ist, und wieder zurück, dann an der Golfküste entlang bis fast nach Mississippi und in die andere Richtung bis nach Alabama, und nach und nach fanden die Männer, die noch bei ihm waren, dass er irgendwie seltsam wurde. Er schlief nicht, er aß nicht, saß vierundzwanzig Stunden am Tag auf seinem Pferd und führte Selbstgespräche. »Ich kriege dich … ich kriege dich … ich kriege dich …« Eines Tages, fast einen Monat nach der Flucht des Afrikaners – Dewitt war die ganze Zeit nicht zu Hause gewesen –, fiel er vor den Augen der Männer vom Pferd und wachte erst auf, als er auf einer Trage zu seiner Plantage gebracht worden war und dort noch eine Woche geschlafen hatte. Seine Frau erzählte den Leuten, dass er noch im Schlaf Selbstgespräche führte, und als er dann aufwachte, schrie er: »Aber ich auch! Ich bin auch tausend Dollar wert! Ich auch!«

Der Afrikaner änderte die Taktik.

Eines Nachmittags saßen Dewitt und seine Frau auf der Veranda. Er versuchte, wieder zu Kräften zu kommen, indem er in der Sonne saß und etwas Kühles trank. Und mit einem Mal kam der Afrikaner in bunten afrikanischen Gewändern, mit Schild und Speer über den Rasen auf das Haus zugerannt, als wäre er ein Zug und das Haus ein Tunnel, den er durchqueren wollte, und genau das tat er auch: vorn rein und zur Hintertür wieder raus und weiter zu den Sklavenbaracken, wo er jeden einzelnen von Dewitts Sklaven befreite und ins Dunkel des Waldes führte, bevor Dewitt auch nur sein Glas abstellen und aufstehen konnte.

Als wäre das nicht genug, passierte am nächsten Abend einem Mann, der östlich von New Marsails wohnte, fast dasselbe. Er kam in die Stadt und erzählte es allen: »Ich lag friedlich im Bett und schlief, als ich von draußen, bei den Sklavenhütten, ein Geräusch hörte. Und verdammt, als ich ans Fenster ging, sah ich, dass sich alle meine Nigger in den Wald davonmachten, und vorneweg rannte einer, der so groß war wie ein schwarzes Pferd, das sich auf die Hinterbeine stellt. Und da war noch ein anderer«, fuhr der Mann fort, »der immer ein paar Schritte hinter dem Großen war und mit den Armen gefuchtelt und meinen Niggern gesagt hat, was sie tun und wohin sie rennen sollen.«

Obwohl er noch nicht wiederhergestellt war, ritt Dewitt Willson in die Stadt. Bei der großen Versammlung, die zur Lösung des Problems einberufen worden war, meldete er sich zu Wort und sagte: »Ich schwöre, ich gehe nicht nach Hause ohne diesen Afrikaner oder das, was von ihm übrig ist. Und alle sollen wissen: Jeder, ob schwarz oder weiß, der mir Informationen gibt, die mir helfen, den Afrikaner zu fangen, ist am nächsten Tag um tausend Dollar reicher.« Die Nachricht verbreitete sich in der Gegend wie der Geruch von Kohlsuppe, rauf und runter, sodass man noch Jahre später, wenn man nach Tennessee kam und erwähnte, woher man war, gefragt wurde: »Und? Wer hat Willsons Tausend denn nun gekriegt?«

Dewitt Willson hielt Wort und machte sich wieder auf die Jagd nach dem Afrikaner. Er verfolgte ihn einen Monat lang durch den ganzen Staat. Manchmal war er nah dran, ihn zu kriegen, aber eben nicht nah genug. Zwar stellten er und seine Männer den Flüchtigen und seine Bande, die, weil man etliche getötet oder gefangen hatte, auf etwa ein Dutzend reduziert war, und es kam zur Schlacht, immer aber gelang es dem Afrikaner irgendwie zu entkommen. Einmal hatte er den Fluss im Rücken, und sie dachten schon, sie hätten ihn, doch er drehte sich einfach um, sprang hinein und tauchte davon, und zwar weiter, als irgendjemand einen Stein werfen kann. Den Neger des Auktionators bekamen sie ebenso wenig zu fassen. Er war immer in der Nähe, hielt das Kind, wenn der Afrikaner kämpfte, und verfolgte das Geschehen mit geldgierigen Augen, die unter dem grünen Derby hervorblitzten. Ja, genau, er hatte noch immer den Derby, wenn auch sonst nichts aus seinem früheren Leben, denn er trug jetzt, wie der Afrikaner, nur noch diese langen bunten Gewänder.

Wieder veränderte sich Dewitt. Es war wie damals, bevor er zusammengebrochen war: Er sprach mit keinem, nicht mal mit sich selbst, war die ganze Zeit finster und schweigsam. Und so ging es weiter: Der Afrikaner machte Überfälle und befreite Sklaven, und Dewitt Willson und seine Männer verfolgten ihn, fingen die meisten Sklaven wieder ein oder töteten sie und sorgten so dafür, dass die Bande nie aus mehr als zwölf, dreizehn entlaufenen Sklaven bestand. Den Afrikaner und den Neger des Auktionators aber kriegten sie nicht.

Eines Nachts hatten sie ihr Lager nördlich von New Marsails aufgeschlagen. Alle schliefen, außer Dewitt, der auf seinem Pferd saß und ins Feuer starrte. Plötzlich hörte er hinter sich eine Stimme, als würde der Geist des Auktionators zu ihm sprechen, aber der war's natürlich nicht. »Sie wollen den Afrikaner? Ich bring Sie zu ihm.«

Dewitt fuhr herum. Da stand der Neger des Auktionators in seinem Gewand und mit dem Derby auf dem Kopf. Er war unbemerkt ins Lager geschlichen.

»Wo ist er?«, fragte Dewitt.

»Ich bring Sie hin. Ich geh zu ihm und geb ihm eine Ohrfeige, wenn Sie wollen«, sagte der Neger.

Dewitt war einverstanden. Später sagte er, er sei sich nicht sicher gewesen, ob es richtig war, dem Neger zu folgen, weil es ja auch ein Hinterhalt hätte sein können. Aber er sagte auch, er habe nicht geglaubt, dass der Afrikaner so was tun würde. Einige der Männer, die bei ihm waren, meinten, zu diesem Zeitpunkt sei er schon so verrückt gewesen, dass er alles getan hätte, um den Afrikaner zu fangen, dass er jedem Gott weiß wohin gefolgt wäre, um ihn endlich zu kriegen.

Also weckte Dewitt die anderen, und sie ließen sich von dem Neger führen. Nach nicht mal zwei Kilometern kamen sie an das Lager des Afrikaners. Es brannte kein Feuer, die Neger, ungefähr ein Dutzend, lagen ohne Decken auf dem nackten Boden und schliefen. Mitten auf der Lichtung, an einen riesigen Felsen gelehnt, saß der Afrikaner und hielt das Kind im Schoß. Er hatte den Kopf mit einem Tuch bedeckt, und vor ihm lag ein Haufen Steine, mit denen er leise zu sprechen schien.

Dewitt Willson verstand nicht, warum niemand den Afrikaner gewarnt hatte. Wie war es möglich, dass sie sich unbemerkt anschleichen konnten? Er beugte sich zu dem Neger und sagte: »Warum sind keine Wachen aufgestellt? Er weiß doch, dass ich in der Nähe bin. Warum gibt es keine Wachen?«

Der Neger grinste. »Es gab eine Wache – mich.«

»Warum tust du das? Warum verrätst du ihn?«

Wieder grinste der Neger. »Weil ich kein Wilder bin, sondern Amerikaner. Und außerdem: Ein Mann muss dem Ruf seines Geldbeutels folgen, stimmt's?«

Dewitt Willson nickte. Manche sagen, er wäre beinahe umgekehrt und hätte darauf verzichtet, sich sein Eigentum auf diese Weise zurückzuholen, er wäre lieber am nächsten Morgen wieder hin geritten, wenn der Afrikaner längst weg gewesen wäre, und hätte ihn weiter gejagt, bis er ihn in einem fairen Kampf gefangen hätte, denn nach all den Wochen, in denen er den Afrikaner durch die Wälder gejagt, seine Spur verfolgt und gedacht hatte, diesmal würde er ihn vielleicht erwischen, nur um dann festzustellen, dass seine Chancen, ihn zu fangen, ungefähr so groß waren wie die eines Zwergs, der Basketballspieler werden will, nach all den Mühsalen, den langen Stunden im Sattel, dem schlechten Essen und den Nächten auf dem harten Boden war in ihm anscheinend so was wie Respekt für diesen Mann entstanden, und ich würde sagen, es machte ihn vielleicht ein bisschen traurig, dass es ihm nur deswegen gelungen war, sein Eigentum aufzuspüren, weil jemand, dem der Afrikaner vertraute, ihn verraten und die weißen Männer zu seinem Lager geführt hatte. Aber die anderen sahen das nicht so. Sie wollten den Afrikaner fangen, egal wie, denn sie wussten, er hatte sie an der Nase herumgeführt, und das sollte aufhören.

Also umzingelten sie das Lager, und Dewitt Willson forderte die Neger auf, sich zu ergeben. Die Weißen zündeten Fackeln an, damit der Afrikaner sah, dass er von Feuer, Pferden und Männern mit Gewehren umstellt war. Die Neger sprangen auf und sahen sofort, dass Gegenwehr zwecklos war, denn sie hatten nur afrikanische Waffen, und die ließen sie gleich fallen. Der Afrikaner aber sprang auf den Felsen, legte das Kind ab und warf einen Blick in die Runde, um zu sehen, mit wie vielen Gegnern er es zu tun hatte. Er war allein, das wusste er, denn alle anderen Neger hatten sich entweder in die Büsche geschlagen oder standen herum, als wären sie ihm noch nie begegnet und als könnte er genauso gut ein Papst aus dem dritten Jahrhundert sein.

Da stand er also auf dem Felsen, allein, im Feuerschein glänzend, fast nackt, und seine Augen waren schwarze Höhlen. Dann sprang er runter. Einer legte sein Gewehr an.

»Wartet!«, rief Dewitt. »Lasst uns versuchen, ihn lebend zu kriegen. Versteht ihr denn nicht? Das ist doch der Sinn der Sache: Wir wollen ihn lebend!« Er stand in den Steigbügeln und schwenkte die Arme, damit die anderen auf ihn hörten.

Einer der Männer verstand das als Aufforderung, den Helden zu spielen, und wollte den Afrikaner einfach über den Haufen reiten, aber der pflückte ihn vom Pferd, wie man sich beim Karussellfahren einen Ring schnappt, brach ihn wie einen trockenen Ast übers Knie und warf ihn beiseite.

»Wenn ihr schießt, dann auf Arme und Beine!«, schrie Dewitt.

Einer auf der anderen Seite des Kreises schoss, und sie sahen, dass die Kugel die Hand des Afrikaners durchschlug und neben Dewitts Pferd in den Boden fuhr, doch der Neger schien den Knall gar nicht mit irgendeinem Schmerz zu verbinden, nein, er zuckte nicht mal zusammen. Ein anderer traf ihn knapp über dem Knie, und das Blut lief an seinem Bein herunter. Es sah aus wie ein rotes Seidenband.

Mit dem Rücken zum Felsen, auf dem das Kind schlief, beschrieb der Afrikaner langsam einen Kreis und musterte jeden Einzelnen, auch den Neger des Auktionators, der neben Dewitt stand, aber sein Blick streifte ihn nur, und es war keine Wut oder Bitterkeit darin. Doch dann sah er zu Dewitt Willson und starrte ihn an, nein, die beiden starrten einander an, aber nicht, als wäre es ein Kampf, ein Kräftemessen, sondern als würden sie ohne Worte über irgendwas diskutieren. Und sie schienen schließlich zu einem Ergebnis gekommen zu sein, denn der Afrikaner verbeugte sich ganz leicht, wie ein Kämpfer vor dem Kampf, und Dewitt Willson hob das Gewehr, zielte auf den Kopf des Afrikaners und traf ihn genau über dem Ansatz seiner breiten Nase.

Er war getroffen, aber der Afrikaner stand einfach da. Schließlich sank er auf die Knie, dann nach vorn auf die Hände. Er schien zu schmelzen, und plötzlich sah er mit entsetztem Gesicht auf, als wäre ihm gerade was eingefallen, das er noch tun musste, und er stieß einen lauten Klageschrei aus und kroch auf das schlafende Kind zu. Das Blut lief ihm in die Augen, in der Faust hatte er einen großen Stein. Er hob ihn hoch, aber Dewitt Willson zerschmetterte ihm mit dem Gewehrkolben den Kopf, bevor er zuschlagen konnte. So starb der Afrikaner.

Keiner der Männer rührte sich. Sie saßen enttäuscht auf ihren Pferden, denn jeder hatte sagen wollen, dass er es gewesen war, der dem Afrikaner die entscheidende Kugel verpasst hatte.

Dewitt Willson stieg vom Pferd, ging zu dem Kind, das

noch immer schlief und nicht wusste, dass sein Vater tot war, und, würde ich sagen, genauso wenig wusste, dass er je gelebt hatte. Er hob es hoch, und als er zu seinem Pferd ging, stolperte er über den Steinhaufen, zu dem der Afrikaner gesprochen hatte. Es waren lauter ganz flache Steine. Dewitt Willson sah sie lange an, und dann bückte er sich, nahm den kleinsten, einen weißen, und steckte ihn in die Tasche.

Mister Harper wurde langsam heiser. Er hielt kurz inne, räusperte sich und fuhr fort. »Dewitt Willson kehrte nach New Marsails zurück, holte die Uhr, die dort noch im Lager stand, und fuhr nach Hause. Neben ihm auf dem Kutschbock lag das Kind des Afrikaners, und auf der Ladefläche waren der Neger des Auktionators und die Uhr, dieselbe Uhr, die ihr am Donnerstag draußen bei Tucker gesehen habt.« Er drehte sich um und sah die an, die hinter ihm standen. »Tja, das ist die Geschichte, und wie ihr alle wisst, bekam das Negerkind vom General, als der zwölf war, den Namen Caliban.«

»Genau. Nachdem der General dieses Buch von Shakespeare gelesen hatte«, sagte Loomis und seufzte.

»Das ist kein Buch, sondern ein Theaterstück – *Der Sturm*. Shakespeare hat keine Bücher geschrieben. Damals hat kein Mensch Bücher geschrieben, nur Gedichte und Theaterstücke. Keine Bücher. Du hast in deinen drei Wochen auf der Uni wirklich *gar nichts* gelernt.« Mister Harper sah Loomis an, bis der die Augen niederschlug.

»Na gut, dann eben ein Theaterstück«, sagte Loomis ergeben.

Die Abendessenszeit nahte. Einige Männer gingen nach

Hause. Von den Hügeln im Osten kam ein warmer Wind. Ein Wagen voll ernst blickender Neger fuhr in Richtung Norden vorbei.

»Und Caliban, den man, als er eine Familie gegründet hatte und es mehr als einen Caliban gab, ›First‹ nannte, war John Calibans Vater, und John Calibans Enkel wiederum ist Tucker Caliban, und darum fließt in seinen Adern das Blut des Afrikaners.« Mister Harper lehnte sich zufrieden zurück.

»Das sagen *Sie*.« Bobby-Joe warf seine Zigarre auf die Straße.

»Ach, Junge, ich verzeihe dir, dass du so verdammt beschränkt bist. Eines Tages wirst du feststellen, dass ich kein Dummkopf bin. Ob du mir jetzt glaubst oder nicht, ist mir so was von egal, aber eines Tages wirst du mir recht geben und dich entschuldigen.«

»Stimmt«, murmelten die Männer.

»Tja, Mister Harper«, sagte Bobby-Joe ganz leise, und er drehte sich nicht mal zu dem alten Mann um, sondern sah die Straße rauf und runter, »aber Tucker Caliban hat sein Leben lang für die Willsons gearbeitet. Wie kommt's, dass er ausgerechnet letzten Donnerstag sein afrikanisches Blut gespürt hat?« Jetzt drehte er sich um. »Sagen Sie's mir.«

»Junge, ein guter Mann erzählt keine Lügen, er sagt dir nicht, dass etwas wahr ist, wenn er es nicht genau weiß. Und ich sage dir geradeheraus, dass ich deine Frage nicht beantworten kann. Ich sage nur, dass Tucker Caliban das Blut gespürt hat und etwas tun musste, und obwohl es anders war als das, was der Afrikaner getan hätte, läuft es auf dasselbe raus. Aber warum ausgerechnet letzten Donnerstag? Das kann ich dir nicht sagen.« Der alte Mann nickte, während er das sagte, und sah über die Dächer in den Himmel.

Sie hörten den schweren Schritt einer alten Frau und sahen Mister Harpers Tochter. Sie war fünfundfünfzig, eine alte Jungfer mit strähnigem gelbem Haar. »Willst du nach Hause und essen, Papa?«

»Ja, Schatz, gern.«

»Kann einer von euch Männern ihm runterhelfen?« Das fragte sie jeden Abend.

»Tja, ich würde sagen, heute Abend bleibe ich zu Hause. Wir sehen uns dann morgen nach der Kirche.« Mister Harper und sein Rollstuhl waren jetzt auf der Straße, seine Tochter stand, die Hände auf der thronartig hohen Lehne, hinter ihm und wartete.

»Ja, Sir«, antworteten sie im Chor.

»Na, dann gute Nacht. Benehmt euch.« Die Räder quietschten davon.

Sobald Mister Harper außer Hörweite war, wandte sich Bobby-Joe an die anderen. »Glaubt ihr diesen Blutquatsch etwa wirklich? Glaubt ihr wirklich, das ist die Erklärung?« Er dachte, wenn der alte Mann nicht da war, würden sie vielleicht etwas kritischer sein.

»Wenn Mister Harper es sagt, muss es wenigstens ein Teil der Erklärung sein.« Thomason stieß sich von der Schaufensterscheibe ab und ging zur Tür.

»Ja, stimmt.« Loomis beugte sich vor, legte die Hände auf die Knie und machte sich daran aufzustehen.

»Denkt ihr wirklich, es ist so einfach?«

»Ich will's mal so sagen.« Thomason öffnete die Tür, ging hinein und drückte die Nase an das Fliegengitter. »Hast du eine bessere Erklärung?«

»Nein.« Bobby-Joe sah auf Thomasons Bauch, der sich am Fliegengitter abzeichnete. »Im Augenblick nicht. Aber ich denk drüber nach.«

HARRY LELAND

An jenem Donnerstag war es schon lange nach zehn, doch Mister Harper, Bobby-Joe und Mister Stewart waren noch nicht da. Harry stand etwas abseits von den anderen auf der Veranda, spähte unter der zerfransten Krempe seines Strohhuts hervor und wartete darauf, dass Harold, sein Sohn – Mister Leland, wie die Männer ihn nannten – um die Ecke auf den Platz einbog und zu Thomasons Laden gerannt kam (wenn er nicht ritt, dann rannte er). Als sie am Morgen in die Stadt aufgebrochen waren, hatte Harrys Frau ihm aufgetragen, Miss Rickett zu besuchen. »Sie hat sich die Hüfte gebrochen, Harry, und freut sich über Besuch. Komm nicht zurück und sag, ihr habt sie nicht besucht.« Er hatte nur genickt und gedacht: *Soll der Junge hingehen; ich schick ihn zu ihr. Bei der Frau krieg ich die Motten. Wie kommt's bloß, dass Marge nicht Bescheid weiß über sie und das, was sie so treibt? Ich weiß jedenfalls, dass sie flachgelegt werden will, aber ich will nicht derjenige sein, der es tut. Ich schick ihr den Jungen –*, und nachdem er das gedacht hatte, nickte er noch mal.

Sie waren die eineinhalb Kilometer von der Farm in die Stadt geritten, der Junge vor ihm, zwischen seinen Armen, auf dem ungesattelten Pferd, und als sie am Denkmal des

Generals in der Stadtmitte angekommen waren, hielt er Deac an und sagte dem Jungen, er solle absteigen. »Du brauchst nicht allzu lange zu bleiben, Harold. Geh einfach hin und sag: ›Tag, Miss Rickett. Meine Ma und mein Pa haben gehört, dass es Ihnen nicht gut geht, und mich geschickt, um zu fragen, ob Sie zurechtkommen.‹«

Harold sah ihn nur an. Harry wusste, was er dachte, und wollte ihn nicht belügen. »Ich weiß, dass ich auch hingehen soll, aber mir ist nicht danach. Du kannst sie besuchen und gleich wieder gehen, aber wenn ich hingehe, muss ich bis Sonnenuntergang bleiben. Also tu deinem Vater den Gefallen. Und wenn sie nach mir fragt, sag ihr, dass ich bei Thomason was Dringendes zu erledigen hab. Okay?« Harold rührte sich noch immer nicht vom Fleck, sondern sah ihn aus grauen Augen aufmerksam an, Augen, die aussahen wie gemahlenes Flaschenglas. »Ich weiß, Harold. Ich mag sie auch nicht. Aber ich bin älter als du und weiß mehr über sie, das ich nicht mag.« Der Junge nickte – das gefiel Harry –, und sein Gesichtsausdruck verriet, dass er verstand, was gemeint war, und allein zu Miss Rickett gehen würde, um seinem Vater diese Misslichkeit zu ersparen, denn seine eigene Misslichkeit war nur die eines Jungen, die Misslichkeit seines Vaters aber die eines erwachsenen Mannes, größer und schlimmer. Dann drehte er sich um und ging auf der Lee Street in Richtung Westen.

Harry saß auf dem Pferd und sah ihm nach. In seiner blauen Latzhose, dem blau-weiß gestreiften T-Shirt und dem langen blonden Haar, das – wie bei Harry – über die Ohren hing und die grauen Augen beschattete, sah er aus wie ein entflohener Sträfling im Kleinformat. Als er um die Ecke gebogen war, ritt Harry zu Thomasons Laden.

Aber jetzt, als er auf der Veranda stand und dem wirren Gemurmel der Männer zuhörte (Mister Harper war nicht da, und so mangelte es ihren Gesprächen an Form und Tiefe), bekam er ein schlechtes Gewissen. *Ich hab meinen eigenen Sohn in die Höhle der Löwin geschickt. Der Junge hat mehr Mumm als ich. Ich sollte weiß Gott imstande sein, mir eine vierzigjährige Hure mit gebrochener Hüfte vom Hals zu halten. Stattdessen hab ich ihr meinen eigenen Jungen ausgeliefert. Wenn er kommt, werde ich ihm was kaufen.* Er lehnte sich an einen Pfosten, auf dem zwar nicht sein Name stand, den aber niemand sonst benutzte; er beteiligte sich nicht an den Unterhaltungen, sondern sah die Straße hinunter zum Denkmal des Generals und wartete darauf, dass sein Junge um die Ecke bog.

Durch Jeanshemd und Jacke spürte er eine fleischige Hand auf der Schulter. »Wo ist eigentlich Mister Leland, Harry?« Es war Thomason, sein bester Freund unter diesen Männern. Er hatte sich eine Schürze vor die Brust gebunden und sah aus, als trüge er ein schulterfreies, schmutziges weißes Abendkleid.

»Ich hab ihn zu Miss Rickett geschickt. Sie hat sich –«

»Wir wissen Bescheid. Findest du nicht, er ist ein bisschen zu jung für so was?« Thomason grinste breit. »Kommt mir vor, als wär er noch nicht groß genug, um das Loch zu stopfen. Das ist ja sogar für manche von uns fast zu groß.«

Hinter ihm lachten die anderen Männer.

»Ich bin wenigstens noch nie so tief gesunken, dass ich es hätte stopfen wollen«, sagte Harry, »darum weiß ich nicht, wie groß es ist.« Er stieß Thomason den Ellbogen in die Rippen. »Deshalb hab ich ihn hingeschickt – ich will, dass sie mir vom Hals bleibt.«

»Hast du denn keine Angst um ihn? Willst du nicht, dass er ein anständiger Mensch wird?« Thomasons Sorge wirkte stark übertrieben.

»Sie tut ihm nichts. Vielleicht schenkt sie ihm ein paar Süßigkeiten.«

»Das meine ich ja! Und dann nimmt sie ihn in die Arme und sagt, er soll in sechs Jahren wiederkommen, und wenn er dann so groß und schön wie sein Pa ist, zeigt sie ihm was *ganz* Besonderes.«

Wieder lachten alle.

»Ach, sei still.« Aber Harry war nicht verärgert. Er wandte sich ab und sah wieder die Straße hinunter. Und tatsächlich, da trabte der Junge um die Ecke.

»Da ist er ja.« Thomason klopfte Harry auf die Schulter. »Und rennen kann er auch noch. Dann hat sie ihn diesmal wohl nicht gekriegt. Andererseits kann er sich anscheinend gar nicht anders fortbewegen. Trotzdem hat er noch eindeutig zu viel Energie.« Er drehte sich um und ging wieder an seinen Platz vor der Schaufensterscheibe.

Der Junge war jetzt gegenüber dem Laden; er blieb stehen, sah sich auf der Straße um und schließlich zu den Hügeln, wo irgendetwas seine Aufmerksamkeit zu erregen schien. Dann rannte er über die Straße und sprang auf die Veranda. »Papa, da kommt ein Lastwagen.« Zugleich drückte er seinem Vater etwas in die Hand: drei lange, spitz zulaufende, schlammbraune Zigarren.

»Woher hast du die?«

»Miss Rickett hat sie mir gegeben und gesagt, die sind für dich, und du sollst doch mal vorbeikommen und sie besuchen.« Er hielt inne und spähte die Straße hinunter, als wartete er auf etwas. »Da kommt ein Lastwagen.«

Während die Männer hinter ihm lachten, nahm Harry die Zigarren und steckte sie in die Hemdtasche. Er drehte sich um. »Hat sie euch vielleicht schon mal Geschenke geschickt?« Er tat, als wäre er sehr stolz.

»Papa, ich hab einen Lastwagen gesehen, er war –« Und da kam er schon, groß, schwarz und kantig, und auf der Ladefläche war ein Berg aus weißen Kristallen aufgehäuft, die bebten und in der späten Morgensonne glitzerten. Mit zischenden Druckluftbremsen kamen die Räder zum Stillstand, einige Bröckchen der Ladung rieselten auf den Asphalt und machten ein Geräusch wie Cornflakes in einer Schüssel.

Ein paar der Männer gingen zum Rand der Veranda und beschirmten die Augen. Harry legte seinem Sohn die Hand auf den Kopf, als der Fahrer, der eine blaue Arbeitshose trug, über die lederne Sitzbank rutschte und sich aus dem bereits offenen Beifahrerfenster beugte. »Wo ist die Caliban-Farm?«

»Zwei Kilometer die Straße runter.« Harry trat von der Veranda und legte die Hände auf die Fensterkante. »Sie können sie gar nicht verpassen. Sieht aus wie drei Schuhschachteln nebeneinander. Was haben Sie da? Steinsalz?«

»Ich wüsste nicht, was Sie das angeht, außer Sie heißen Caliban.« Die Männer lachten. Der Fahrer zögerte kurz und merkte gar nicht, dass er fast gesagt hatte, Harry sei ein Neger. »Aber stimmt schon. Die Straße lang? Drei weiße Schachteln?«

»Genau. Tatsächlich Salz?«

»Ja. Salz. Er will Salz, ich bringe ihm Salz. Die Straße hier? Flachbauten?«

»Wozu braucht er das ganze Salz? Wissen Sie das?«

»Keine Ahnung. Er hat's bestellt. Zehn Tonnen. Wenn er's bezahlen kann, kriegt er sein Salz. Immer geradeaus?«

»Ja.«

»Gut.« Der Fahrer kurbelte das Fenster hoch, das aber kaputt war und sich nicht ganz schließen ließ, rutschte wieder ans Steuer und ließ den Motor an, und schon entfernte sich der Lastwagen und wirbelte den Staub an den Straßenrändern auf.

»Das ist ja eine komische Ladung, die der Nigger da bestellt hat: zehn Tonnen Salz.« Thomason wandte sich zu Harry. »Komm, ich will dir was zeigen.« Er grinste und wies auf die Tür. Der Junge folgte ihnen.

Drinnen griff Thomason unter die Theke und holte eine Flasche Whiskey und zwei Gläser mit dickem Boden hervor. Harry beugte sich über ein Glas mit eingelegten Gurken. Harold mit seinem zerzausten Haarschopf stand auf Zehenspitzen neben ihm und starrte mit gerunzelter Stirn auf ein Glas voll Schokoladenbonbons. »Thomason, gib mir für fünf Cent von den Bonbons da.« *Ich hab ihm nichts gesagt, und darum bin ich nicht verpflichtet, aber ich hab's mir selbst versprochen. Das reicht.*

Thomason griff zum Löffel, wog die Bonbons ab – es waren bloß etwa zehn – und schüttete sie in eine Tüte. Harry machte ihm ein Zeichen, er solle sie dem Jungen geben, der sie entzückt und sprachlos vor Überraschung nahm. Er steckte sofort ein Bonbon in den Mund und schloss die Tüte gleich wieder, als könnte frische Luft dem Inhalt schaden. Harry wandte sich wieder zu seinem Freund. »Ich frag mich, wozu er das ganze Salz braucht.«

Thomason schenkte ein und zuckte die Schultern.

»Keine Ahnung. Muss wohl irgendwas für die Farm sein, sonst hätte er's nicht bestellt.«

Harold sah auf. »Redet ihr von Tucker, Papa? Von dem guten Nigger?« Harry spürte, dass der Junge an seiner Hose zupfte.

Thomason beugte sich über die Theke und sagte zu dem Jungen: »Wer hat gesagt, dass er ein guter Nigger ist, Junge? Er ist so böse wie nur was.«

Der Junge drückte sich an Harrys Bein und sah schuldbewusst zu ihm auf. Sie beide wussten, was passiert war: Er sollte nicht *Nigger* sagen. Und außerdem wollten Harry und seine Frau nicht, dass er irgendwelche Ansichten über irgendetwas, sei es gut oder schlecht, aufschnappte. Sie wollten wissen, woher er seine Kenntnisse bezog. Harry hörte schon seine Frau: »Du lässt den Jungen dabei sein, wenn deine Freunde schmutzige Sachen erzählen – kein Wunder, dass er lauter Verrücktheiten nach Hause bringt.«

»Wer hat dir gesagt, dass Tucker ein guter Neger ist, Harold?«

»Keiner.« Er sprach mit Harrys Bein. »Ich hab bloß …« Er verstummte. Harry wandte sich zu Thomason.

»Wie wär's mit noch einem Schluck?« Er schlug auf die Theke, sodass es klang, als würde er einen Nagel einschlagen.

»Aber gern.« Thomason griff nach der Flasche. »Wir müssen nur ein bisschen aufpassen. Meine Frau taucht immer genau dann auf, wenn ich –«

Harry hob die Hand und unterbrach ihn. »Harold, geh an die Tür und halt Ausschau nach Missus Thomason, und wenn du sie siehst, sagst du ›Hallo, Missus Thomason‹.« Er grinste Thomason an. »Schön laut.«

Der Junge setzte sich an die Tür und drückte die Nase an das von vielen Tritten ausgebeulte Fliegengitter. Die Männer stießen an, sagten einen Trinkspruch und stürzten den Whiskey hinunter.

»Papa?«

Thomason nahm Flasche und Gläser und verstaute sie schnell, aber ungeschickt unter der Theke. Beide Männer standen kerzengerade und wischten sich über den Mund.

»Papa, Mister Harper kommt.«

Thomason lachte nervös. Harry ging zur Tür und legte dem Jungen die Hand auf den Kopf. »Das nächste Mal sagst du gleich, dass es Mister Harper ist. Thomason hat fast einen Herzanfall gekriegt.« Der Ladenbesitzer errötete.

Sie traten wieder auf die Veranda. Harry lehnte sich an seinen Pfosten, der Junge stellte sich neben ihn. Mister Harper war an diesem Morgen spät dran. Seine Tochter schob den Rollstuhl mitten auf der Straße. Als die beiden an der Veranda angekommen waren, hoben die Männer den Rollstuhl hinauf und begrüßten Mister Harper. Seine Tochter ging gleich wieder nach Hause. Der alte Mann lehnte sich zurück. »Na, Harry, was tut sich denn so?«

»Nicht viel. Da war ein Lastwagen mit –«, begann er, doch Mister Harper hatte sich Harold zugewandt.

»Und wie geht's Mister Leland?«

Harry spürte, wie der Junge sich hinter ihm versteckte und sich zwischen seine Hüfte und den Pfosten zwängte. *Komisch, dass er Mister Harper nicht mag, wo der ihm doch nie was getan hat. Wahrscheinlich versteht er nicht, dass man so alt und trotzdem noch ein Mensch sein kann.* »Dem geht's gut, Mister Harper.«

Sie unterhielten sich. Harry hatte einen Arm um den Pfosten gelegt, sein Sohn saß, einen Stock in der Hand, vor ihm und kratzte in den Rissen am Rand der asphaltierten Straße. Hin und wieder lehnte er sich zurück, sodass sein Kopf sanft gegen Harrys Knie schlug. Die anderen fragten Mister Harper nach allen möglichen Weltereignissen, und wenn er antwortete, murmelten und nickten sie, ganz gleich, ob sie das, was er sagte, wirklich verstanden oder nicht. Als die Mittagszeit kam, gingen sie weg, denn sie wussten, dass der alte Mann beim Essen nicht gern Gesellschaft hatte. Bald kam seine Tochter mit raschen Schritten die Straße entlang, unter dem Arm eine Lunchbox aus Blech.

Harry und der Junge gingen in den Laden, und Harry kaufte etwas zu essen. Dann schlenderten sie zur Rückseite des Hauses und setzten sich in die Sonne. Als sie die Cracker und den Käse gegessen und die Milch aus dem Wachskarton getrunken hatten, zündete Harry eine der Zigarren an, die Miss Rickett ihm geschickt hatte. Er sah, dass Harold tat, als würde er einen ausgebleichten Strohhalm rauchen, riss ein Streichholz an und gab ihm Feuer, sodass am Ende des Halms ein bisschen Asche entstand. Der Junge rückte näher und legte den Kopf an seine Schulter.

»Weißt du, warum Tucker so viel Salz gekauft hat, Papa?«

»Nein«, sagte er und zog an seiner Zigarre. »Tucker ist komisch, nicht? Ich hab gehört, dass er noch viel komischere Sachen gemacht hat.« Plötzlich fiel ihm etwas ein, und er drehte sich mit einem Ruck zur Seite. »Und was haben deine Mama und ich dir über das Wort *Nigger* gesagt?«

Der Junge ließ den Kopf hängen und suchte auf dem

Boden zwischen seinen Füßen nach einer Antwort. »Du hast gesagt ... dass ich es nicht gebrauchen soll.«

»Und weißt du auch noch, warum?« Harry wollte nicht zu streng sein. *Es ist schwer für ihn. Jeder hier gebraucht es. Sogar mir fällt es schwer, es nicht zu gebrauchen.*

»Du hast gesagt, es ist ein Schimpfwort, und dass man niemandem ein Schimpfwort an den Kopf wirft, außer man will ihn verletzen.« Der Junge sah zu ihm auf und hoffte, die richtige Antwort gegeben zu haben.

»Genau. Merk es dir, verstanden?«

»Ja, Sir.«

»Hör zu, Harold«, sagte er und suchte nach Worten, die sogar ihm selbst eigenartig vorkamen. Er wusste nicht genau, warum er sich fühlte, wie er sich fühlte, spürte aber, dass es irgendwie richtig war, diese Gefühle zu haben und seinem Sohn davon zu erzählen. »Eines Tages, wenn du so alt bist wie ich jetzt, ist das Leben vielleicht nicht mehr so, wie es jetzt ist, und darauf musst du vorbereitet sein, verstehst du? Wenn du dann so bist wie einige meiner Freunde, wirst du mit allen möglichen Leuten nicht auskommen können. Verstehst du?«

Der Junge gab keine Antwort, sondern sah zu ihm auf. Das blonde Haar hing ihm über die Augen.

Harry fuhr fort. »Kein Wort ist von vornherein schlecht. Es ist bloß ein Wort, und dann geben die Leute ihm eine Bedeutung. Es kann sein, dass du es gar nicht so meinst, wie die anderen Leute es verstehen. Wenn zum Beispiel in der Schule einer sagt, du bist ein Weichei, heißt das nicht, dass es schlecht ist, weich zu sein. Es ist, als würde einer sagen: Du hast graue Augen. Daran ist ja nichts Schlimmes. Aber wenn du einen Farbigen *Nigger* nennst, denkt er, du findest, er ist schlecht. Dabei findest du das vielleicht gar nicht. Verstehst du?«

»Ja, Sir.«

»Na gut, Harold. Ich war nicht böse auf dich, das weißt du, oder? Hier.« Er hielt das feuchte Ende der Zigarre an den Mund des Jungen. »Aber nicht einatmen – dann wird dir schlecht. Und sag's um Gottes willen nicht deiner Mama.«

Der Junge biss auf die Zigarre und verzog das Gesicht, weil sie so bitter schmeckte, war aber trotzdem stolz, weil er beinahe rauchte. Harry nahm sie wieder weg. »Ich würde sagen, wir können wieder zurückgehen. Mister Harper ist bestimmt fertig.« Er stand auf.

Sie waren die Ersten, die wieder auf die Veranda kamen. Nach und nach kehrten auch die anderen zurück, standen in Grüppchen, unterhielten sich und sahen den Vögeln nach, die über die niedrigen Hausdächer flogen. Harry lehnte sich an seinen Pfosten und betrachtete den Horizont hinter der Stadt. Harold saß auf dem Rand der Veranda und kratzte nicht mehr mit dem Stock. Da waren sie also, es war früher Nachmittag, sie lauschten auf die Stille und sahen ein paar Wagen vorbeifahren: Touristen mit Nummernschildern in seltsamen Farben. Sie hatten in der alten französischen Stadt an der Küste alles gesehen, was es zu sehen gab, und fuhren jetzt zur Hauptstadt, ohne zu merken, dass sie den Geburtsort des Generals links liegen ließen.

Dann sahen sie den Wagen, der von Norden in die Stadt kam, gezogen von einem Braunen, dessen Rücken nicht durchhing, sondern seitlich verbogen war, als hätte er mal eins mit einem Vorschlaghammer gekriegt, und dann sahen sie den Mann auf dem Kutschbock, der das Tier wie verrückt mit der Peitsche antrieb, als wären ihm Gespenster oder tausend wütende Neger auf den Fersen. Das Gesicht des Mannes war so rot wie sein Pferd, und zwar vom Trinken, dem er sich regelmäßig hingab, praktisch von dem Augenblick an, in dem er entdeckt hatte, dass nicht nur Muttermilch genießbar war. Die Hufe klapperten auf dem Asphalt, als Stewart rutschend bremste und so brutal am Zügel riss, dass das Maul des Pferdes zu bluten begann. Die stahlbewehrten Räder des trogartigen Wagens hinterließen eine drei Meter lange Kratzspur. Stewart sprang vom Kutschbock und stolperte über den Rinnstein. »Ich hab gerade das Allerverrückteste gesehen. Hallo, Mister Harper … Harry. Ich hab gerade das Allerverrückteste gesehen.«

»Was denn – eine Herde Elefanten?« Harry blies den Rauch seiner Zigarre aus, sodass er in einer schweren Wolke über Stewarts Kopf schwebte. Die Männer lachten, hörten aber sofort damit auf, als sie sahen, dass Mister Harper sich aufsetzte. Sein Mund war geschlossen, und seine Lippen waren so schmal wie ein gefaltetes Stück Papier.

Stewart atmete durch, ignorierte den Kommentar und das Gelächter und sprach nur zu Mister Harper. »Als ich hergefahren bin, hab ich gesehen, wie er … wie Tucker Caliban – ich schwör's bei Gott – Salz auf sein Feld gestreut hat. Als ich gerufen hab, hat er nicht geantwortet. Hat einfach weitergestreut. Und die Schultertasche immer wieder nachgefüllt, von einem großen Haufen vor dem Haus.«

Harry holte tief Luft, aber keiner bemerkte es. *Der Lastwagen. Dafür also hat er es gekauft, das also hat er damit vor. Und ein bisschen davon hat Stewart an den Schuhen.* Ein paar Salzkristalle lagen da, wo Stewart stand, auf der

Straße. Die anderen merkten offenbar nichts, obwohl auch sie den Lastwagen und den großen Haufen Salz gesehen hatten.

»Was sagst du da – Salz?« Mister Harper beugte sich vor, strich ein paar weiße Haarsträhnen zurück und legte die Hand hinter das Ohr. »Wie lange ist das her?«

»So lange, wie ich gebraucht hab, um herzufahren.« Stewart hatte den Verdacht, dass die Männer ihm nicht glaubten, und begann zu schwitzen. Er nahm den zerknautschten schwarzen Hut ab und wischte sich mit einem verknitterten gelben Taschentuch über die Glatze. »Ich schwöre.« Er machte mit dem nikotingelben Zeigefinger ein Kreuz über seinem Herzen.

»Wird schon so sein, Mister Harper«, sagte Harry. »Wir haben einen Lastwagen voll Salz gesehen.« Die anderen nickten.

»Ich frag mich bloß, warum er hingeht und so was macht.« Stewart stellte einen Fuß auf die Veranda. Harry merkte, dass der Junge näher rückte. »Er muss verrückt geworden sein.« Die anderen murmelten zustimmend, aber Mister Harper achtete gar nicht darauf.

»Hebt mich auf den Wagen.« Er stand vom Stuhl auf, der sogleich zurückrollte. Die Räder quietschten leise, als wären sie überrascht, plötzlich nicht mehr sein Gewicht tragen zu müssen. Er breitete die Arme aus, stand da wie ein dürrer Vogel und wartete darauf, dass ihm einer auf Stewarts Wagen half. »Stewart, du setzt dich nach hinten. Ich requiriere deinen Wagen. Harry, *du* fährst. Ich will im Bett sterben, nicht an einem Telegrafenmast.«

Die meisten hatten Mister Harper noch nie auf seinen Beinen stehen sehen, und im Nu waren die Straßen voller rennender Männer, als hätte die fremde, weit entfernte Stimme aus dem Radio in Thomasons Laden einen Tornado angekündigt. Stewart kletterte ächzend auf die Heckklappe. Andere, auch Neger, holten Pferde, ohne zu wissen, was sie taten, warum sie es taten und wohin sie eigentlich wollten.

Der Junge kletterte auf den Schoß seines Vaters und legte die Hand an sein Ohr, damit Mister Harper, dem die anderen gerade auf den Kutschbock halfen, nicht hörte, was er sagte. »Ich denke, er kann nicht laufen. Hast du doch gesagt, Papa.«

»Nein, Harold, das hab ich nicht gesagt. Ich hab gesagt, dass es für ihn nichts gibt, was interessant genug wäre, um hinzugehen. Vielleicht hat er jetzt was gefunden.«

Mister Harper saß schwer atmend auf dem Kutschbock, und der Junge schmiegte sich so eng wie möglich an seinen Vater. Harry flüsterte dem Braunen, dessen Rücken wie ein bananenförmiger Ballon aussah, etwas zu und lenkte ihn aus der Stadt hinaus, vorbei an Geschäften und Wohnhäusern und Menschen, die auf die Straße gelaufen kamen und gafften, als wäre es die Parade am Tag der Konföderation. Viele spannten ohne ein Wort der Erklärung an, sattelten Pferde, starteten Motoren und folgten dem Wagen. Sie starrten wie gebannt auf Mister Harper.

Am Stadtrand, rechts der Straße, standen die niedrigen, verwitterten Häuser, in denen die Neger lebten. Auch sie sahen Mister Harper, ließen alles stehen und liegen, hörten auf, sich zu unterhalten und folgten dem Zug in angemessenem Abstand.

Vor der Stadt kam ihnen Wallace Bedlow entgegen, der breit und schwarz wie ein Sack Kohle auf einem hellbraunen Pferd saß, das kaum größer als ein großer Hund war. Wie immer trug er das weiße Smokingjackett, das er mal beim Lukas auf dem Jahrmarkt gewonnen hatte. Er hielt an, wendete und setzte sich an die Spitze der Neger.

Die beiden Gruppen zogen auf der Landstraße zu Tucker Calibans Farm, und schließlich sah Harry in der Ferne das weiße Farmhaus – drei miteinander verbundene Schachteln, gekauft und angestrichen im Sommer zuvor –, dahinter die robuste, wettergegerbte Scheune, davor den Pferch, nicht viel größer als ein großes Wohnzimmer, den kahlen, seit Jahren toten Ahorn und die winzige Gestalt eines Mannes, der über das Feld ging und es, den Arm schwenkend, mit Raureif überzog.

Sie hielten am Straßenrand, saßen auf ihren Wagen, in ihren Autos, auf ihren Pferden und warteten darauf, dass Mister Harper etwas tat. Er spreizte die Ellbogen von seinem hageren Körper ab und bat Harry und Thomason, ihm zum Zaun zu helfen. Er sagte nichts, rief Tucker nicht zu sich, wie er es bei jedem anderen Weißen, den er kannte, oder jedem Neger getan hätte, sondern lehnte am Zaun und sah dem Mann, der nicht viel größer als ein Junge war, zu, als respektierte er seine Arbeit und wollte sie nicht unterbrechen, bis sie erledigt war.

Tucker hatte ein Viertel seines Felds bearbeitet, seit Stewart ihn gesehen und sein krüppeliges Pferd zum Galopp angetrieben hatte, und inzwischen war etwa die Hälfte geschafft. Harry sah ihn am anderen Ende des Felds: Sein Hemd war ein kleiner weißer Fleck; er trug eine schwarze Hose, und da seine Haut so dunkel war, konnte man ihn vor den dunklen Bäumen, die das Feld begrenzten, kaum ausmachen. Tuckers Beutel war leer. Er ging langsam zum

Haus und dem weißen Haufen, der dort lag, und stieg dabei über die Furchen. Mit gesenktem Kopf kam er näher, sodass Harry ihn erkennen konnte: das kleine Gesicht, das wegen der Größe des Schädels beinahe wie verloren wirkte, die Nickelbrille auf der breiten Nase. Sofern er wirklich verrückt geworden war, wie Stewart auf der Veranda gesagt hatte, war es ihm nicht anzumerken. Auf Harry machte er einen eher ruhigen, umsichtigen Eindruck, als wäre das, was er da tat, das Normalste von der Welt. *Als würde er aussäen. Als wäre jetzt Frühling und er würde früh anfangen mit der Aussaat, damit er sich keine Sorgen machen muss, dass er die ersten guten Tage verpasst. Wie es alle machen, jedes Frühjahr: Man steht früh auf, isst was, und dann geht man raus und bringt die Saat aus. Nur dass er nichts aussät – er tötet das Land, und dabei sieht er gar nicht aus, als würde er es hassen. Er sieht nicht so aus, als wäre er eines Morgens aufgestanden und hätte sich gesagt: »Ich arbeite mich doch nicht krumm. Ich werde dieses Land fertigmachen, bevor es mich fertigmacht.« Er läuft nicht herum wie ein Verrückter, er streut das Salz nicht aus wie Salz, sondern wie Baumwolle oder Mais, irgendwas, was im Herbst Geld abwirft. Er ist so klein und tut etwas so Schreckliches, er ist kaum größer als Harold, er ist wie ein Junge, der ein Modellflugzeug bastelt oder mit einer kleinen Hacke neben seinem Vater arbeitet und so tut, als wäre er der Vater und das Feld wäre sein Feld und als würde sein kleiner Sohn neben ihm arbeiten.*

Tucker war jetzt so nah, dass Mister Harper die Hand ausstrecken und ihm auf die Schulter hätte klopfen können, aber der alte Mann flüsterte nur, so leise, dass Harry, der neben ihm stand, es kaum hören konnte. »Tucker? Was machst du da, Junge?« Die Männer warteten auf eine Antwort. Es hatte sie nicht überrascht, dass Tucker nicht mit Stewart gesprochen hatte, aber sie waren sicher, dass jeder, der eine Zunge besaß, Mister Harper eine Antwort geben würde. Tucker jedoch reagierte nicht, sondern füllte nur den Beutel. »Tucker, Tucker Caliban«, sagte Mister Harper noch einmal. »Hörst du mich? Was machst du da?«

Stewart war schon auf der zweiten Zaunsprosse, sein Gesicht war rot und verzerrt. »Ich werd dem Nigger ein bisschen Respekt einbläuen.« Mister Harper hielt ihn am Arm fest. Die Männer waren überrascht, dass die beiden sich so schnell bewegen konnten.

»Lass ihn.« Mister Harper wandte sich vom Zaun ab. »Du kannst ihn nicht aufhalten, Stewart. Du kannst ihm nicht mal weh tun.«

»Wie meinen Sie das?« Stewart stolperte hinter dem alten Mann her.

»Er hat etwas begonnen. Du kannst nichts, aber auch gar nichts tun. Selbst wenn du ihn krankenhausreif schlagen würdest, wäre er bald wieder da und würde sein Salz säen.« Er ließ sich von Harry auf den Wagen helfen. »Setz mich wieder auf den Kutschbock. Das sehe ich mir lieber im Sitzen an. Es wird noch eine ganze Weile dauern.«

Die Neger kamen kurz nachdem Mister Harper zum Wagen zurückgekehrt war, und blieben an der Straße stehen. Die Weißen beobachteten sie und hielten Ausschau nach irgendetwas, das ihnen möglicherweise helfen konnte zu verstehen, was hier passierte, sahen aber nur ein Spiegelbild ihres eigenen Entsetzens, gemildert vielleicht durch Nachsicht. *Die wissen auch nichts. Das sieht man. Als wäre*

er ein Ägypter und als wüssten sie, wie wir alle, von dem, was
hier passiert, ungefähr so viel wie vom Kamelreiten.

Auf dem teils bereits weißen Feld brachte Tucker weiter die hagelkorngroßen Kristalle aus. Immer wieder kehrte er zu dem Haufen zurück, füllte den Beutel und verstreute den Inhalt großzügig und mit vollen Händen auf der Erde. Die Sonne neigte sich den Bäumen zu; als Tucker fertig war, stand sie nur noch drei Fingerbreit über dem Horizont. Er stapfte zum Haus, warf den Beutel auf den noch nicht sehr geschrumpften Haufen, wischte sich in der Stille des späten Nachmittags mit dem Ärmel den Schweiß vom Gesicht, betrachtete sein Tagwerk und ging ins Haus.

»Jetzt sieh sich das einer an.« Stewart stand am Zaun und drehte sich um. »Was für eine Verschwendung! Mit so viel Salz könnte man doch eine Menge Eis machen.«

»Halt den Mund, Stewart.« Mister Harper beugte sich vor. »Vielleicht lernst du dann was.«

Die Tür schwang auf, und Tucker erschien, in der einen Hand eine Axt, in der anderen ein Gewehr. Er lehnte beides an den Zaun des Pferchs und ging hinter das Haus. Als er zurückkam, führte er sein Pferd, ein altes, graues, leicht hinkendes Tier, und eine Kuh, so hellbraun wie frisch geschnittenes Holz. Er öffnete das Gatter des Pferchs, sah die beiden Tiere an und streichelte erst das eine und dann das andere. Harry sah, dass er sich aufrichtete und seufzte, dann führte er sie in den Pferch, schloss das Gatter und setzte sich, das Gewehr auf dem Schoß, auf den Zaun.

Er schoss dem Pferd kurz hinter dem Ohr in den Kopf. Das Blut rann am Hals und dem linken Vorderbein hinunter. Das Tier blieb noch volle zehn Sekunden mit weit

aufgerissenen, vorquellenden Augen stehen, machte blind-
lings einen Schritt und fiel um. Die Kuh roch Blut und
Tod und rannte mit wild schwingendem Euter panisch im
Pferch herum. Als die Kugel sie traf, prallte sie gegen den
Zaun, sah Tucker an wie eine Frau, die gerade ohne ersichtlichen Grund geschlagen worden war, schrie auf und
brach zusammen. Tucker kletterte von Zaun und betrachtete die beiden toten Tiere.

Als Tucker das Pferd erschoss, rannen Tränen über Ha-
rolds Gesicht, aber er weinte so leise, so in sich gekehrt,
dass Harry es nicht bemerkt hätte, wenn er nicht hinun-
tergesehen hätte. Er legte ihm den Arm um die schmale
Schulter und drückte ihn, ließ ihn aber in Ruhe und
wischte ihm erst mit dem Taschentuch über Augen und
Nase, als er sicher war, dass der Junge nicht mehr weinte.

Mister Harper rauchte seine Pfeife. Loomis musterte
die Kadaver in den Ecken des Pferchs und schüttelte den
Kopf. »Eine Schande ist das, eine richtige Schande. Das waren zwei gute Tiere. Wenn ich das gewusst hätte, hätte ich
sie ihm vielleicht abgekauft.«

Thomason lachte. »Ach, hör doch auf. Jedes Mal, wenn
du was trinken willst, pumpst du mich an. Woher willst
du das Geld für ein Pferd und eine Kuh nehmen?« Die
anderen nutzten die Gelegenheit zum Lachen und warfen
aus dem Augenwinkel verwirrte Blicke auf Mister Harper.
Er lachte nicht, und sie wandten sich wieder dem Haus zu.

Tucker hatte den Pferch verlassen und die Axt genommen, deren Schneide im Licht der Nachmittagssonne
leuchtete wie eine Streichholzflamme im Dunkeln. Dann
ging er zu dem kahlen Baum. Der hatte früher die Süd-
westgrenze der Willson-Plantage markiert, auf der Tuckers

Urgroßvater und Großvater erst Sklaven und dann Arbeiter gewesen waren. Es hieß, der General sei jeden Tag hierher geritten, um den Sonnenuntergang zu sehen. Jetzt gehörten der Baum und das Land Tucker. Er legte die Hand an den Stamm, strich über die glatten Stellen und die Furchen, schloss die Augen und bewegte die Lippen. Dann trat er einen Schritt zurück und fällte ihn. Der Baum war alt, verdorrt und durch und durch müde, und als er fiel, quietschte er wie die Räder von Mister Harpers Rollstuhl. Ohne irgendein Anzeichen von Wut oder Wahnsinn, aber mit großer Entschlossenheit machte Tucker den Baum zu Kleinholz. Dann legte er die Axt auf die grauen Späne, füllte den Beutel erneut mit Salz und verteilte es geradezu zärtlich, als würde er Setzlinge pflanzen, auf den toten Wurzeln des Baums. Als er damit fertig war, ging er wieder zum Haus.

»He, Tucker«, rief Wallace Bedlow ihm vom Zaun aus zu, »soll das 'n Salzbaum werden?« Die Neger brüllten vor Lachen und schlugen sich auf die Schenkel. Tucker sagte nichts, und die Männer von der Veranda waren verwirrter denn je. Sie waren ab- und ausgestiegen und standen aufgereiht wie Vögel am Zaun. Stewarts Gesicht war schmutzig, er wischte es mit seinem gelben Taschentuch ab. »Das ist doch verrückt. Wenn nicht mal die anderen Nigger aus einem Nigger schlau werden, kann keiner aus ihm schlau werden. Vielleicht sollten wir irgendwo anrufen und ihn abholen lassen. Er ist verrückt geworden.«

»Es ist sein Land«, rief Harry ihm vom Wagen aus zu. »Er kann damit machen, was er will.« Er sah zu dem Jungen, der mit weit aufgerissenen Augen dasaß.

Die Schmutzstreifen, die die Tränen in seinem Gesicht

hinterlassen hatten, ließen Harold so alt wie Mister Harper aussehen. »Stimmt das, was Mister Stewart sagt, Papa? Dass Tucker verrückt geworden ist? Ist das der Grund, warum er das macht?«

Harry wusste keine Antwort. *Wenn ich jemand treffen würde, und der würde mir erzählen, was ich gerade gesehen habe, würde ich sagen: Tucker ist verrückt geworden, ganz klar. Aber jetzt, wo ich hier sitze und ihm dabei zusehe, kann ich das nicht sagen, denn wenn ich eins weiß, dann das: Was ihn treibt, ist nicht Wahnsinn. Ich weiß nicht, was es ist, aber Wahnsinn ist es bestimmt nicht.*

Der Nachmittag war vergangen, und über dem Pferch, wo sich die Fliegen des halben Countys auf den Kadavern versammelten, über dem dreiteiligen Farmhaus, dem weißen, leeren Feld und den Bäumen – hohen Streifen aus schwarzem, grün gesäumtem Samt – ging goldgelb flammend wie ein neuer Penny die Sonne unter.

Tucker war im Haus verschwunden. Jetzt schwang die Tür auf, und Harry konnte seinen schmalen Rücken sehen, wo ein großer Schweißfleck die dunkelbraune Haut grau durch den weißen Hemdstoff schimmern ließ. Er zerrte etwas Schweres heraus. Ein plötzlicher Ruck bewirkte, dass er rückwärts stolperte. Bethrah, seine Frau, schob wahrscheinlich von drinnen.

Wallace Bedlow kletterte über den Zaun und ging zum Haus. Dabei zog er sein Smokingjackett aus, unter dem er nur ein löchriges Unterhemd trug. »Sag Bethrah, sie soll aufhören, in ihrem Zustand das Ding da zu schieben. Ich werd dir helfen, was zum Teufel du auch vorhast.«

»Ich brauche keine Hilfe, Mr Bedlow.« Bethrahs Stimme kam aus dem Dunkeln. »Bitte gehen Sie. Trotzdem danke.«

Tucker starrte den Mann an, der mindestens zwei Köpfe größer war als er.

»Missus Caliban?«, rief Bedlow über Tuckers Kopf hinweg. »Sie sollten nich so schwer arbeiten, nich *jetzt*.« Er hatte das Jackett über die Schulter gehängt, das grün karierte Futter war zerrissen.

»Wir verstehen, dass Sie uns helfen möchten, Mister Bedlow, aber wir müssen das hier selbst tun. Vielen Dank, aber bitte gehen Sie jetzt.« Sie sprach sehr freundlich und sehr bestimmt.

Tucker starrte ihn nur an.

Bedlow kehrte zum Zaun zurück. Tucker wandte sich wieder seiner Arbeit zu, und bald konnte Harry im letzten Tageslicht erkennen, dass er sich mit Dewitt Willsons Standuhr abmühte, eben jener Uhr, die, in einer mit Watte gepolsterten Kiste verpackt, mit demselben Schiff wie der Afrikaner gekommen und nach dem Verrat und dem Tod des Afrikaners zusammen mit seinem Kind und dem Neger des Auktionators zur Willson-Plantage gebracht worden war. Sie war diesem Kind, First Caliban, zum fünfundsiebzigsten Geburtstag – oder jedenfalls dem Tag, den man dafür festgesetzt hatte – geschenkt worden, und zwar vom General persönlich, der sich damit für Firsts gute und treue Dienste als Sklave und später als bezahlter Arbeiter bedanken wollte; seither war sie von Generation zu Generation vererbt worden.

Die Uhr stand jetzt vor dem Haus, und neben ihr, fast ebenso groß, stand die hochschwangere Bethrah und sah auf ihren winzigen Mann, der über den Hof gegangen war und mit der Axt zurückkehrte. Er zerschlug das Glas, das die zarten Zeiger schützte, die Scherben fielen vor seinen

Füßen zu Boden. Er schwang die Axt, bis Feinmechanik und Edelholz in Altmetall und Späne verwandelt waren.

Bethrah war ins Haus gegangen und trat mit einem Baby auf dem Arm heraus. Sie trug nur das schlafende Kind und eine große rote Reisetasche aus Stoff. »Tucker, wir sind so weit.«

Er nickte und starrte die Späne an, die auf dem Boden lagen. Dann sah er zum Pferch und zu dem Feld, das im Zwielicht grau schimmerte. Das Baby begann zu weinen, und Bethrah wiegte es wie im Takt eines lautlosen Schlaflieds hin und her, bis es wieder eingeschlafen war.

Tucker sah zum Haus. Zum ersten Mal war es, als würde er zögern, als wäre er vielleicht ein bisschen ängstlich.

»Ich weiß.« Bethrah nickte. »Tu es.«

Er ging hinein und ließ die Tür offen. Als er wieder herauskam, trug er eine schwarze Krawatte und eine Chauffeurjacke. Er schloss leise die Tür.

Orangerote Flammen krochen die weißen Vorhänge im mittleren Teil des Hauses hoch, bewegten sich wie ein Kaufinteressent langsam weiter zu den anderen Fenstern, schlugen mit einem Geräusch wie reißendes Papier durch das Dach und beleuchteten die Gesichter der Weißen, die Seiten der Fahrzeuge, die Gesichter der Neger.

Harry sah das Lodern und den roten Schimmer, den es über die Bäume jenseits des Felds legte. Funken stoben in den dunkelblauen Himmel empor und erloschen, lösten sich auf. Harry hob den Jungen vom Wagen und ging mit ihm zum Zaun, wo sie stehen blieben und zusahen. Nach einer Stunde erstarben die Flammen und flackerten nur hier und da auf, wo sie auf noch unverbrannte Nester aus Holz, Stoff oder Schindeln stießen, doch schließlich blieb nur noch Glut, und die Überreste des zerstörten Hauses sahen aus wie eine riesige Stadt bei Nacht und aus großer Entfernung.

Tucker und Bethrah kamen auf den Zaun zu, und für einen ganz kurzen Augenblick dachte Harry, sie würden etwas sagen, ein letztes Wort der Erklärung vielleicht, doch sie gingen am Wagen vorbei und die Landstraße entlang in Richtung Willson City.

Die Männer wandten sich vom Zaun ab und merkten erst jetzt, wie sehr das Feuer sie von vorn gewärmt hatte. Sie murmelten so was wie: »Na, da soll mich doch …«, oder: »Das glaub ich einfach nicht«, oder: »So was hab ich in meinem ganzen Leben noch nicht …« Dann stiegen sie auf ihre Wagen, banden die Pferde los, ließen die bullernden Motoren an.

Harry stand am Zaun, und als er alles gesehen hatte, was es seiner Meinung nach zu sehen gab, wollte er den Jungen an der Hand nehmen, aber der Junge war nicht da. Harry sah sich um und entdeckte Harold ein Stück die Straße hinunter, wo er in den stillen nächtlichen Schatten stand und, den Kopf in den Nacken gelegt, leise mit Tucker sprach. Hinter ihnen wartete Bethrah. Harry sah, wie Tucker sich umdrehte und mit Bethrah davonging, umhüllt von Dunkelheit. Harold kam zu ihm, aber er ging rückwärts, als könnte die Schwärze der Nacht die beiden nicht verschlucken, solange er sie nicht aus den Augen ließ. Als er da war, sagte Harry nichts, sondern legte ihm nur die Hand auf die Schulter.

Die anderen saßen schon auf Stewarts Wagen und wollten zurück in die Stadt. Harry half dem Jungen auf den Kutschbock und kletterte selbst hinauf, und dann zog das krumme Pferd sie nach Sutton, wie zuvor gefolgt von zwei getrennten Gruppen. Harold drückte sich an ihn. Es war kühl, und er zitterte. Harry wechselte die Zügel von einer Hand in die andere und zog seine Jacke aus.

»Hier«, sagte er und legte sie dem Jungen in den Schoß. »Zieh die an.«

MISTER
LELAND

Tucker Caliban hatte nie sehr viel zu ihm gesagt, aber für Mister Leland war er ein Freund. Was ihn betraf, hatte Tucker die Tiefe und Beständigkeit dieser Freundschaft an einem Morgen im vergangenen Sommer bewiesen.

Früh am Morgen, noch bevor Mister Harper auf der Veranda erschien, waren er und sein Vater in die Stadt gefahren. Sein Vater musste zum Arzt, weil er einen Husten hatte, den er nicht loswurde, und Mister Leland saß allein im Rinnstein vor Mister Thomasons Laden und pulte mit einem Stock in einem Riss im Asphalt. Nachdem er ihn ein paar Zentimeter tief ausgekratzt hatte und kein Dreck mehr darin war, stand er auf und sah sich das Schaufenster an. Ihn interessierten weder die Konservendosen noch die Gewehre oder Angelruten, ja nicht mal die Spielsachen, ihn interessierte nur das große Glas voller runzliger brauner Erdnüsse, und er wünschte, es würde jemand kommen *wie eine von diesen Feen aus den Geschichten, die genau weiß, was ich denke, und einfach kommt und mir welche kauft.*

Hinter sich hörte er Schritte und sah in der Schaufensterscheibe das dunkle Spiegelbild eines großen schwarzen Kopfes auf einem kleinen, schmalen Körper. Die Gestalt war nicht so groß wie sein Vater und kaum größer als er selbst.

Tucker Caliban ging in den Laden und kaufte einen Sack Viehfutter, blieb im Hinausgehen aber stehen, zeigte auf die Auslage und sagte etwas zu Mister Thomason, worauf der ein ganzes Pfund Erdnüsse abwog und in eine braune Tüte schüttete. Dann trat er auf die Veranda und blieb vor Mister Leland stehen. »Bist du der Junge von Harry Leland?« Er sah Mister Leland so finster an, als wollte er ihm eine Ohrfeige geben. Er rührte sich nicht, aber er sah richtig grimmig aus.

Mister Leland zog den Kopf ein. »Ja, Sir.« *Er ist ein Nigger – ein Neger, aber Pa hat gesagt, ich soll zu allen, die älter sind als ich, Sir sagen, sogar zu Nig-, Negern.*

»Willst du Erdnüsse, Mister Leland?« Tucker drückte ihm die Tüte in die Hand. »Da hast du Erdnüsse. Sag deinem Pa, ich weiß, was er mit dir vorhat.« Dann drehte er sich um und stieg auf seinen Wagen, ohne sich zu Mister Leland umzusehen. Kein Lächeln oder Abschiedsgruß – er schwang einfach die verknotete Schnur, die er an einen kurzen Stock gebunden hatte, und fuhr davon, und Mister Leland blieb zurück und fragte sich, was sein Vater denn wohl mit ihm vorhatte. *Tucker hat es so gesagt, als wäre irgendwas daran falsch, er hat ganz wütend ausgesehen. Aber wenn es schlecht ist und es ihm nicht gefällt, warum hat er mir dann die Erdnüsse geschenkt? Vielleicht ist das einfach seine Art, so wie bei Papa und Mister Thomason, die sich immer streiten und dann total wütend aussehen, aber Papa sagt, dass Mister Thomason sein allerbester Freund ist, abgesehen von Mama natürlich. Und Papa und Mama streiten sich ja auch immer, also ist es wahrscheinlich nicht so wichtig, wie die Leute aussehen oder was sie sagen – wichtig ist nur, was sie tun.* Er beschloss aber, seinen Vater zu fragen, was er mit ihm vorhatte, und als er das tat, sah sein Vater ihm sehr tief und ernst in die Augen. »Deine Mama und ich haben vor, einen passablen Menschen aus dir zu machen.«

Das war zwar keine richtige Erklärung, aber wenn sein Vater wollte, dass er ein passabler Mensch wurde, dann war es ihm recht, auch wenn er nicht ganz verstand, was das war und warum er es werden sollte. Und wenn es ihm eine Tüte Erdnüsse einbrachte, war es ihm umso lieber. Er dachte nicht weiter darüber nach.

Das war seine Begegnung mit Tucker Caliban, das war alles, worauf er seinen Glauben an ihre Freundschaft gründen konnte – bis auf die paar Male, wenn sie sich in der Stadt begegnet waren und Tucker ihm zugenickt oder sogar gesagt hatte: »Hallo, Mister Leland.«

Aber es war genug, um ihn wieder zum Weinen zu bringen, als er zusah, wie Tuckers Haus in Flammen aufging und in sich zusammensackte, und hörte, wie die Freunde seines Vaters über Tucker herzogen und ihn böse und verrückt nannten, und er schob sich durch den Wald aus Beinen und rannte dem Neger nach, denn er fühlte sich verraten, weil Tucker etwas so Seltsames getan und es darum anscheinend verdient hatte, dass man ihn böse und verrückt nannte, aber zugleich wollte er auch eine Erklärung haben, damit er seinen Freund vor den anderen in Schutz nehmen konnte, damit er, wenn sie wieder mal sagten, wie böse und verrückt Tucker war, widersprechen konnte: »Ist er nicht! Er hat es getan, weil …«

Er holte die beiden ein und rief etwas, aber sie blieben nicht stehen, drehten sich nicht um und gaben auch sonst nicht zu erkennen, dass sie ihn gehört hatten. Er packte Tuckers Rockschoß und zog daran, bis er stehenblieb.

»Geh wieder zurück, Mister Leland. Tu, was ich dir sage.«

»Warum gehen Sie weg?« Er schniefte und sah zu Tucker auf. »Sie sind nicht wirklich böse, oder?«

Tucker legte ihm die Hand auf den Kopf. Er zuckte zusammen. »Das sagen die Leute?«

»Ja, Sir.«

»Denkst du das auch?«

Er starrte in Tuckers Augen. Sie waren groß und glänzten zu sehr. »Ich … Warum haben Sie diese bösen, verrückten Sachen gemacht?«

»Du bist noch jung, Mister Leland.«

»Ja, Sir.«

»Und du hast noch nichts verloren.«

Das verstand er nicht. Er sagte nichts.

»Geh wieder zurück.«

Er ging rückwärts. Er wollte eigentlich gar nicht, er entschloss sich nicht dazu – es war vielmehr so, als würde die leise Unwiderruflichkeit von Tuckers Befehl ihn zurückschieben wie ein starker Herbstwind. Dann spürte er die Hand seines Vaters auf der Schulter, und sie war leicht und führte ihn nicht, sondern ließ sich von ihm führen, als wäre sein Vater blind und er selbst sein Helfer. Schließlich wurde er auf den Wagen gehoben und begann zu zittern, und sein Vater gab ihm seine Jacke, und gleich war ihm wärmer, und das lag nicht so sehr an dem öligen Denimstoff, sondern eher an dem Geruch seines Vaters, einem Geruch nach Tabak, Schweiß und Erde. Unterwegs zu Mister Thomasons Laden schlief er ein, den Kopf an den starken Arm seines Vaters gelehnt. Die anderen stiegen aus, und sein Vater gab Mister Stewart die Zügel, und als der fragte, ob er sie mitnehmen solle, sagte er: »Nein, danke, Stewart, wir sind heute Morgen auf Deac hergeritten.« Sie gingen durch die kalten Schatten zur Rückseite von Mister Thomasons Laden und fanden das Pferd da, wo sein Vater es an einen winzigen verkrüppelten Busch gebunden hatte. Sein Vater hob ihn hinauf und schwang sich selbst ebenfalls auf Deacs Rücken. Bald, nach drei Viertel des Wegs zu Tuckers Farm, bogen sie von der Landstraße zu ihrem Haus ab, und er wachte auf.

»Papa?«

»Ja, Harold.« Er spürte den Atem seines Vaters am Ohr.

»Tucker hat gesagt, er hat was verloren.« Dann fiel ihm ein, dass Tucker ihn gefragt hatte, ob er schon mal etwas verloren habe. »Er hat gesagt, ich bin jung und hab noch nichts verloren.« Sein Vater blieb stumm. »Was hat er damit gemeint?«

Er spürte, dass sein Vater nachdachte.

»Dabei hab ich doch schon oft was verloren, oder, Papa? Murmeln zum Beispiel und einmal den Vierteldollar, den du mir geschenkt hattest. Oder zählt das nicht?«

Er spürte hinter sich seinen Vater, dessen Arme ihn umschlossen – es war beinahe eine Umarmung, nur dass er ihn wohl nicht umarmt hätte, wenn er nicht Deacs Zügel hätte halten müssen –, und er spürte auch, dass sein Vater nachdachte. »Ich glaube, so hat er das nicht gemeint. Ich glaube, er hat an was anderes gedacht. Vielleicht …«

Er wartete, aber sein Vater sprach nicht weiter. Er wusste nicht, was er hatte sagen wollen oder was Tucker gemeint hatte, aber er hatte das Gefühl (es war kein klarer

Gedanke, sondern entstand irgendwie aus der Abwesenheit von Sorgen und Gedanken), dass es nicht so wichtig war.

Sie kamen beim Haus an, bogen vom Weg ab und gingen in die Scheune. Sein Vater nahm Deac das Zaumzeug ab und führte ihn in den ramponierten Stall. Dann gingen sie ins Haus.

Seine Mutter sagte kein Wort der Begrüßung. »Jetzt kommst du mit dem Kind schon wieder erst um zehn nach Hause, Harry.« Sie fuchtelte mit den Armen und hatte sich noch gar nicht umgezogen. Das Haar war aufgesteckt, schwarz wie ... *Papa sagt immer: wie die Füllung von einem Blaubeerkuchen ... so schwarz.*

»Ehrlich, Marge, diesmal konnte ich wirklich nichts dafür.« Sein Vater klang verlegen. »Wir –«

»Das sagst du immer. Also wirklich – all deine Saufkumpane nennen ihn *Mister*, aber du wenigstens solltest wissen, dass er erst acht ist.« Sie war Sonntagsschullehrerin. »Wart ihr bei der armen Miss Rickett?« Sie stemmte die Hände in die Seiten, wandte sich von seinem Vater ab und sah Mister Leland an.

»Ja, Mama. Wir haben sie besucht und uns zu ihr gesetzt, und sie hat Papa ein paar Zigarren geschenkt.« Das war gelogen, das wusste er, und er drehte sich zu seinem Vater um und sah das leise Lächeln der Erleichterung und Dankbarkeit um seinen Mund spielen, und dann wurde ihm bewusst, dass es ja eigentlich gar keine Lüge war, *mehr wie bei den Soldaten in Korea, wo Papa gekämpft hat und wo sie sich gegenseitig den Rücken freigehalten haben, weil sie doch alle Soldaten waren und sich gegenseitig helfen mussten, sonst hätte der Feind ihnen was getan. Und der Feind,*

sagt Papa, konnte ein Roter sein oder ein Captain oder so-
gar ein Sergeant, obwohl Papa selbst auch Sergeant war, aber
er kriegte eben auch Befehle von Sergeants, die ganz genauso
Feinde waren wie die Männer, auf die sie schossen und die
auf sie schossen.

Sie wandte sich wieder zu seinem Vater. »Hat er was zu essen gekriegt?«

»Nicht viel. Es war nämlich so …« Er und sein Vater standen nebeneinander an der Tür, und seine Mutter stand am anderen Ende der Küche hinter dem Tisch und funkelte sie an.

»Harold, setz dich und iss.« Sie wandte sich abrupt zum Herd, nahm einen Teller von einem Topf mit kochendem Wasser, auf dem sie ihn warmgehalten hatte, und brachte ihn zum Tisch, und obwohl er dachte, sie würde ihn hinknallen, stellte sie ihn ganz sacht ab. An der Unterseite hingen warme Wassertropfen. Mister Leland setzte sich. Eigentlich war er mehr müde als hungrig, aber er wusste, wenn er keine ordentliche Portion aß, würde sein Vater noch mehr Ärger kriegen.

Sein Vater trat einen Schritt vor. »Marge?«

Sie ignorierte ihn. »Iss, Harold.« Sie brauchte es nicht zu sagen; er war bereits dabei.

Als er fertig war (sein Vater war leise zum Tisch gegangen und hatte sich auf den Platz ihm gegenüber gesetzt wie ein Schuljunge, der sich zum Unterricht verspätet hatte, und sein Blick folgte der Mutter, die sich in der Küche zu schaffen machte), brachte sie ihn hinauf, wo sein Bruder Walter bereits schlief, so still und reglos wie die Statue des Generals, wartete, bis er sich ausgezogen hatte, und betete mit ihm. Als sie hinausging, war ihr Kuss noch warm und süß auf seiner Stirn. Er lauschte auf seine Eltern in der Küche, aber es war nichts zu hören.

Später wachte er auf, und es war Nacht. Die Dunkelheit am Endes eines Tages war für ihn nicht Nacht, sondern bloß Dunkelheit. Nacht war, wenn er aufwachte und es im Zimmer, im Haus und draußen ganz still war und er aufs Klo musste. Er stand auf und tappte durch den Flur, an der offenen Tür des Schlafzimmers vorbei, wo seine Eltern sich in dem Bett umarmten, in dem er (wie man ihm erzählt hatte) und sein Bruder (wie er wusste) zur Welt gekommen waren. Und wenn er sich Sorgen gemacht hatte (hatte er aber nicht), so war er jetzt beruhigt, ging aufs Klo und wieder zu Bett …

»Harold, wach auf.« Sein Vater stand neben dem Bett, es war Freitagmorgen. »Steh auf, Junge. Wir müssen uns beeilen.«

Sofort war er hellwach. »Was ist passiert?«

»Noch nichts. Aber es könnte was passieren. Und das wollen wir doch nicht verpassen, oder?« Sein Vater war ganz angezogen, sogar den Hut hatte er schon auf.

»Nein, Sir.« Er stieg aus dem Bett und überzeugte sich, dass sein Bruder gut zugedeckt war.

»Ich seh mal, ob ich ein Frühstück hinkriege.« Sein Vater ging hinaus, und kurz darauf hörte er in der Küche Töpfe klappern. Er zog die Latzhose und ein sauberes Hemd an – es war das gleiche wie am Tag zuvor; er hatte sieben davon, und seine Mutter hatte auf die Innenseite des Kragens mit Wäschetinte den Wochentag geschrieben –, ging ins Badezimmer und warf unterwegs durch die offene Tür einen Blick ins Schlafzimmer, wo seine Mutter allein und winzig im Bett lag und ebenso tief schlief wie Walter. Ihr schwarzer Zopf hatte sich wie eine freundliche Schlange um ihren Hals gelegt. Er putzte sich die Zähne, machte das Haar nass, kämmte es straff zurück und kam in die Küche, als sein Vater sich gerade mit einem Becher Kaffee an den Tisch setzte. An seinem Platz standen ein Glas Orangensaft und eine Schüssel Porridge. Er setzte sich und trank einen Schluck Saft, der kalt war und wegen der Zahnpasta bitter schmeckte. »Warum müssen wir so früh los?«

»Ich will da sein, wenn es anfängt.« Sein Vater blies auf seinen Kaffee.

»Wenn was anfängt, Papa?«

»Ich weiß nicht.« Die Augen seines Vaters waren glasig und ein bisschen gerötet. »Es hat ja schon angefangen. Weißt du noch, was Mister Harper gesagt hat? Ich glaube, es ist noch nicht vorbei, und du willst es bestimmt auch sehen, oder?«

»Ja, Sir.«

»Na dann.« Wenn er lächelte, wachte das Gesicht seines Vaters für einen Augenblick auf. »Beeil dich.«

Er aß, so schnell er konnte. Anfangs nahm er einen großen Löffelvoll aus der Mitte der Schüssel und verbrannte sich die Zunge, danach aß er nur noch kleine Happen vom Rand. Sein Vater saß ihm gegenüber und trank seinen Kaffee. Wenn seine Mutter Kaffee trank, benutzte sie eine Tasse. Der Becher seines Vaters war doppelt so groß. Der Dampf stieg vor seinem schmalen, dunklen, freundlichen Gesicht auf und ließ die Nasenspitze feucht glänzen.

Als sie das Geschirr leise in die Spüle gestellt und mit Wasser ausgespült hatten, gingen sie durch die Hintertür hinaus und machten Deac fertig. Sein Vater hob ihn hinauf und stieg ebenfalls auf. Dann ritten sie in die Stadt. Es war so früh, dass über den Feldern, an den Büschen und im hohen Gras noch Nebelfetzen hingen, zart wie Engelshaar. *Wie der Dampf von Papas Kaffee.*

Auf Mister Thomasons Veranda stellten sie fest, dass sie nicht die Einzigen waren, die beschlossen hatten, früh da zu sein. Da waren Bobby-Joe und Mister Loomis und natürlich Mister Thomason, der drinnen war und seine Konservendosen abstaubte. Für Mister Harper oder Mister Stewart war es noch zu früh. *Papa sagt, das Erste, was Mister Stewart morgens macht, ist, dass er Missus Stewart fragt, ob er in die Stadt gehen kann, und dann liegt er ihr so lange in den Ohren, bis sie ihn schließlich gehen lässt, aber erst um vier oder fünf, wenn er alle Hausarbeiten erledigt hat.*

Sie führten Deac hinter das Haus, banden ihn wieder an den Busch und nahmen ihre Plätze auf der Veranda ein: Mister Leland saß auf den Stufen, neben Bobby-Joe und direkt vor seinem Vater, der an seinem Pfosten lehnte. Keiner begrüßte sie – dazu kannten sie sich zu gut. Sie begannen einfach zu reden, nicht über Tucker Caliban, sondern über das Wetter, und versuchten zu entscheiden, ob es ein schöner Tag werden würde oder nicht. Über solche Sachen unterhielten sie sich, bis Wallace Bedlow kam, diesmal nicht auf seinem hellbraunen Pferd – *Ich hoffe, er hat's nicht erschossen* –, sondern zu Fuß. Er trug sein weißes Jackett und eine gute Hose aus dünnem Stoff, der beim Gehen ein bisschen flatterte. In der Hand hatte er einen alten Pappkoffer. Er nickte den Männern wortlos zu und stellte den Koffer neben dem Haltestellenschild am anderen Ende der Veranda ab.

Die drei beäugten ihn verstohlen, Bobby-Joe mit einem Hauch von Verachtung. Mister Lelands Vater war der Erste, der etwas sagte, denn in Mister Harpers Abwesenheit galt die stillschweigende Übereinkunft, dass er der Sprecher war. »Hallo, Wallace.«

Wallace drehte sich um und lächelte, als wäre seine Anwesenheit gerade erst bemerkt worden, als hätte er gar nicht gewusst, dass sie ihn beobachteten. »Hallo, Mister Harry.«

Sein Vater stieß sich von seinem Pfosten ab und ging einen Schritt auf den Neger zu. »Wo fährst du hin? New Marsails?«

»Ja, Sir.« Das Lächeln war aus seinem Gesicht verschwunden, so vollständig wie aus dem eines Toten. *Wallace Bedlow hat »Sir« gesagt, als wäre Papa älter als er, aber das ist er gar nicht, denn wenn Wallace Bedlow den Hut abnimmt, sieht man, dass sein krauses Haar ganz grau ist. Trotzdem nennt er Papa »Sir«, genau wie ich, wenn ich mit ihm oder Papa spreche.*

»Bleibst du lange weg, Wallace?« Sein Vater sprach, als wären diese Fragen ganz belanglos und als würde niemand außer ihm selbst zuhören und jedes Wort genau abklopfen.

»Ja, Sir.«

»Wie lange?« Jetzt schwang ein gewisser Vorwurf darin mit.

»Ich werd wohl gar nich mehr zurückkommen, Sir«, antwortete Wallace Bedlow mit mehr Trotz, als nötig schien.

»Was?«

»Ich werd wohl gar nich mehr zurückkommen, Sir.« Er sah die anderen an. »Ich wart auf den Bus nach New Marsails und werd wohl nich mehr zurückkommen … nie.«

»Und dann ziehst du in die Northside?« In der Northside von New Marsails lebten die Neger, das hatte Mister Leland gesehen, als sie mit dem Bus zum Kino gefahren waren. Um zur Innenstadt zu kommen, musste man nämlich durch die Northside.

»Nein, Sir.« Wallace Bedlows Gesicht wurde womöglich noch lebloser.

»Wohin denn dann?« Es war fast ein Flüstern. Mister Leland hörte einen der Männer seufzen.

»Ich würd mal sagen, ich fahr nach Norden, zu mei'm jüngern Bruder Carlyle nach New York.« Mister Lelands Vater sagte: »Oh«, und Wallace Bedlow starrte die weißen Männer an, als wollte er sie herausfordern, ihn aufzuhalten, aber die Männer taten nichts, sondern setzten ihre Unterhaltung fort. Auch Wallace Bedlow wandte sich wieder ab, stand ganz still da und wartete auf den Bus, und als der kam, stieg er ein. Zu diesem Zeitpunkt waren außer ihm noch sieben weitere Neger da; auch sie hatten Koffer und trugen ihre besten Sachen, manche sogar Krawatten. Sie warteten und redeten nicht miteinander, sondern standen geduldig und in sich gekehrt da, als wären die weißen Männer gar nicht vorhanden, und als der Bus mit zischenden Reifen von den Hügeln herunter kam und vor der Veranda hielt, stiegen sie stumm ein, zahlten (offenbar hatten alle passendes Kleingeld) und gingen nach hinten. Der Bus fuhr mit ihnen davon.

Kurz darauf kam Mister David Willson von seinem Haus in den Swells, wo die reichen Leute wohnten. Er sah nett aus, hatte traurige braune Augen und war etwas kleiner als Mister Lelands Vater. Er war kein Farmer, sondern stammte vom General ab, obwohl er nichts von dessen Größe zu besitzen schien und es irgendwie war, als hätte er sich den Namen der Familie unrechtmäßig angeeignet. Ihm gehörte ein großer Teil des Landes, das die Freunde von Mister Lelands Vater gepachtet hatten; er war nicht ihr Freund. Er kam zu Fuß, die Hände auf dem Rücken verschränkt und tief in Gedanken versunken, trat grußlos und ohne die Männer auf der Veranda auch nur anzusehen in den Laden, kaufte eine Zeitung und ging, am Denkmal des Generals vorbei, den Weg zurück, den er gekommen war.

Bobby-Joe spuckte aus. »Hochnäsiges Arschloch!«

In den nächsten vier Stunden kam der Bus nach New Marsails viermal. Jedes Mal warteten mindestens zehn Neger stumm und geduldig, als wären sie in unsichtbaren Särgen eingeschlossen, als hätten sie die Sprache verloren oder als wüssten sie nicht, was sie der Welt oder einander mitteilen sollten. Alle hatten Koffer, Kartons, Einkaufstaschen oder verschnürte Bündel; alle trugen ihre besten Kleider.

Inzwischen war Mister Harper auch da. Er war nach dem zweiten Bus gekommen und sagte kein Wort. Noch mehr weiße Männer versammelten sich auf der Veranda, entweder weil sie zufällig vorbeikamen oder weil es bei ihnen ein bisschen länger gedauert hatte, bis sie gemerkt hatten, dass etwas geschah, dass sich etwas veränderte. Manche von ihnen waren dumm genug, Mister Harper zu fragen, warum die Neger weggingen (das hätten sie inzwischen wissen müssen) oder wohin sie gingen (das war bedeutungslos und konnte nur beantwortet werden, wenn man jeden Einzelnen fragte), und Mister Harper würdigte diese Fragen nicht mal eines Nickens, sondern saß da, rauchte seine Pfeife, rückte auf seinem Rollstuhl herum, sah die Busse kommen und weiterfahren, sah die Neger mit ihren Koffern schweigend am anderen Ende der Veranda warten und dann einsteigen, das Geld für den Fahrschein abgezählt in der Hand, manchmal ganze Familien von der Großmutter bis zum Enkelkind, und dann bog der Bus hinter dem General ab, fuhr unter häufigem Schalten und dicke schwarze Rauchwolken ausstoßend den Hügel hinauf und verschwand.

Als der Mittagsbus kam, ließ der Fahrer die wartenden Neger nicht hinein, sondern stieg mit seinem Münzwechsler, der wie ein Xylophon aussah, und einem Beutel Kleingeld aus, ging zum Fenster an der Fahrerseite, griff hinein und schloss die Tür. Dann ging er in Mister Thomasons Laden, kaufte sich einen gefüllten Cupcake und eine Tüte Milch und kam wieder auf die Veranda.

Mister Leland hatte ihn an diesem Morgen schon zweimal gesehen. Mit seiner Mütze erinnerte der Fahrer ihn an einen der Flieger in einem Air-Force-Film über Korea, den er mal gesehen hatte. Als der Fahrer den Kuchen gegessen hatte, steckte er sich eine Zigarette an, sah hinunter auf die Neger, schüttelte den Kopf, nahm einen tiefen Zug und betrachtete versunken die Asche. Mister Leland saß auf dem Rand der Veranda, hatte aufgehört, mit einem Stock in den Rissen im Asphalt zu pulen, und musterte die Räder des Busses, die mindestens so groß waren wie er selbst. Als er sich umdrehte, sah er, dass der Fahrer ein sehr besorgtes Gesicht machte.

Mister Harper rollte von hinten heran. »Sagen Sie, wo wollen alle diese Leute eigentlich hin?«

»Das frage ich mich selbst.« Der Busfahrer ließ seine Zigarette fallen und trat sie aus. Sie verwandelte sich in einen kleinen Fleck aus Papier, Asche und Tabak, aber Mister Leland konnte noch immer die feinen blauen Buchstaben des Aufdrucks erkennen. »Ich hab heute mehr Nigger – Männer, Frauen und Kinder – nach New Marsails gebracht als je zuvor, noch mehr als damals, als die erste Baseball-Mannschaft mit einem Nigger da gespielt hat, aber nicht einer, nicht ein einziger, wollte raus aus New Marsails. Die steigen alle am Bahnhof aus und gehen rein. Ich hab alle möglichen Nigger in den Bahnhof gehen sehen, aber das Verrückte ist: Nicht ein einziger kam raus. Jetzt frage ich Sie: Wo wollen die alle hin? Und wohlgemerkt: Nicht nur hier in Sutton sind die Nigger unterwegs – das geht die ganze Strecke nach New Marsails so. Die kommen aus dem Wald und winken, damit ich halte, und dann steigen sie ein und gehen nach hinten. Da quetschen sie sich zusammen wie die Sardinen – mit Koffern.«

»Hmmm.« Mister Harper nickte. Er sagte nichts mehr, fuhr wieder an seinen Platz an der Wand, starrte auf die Straße und versuchte nicht mal, die Gespräche ringsum irgendwie zu lenken.

Er schwieg, bis seine Tochter mit der Lunchbox kam, und selbst dann sagte er nur: »Danke, Schatz.«

Mister Leland drehte sich um und wollte sehen, wie Mister Harper die Box aufmachte. Er war neugierig, was er wohl zu Mittag aß, aber sein Vater tippte ihm auf die Schulter und nickte ihm zu, er solle mitkommen. Sie gingen hinters Haus, setzten sich in die Sonne, sahen weit entfernt, über den Hügeln, einen Vogelschwarm, der wie eine windverwehte Rauchwolke aussah, und aßen die Sandwiches, die sein Vater gemacht hatte, bevor er ihn geweckt hatte. Als sie damit fertig waren, griff sein Vater in die Jackentasche und holte zwei Äpfel hervor. Er polierte den einen an seinem Hemd und gab ihn Mister Leland.

»Wohin gehen die Nig-, die Neger alle, Papa?« Er musterte den Apfel und suchte die perfekte Stelle für den ersten Biss.

»Weiß ich nicht, Harold.« Sein Vater biss in seinen Apfel, kaute und schluckte. »Wahrscheinlich irgendwohin, wo sie glauben, dass es ihnen besser geht.«

»Und sie kommen nicht zurück?«

»Ich würde sagen nein. Ich würde sagen, sie machen das, was wir in der Army einen *strategischen Rückzug* genannt haben. Das ist, wenn man dreißig Mann hat, und auf der anderen Seite stehen dreißigtausend. Dann dreht man sich lieber um und rennt, denn man sagt sich: ›Ach, Quatsch, hat doch keinen Sinn, mutig zu sein und sich umbringen zu lassen. Wir ziehen uns lieber zurück und kämpfen morgen weiter.‹ Und ich würde sagen, diese Neger ziehen sich ziemlich weit zurück.«

»Aber dann sind sie doch Feiglinge, Papa.«

»Finde ich nicht. Wie's aussieht, braucht man diesmal zum Weglaufen mehr Mut als zum Bleiben.«

Mister Leland fragte nicht weiter, dachte aber, während er den warmen, beinahe bitteren Apfel aß, darüber nach, wie es sein konnte, dass man zum Weglaufen mehr Mut brauchte als zum Bleiben. Vielleicht war es wie damals, als Eden MacDonald in der Schule gesagt hatte, sein Vater könne Mister Lelands Vater grün und blau hauen, und Mister Leland geantwortet hatte: »Nein, mein Papa haut deinen grün und blau, weil mein Papa nämlich keine Angst hat, vor nichts und niemand.« Und Eden hatte gesagt: »Ich wette, wenn er einen Bären trifft und kein Gewehr dabei hat, rennt er schneller als ein Nigger.« Und Mister Leland hatte gesagt: »Gar nicht«, und Eden hatte gesagt: »Tja, dann frisst der Bär ihn eben auf.« Zu Hause hatte Mister Leland seinen Vater gefragt, ob er weglaufen würde, wenn er einen Bären träfe und kein Gewehr dabei hätte, und sein Vater hatte gesagt: »Ich würde sagen ja. Alles andere wäre doch ziemlich dumm, oder?« Mister Leland hatte darüber nachgedacht und war zu dem Schluss gekommen, dass sein Vater recht hatte, auch wenn ihm der Gedanke, dass sein Vater vor einem Bären oder sonst irgendwas davonrannte, nicht gefiel. Aber das war immerhin besser als ein zerfleischter, toter Vater. Und vielleicht ging es den Negern auch so. Er wollte seinen Vater gerade fragen, ob es so war, als der aufstand, sich reckte und zur Abfalltonne an der Wand ging, um das Wachspapier, in dem die Sandwiches gewesen waren, hineinzuwerfen. Also stand er ebenfalls auf, folgte ihm auf die Veranda und beschloss, ihn später zu fragen.

Sie nahmen für den Nachmittag ihre Plätze ein und taten dasselbe wie am Vormittag: Sie warteten darauf, dass noch mehr Neger mit Koffern erschienen und der Bus mit klebrig schmatzenden Reifen den Hügel hinunterfuhr. Aber erst kam der Wagen.

Er war schwarz, glänzte wie ein Paar Sonntagsschuhe und fuhr schneller als jeder Bus, schneller sogar als der Lastwagen, den Mister Leland gestern gesehen hatte und der mit seiner Ladung Salz mitten auf der Straße gefahren war. Der Wagen war so schnell, dass Mister Leland ihn gar nicht genau ins Auge fassen konnte – er blieb immer verschwommen. Er war überall mit Silber verziert wie ein Streitwagen im Kino, und sein Heck sah aus wie das einer

Rakete. Der Fahrer war ein hellhäutiger Neger (durch die Windschutzscheibe sah er grünlich aus), und hinten saß noch jemand. Man konnte ihn erst erkennen, als der Wagen vor der Veranda hielt, das Fenster heruntergekurbelt wurde und der Mann seinen Kopf herausstreckte. Mister Leland sah, dass er ein Neger war. Seine Haut war so schwarz wie der Wagen und fast ebenso glänzend. Sein langes schwarzes, von Aschgrau durchzogenes Haar verdeckte fast die Ohren und war im Nacken zu einem Knoten gebunden wie bei einem Krieger aus längst vergangener Zeit. Er war schwarz gekleidet und trug eine goldene Sonnenbrille mit blauen Gläsern. An einer goldenen Kette, die an einem Knopfloch seiner Weste befestigt war, hing ein goldenes Kruzifix, so groß, dass man die Nägel in den Händen der Christusfigur sehen konnte. Er sah nur Mister Leland an. »Gott segne und beschütze dich, junger Mann.«

Er redet wie Mister Harper, und der redet wie die Leute im Norden, sagt Papa. Also wird er wohl aus dem Norden sein. Kein Wunder, dass die Nig-, die Neger nach Norden wollen – im Norden leben sie anscheinend wie die Könige. Er war ein bisschen geschmeichelt, brachte aber ein »Hallo … Sir« heraus. Er saß auf dem Rand der Veranda und konnte das Wagendach von innen sehen. *Es ist alles mit weichem Stoff bezogen – da ist überall Stoff.*

»Hallo.« Das war sein Vater. Seine Stimme kam von oben, sein Knie war direkt hinter Mister Lelands Kopf, doch der Neger sah immer nur ihn an.

»Bist du Mister Leland?«

»Ja, Sir.«

Als wäre das allein schon eine Belohnung wert, streckte der Mann die Hand aus dem Fenster: Zwischen Zeige- und

Mittelfinger steckte ein Fünf-Dollar-Schein. Mister Leland nahm ihn schüchtern und fragte sich, warum der Mann ihm Geld gab, und zugleich regte sich tief in ihm eine leise Angst, denn das Gesicht des Negers nahm jetzt einen beinahe wilden Ausdruck an, als wäre Mister Leland durch seine bloße Existenz nicht nur der würdige Empfänger einer Belohnung, sondern zugleich auch durch und durch schlecht.

»Man hat mir zu verstehen gegeben, Mister Leland, dass du ein guter Bekannter eines Negers namens Tucker Caliban bist. Ist das wahr?«

»Ja, Sir.« Mister Leland hielt den Geldschein noch immer unbeholfen in der Hand, als sollte er ihn nur kurz mal halten, als wäre er etwas, was die Lehrerin in der Klasse herumgehen ließ. Er stand auf und wich etwas zurück, sodass er beinahe an seinem Vater lehnte, dessen Hand auf seiner Schulter ihm Sicherheit gab. Die anderen Männer standen aufgereiht am Bordstein und spähten durch die Fenster des Wagens, achteten aber darauf, ihn nicht zu berühren – als wäre er glühend heiß. Nur Bobby-Joe schien mehr als bloß neugierig zu sein; er verzog das Gesicht, als hätte er Schmerzen oder wollte jemand anders Schmerzen zufügen.

Noch immer sah der Neger nur ihn an. »Wenn das so ist, Mister Leland, würdest du dann so freundlich sein, mir alles zu erzählen, was du gestern gesehen hast.«

Mister Leland wusste nicht, ob er das tun sollte, und so legte er den Kopf in den Nacken und blickte auf zu seinem Vater. Der nickte. Er sah wieder den Neger an. »Erst kam ein Lastwagen –«

Jetzt nahm der Neger die Anwesenheit seines Vaters

zur Kenntnis und unterbrach ihn. »Sie sind der Vater des Jungen, nehme ich an.«

Sein Vater nickte.

»Wenn das so ist, möchte ich Sie gern fragen, ob Sie ihm erlauben würden, mir den Weg zu dieser Farm zu zeigen.«

»Sie meinen, in dem Wagen?« Mister Leland war ein paar Male mit dem Bus gefahren, aber noch nie in einer Limousine.

Sein Vater sagte nichts, sondern starrte den Neger nur an.

Mister Leland sah wieder zu ihm auf und sagte: »Darf ich, Papa?«

Sein Vater schien tief in Gedanken versunken, als müsste er nicht nur entscheiden, ob sein Sohn mitfahren durfte, sondern auch darüber nachdenken, was der Neger vorhatte und warum er wollte, dass Mister Leland ihn begleitete.

Der Neger sah seinen Vater kurz an, griff dann in die Innentasche seines Jacketts, holte eine große Brieftasche hervor, nahm einen Zehn-Dollar-Schein heraus und hielt ihn seinem Vater hin. »Hier«, sagte er und schmunzelte, als wäre irgendetwas ziemlich komisch, »ich kaufe ihn Ihnen für eine kurze Zeit ab.« Er beugte sich aus dem Fenster und streckte den Arm aus, aber im Gegensatz zu Mister Leland machte sein Vater keine Anstalten, das Geld zu nehmen, sondern stand nur da und sah unverwandt auf die blauen Gläser vor den Augen des Negers.

»Nicht genug?« Der Neger zog einen zweiten Zehner heraus. Mister Leland hatte das Gefühl, dass er den ganzen Tag damit weitermachen könnte – die Brieftasche quoll praktisch über vor Geldscheinen. Aber das war nur ein flüchtiger Gedanke; in erster Linie ging es ihm darum, in dem Wagen mitzufahren. »Darf ich, Papa?«

Noch immer rührte sein Vater sich nicht. Schließlich drehte er den Kopf ein kleines bisschen zu Mister Harper, der an den Rand der Veranda gefahren war. Mister Harper nickte einmal. Sein Vater wandte sich wieder zu dem Neger. »Wann bringen Sie ihn zurück?«, sagte er, streckte die Hand aus und nahm das Geld. Weiter hinten stieß einer unwillkürlich einen leisen Pfiff aus.

»In etwa einer Stunde. Wir fahren nur hinaus zu Calibans Farm.«

Mister Leland spürte, dass sein Vater ihm über das Haar strich. »Willst du mitfahren, Harold?«

Er war sicher, dass er in dem Wagen fahren wollte, aber ganz und gar nicht sicher, ob er den Neger mochte. Der war nicht, wie Tucker Caliban, im Grunde freundlich, auch wenn man es nicht gleich merkte. Trotzdem, er *musste* in dem Wagen mitfahren. »Ja, Papa.«

Sein Vater legte die Hand an seinen Hinterkopf und schob ihn sanft. »Komm mal eben mit.« Sie entfernten sich ein paar Schritte von den Männern, dem Wagen und dem Neger; sein Vater führte ihn, hielt ihn an, drehte ihn herum und legte ihm die Hände auf die Schultern.

»Harold, weißt du noch, was ich dir heute Morgen gesagt habe? Dass gerade was anfängt?«

»Ja, Sir.« Er sah seinem Vater tief in die Augen. Sie waren groß und ernst, beschattet von der Hutkrempe, aber auch hell und sanft.

»Also, jetzt hat es angefangen, und dieser Neger weiß es. Du musst dir alles merken, was er sagt.« Er hielt inne. »Alles – genau so, wie er es gesagt hat, auch wenn du es nicht verstehst. Mach dir darüber keine Gedanken; ich verstehe auch nicht alles, was er sagt, aber Mister Harper.«

»Ja, Papa.«

»Du hast doch keine Angst, oder?«

Er war sich nicht ganz sicher, aber er wollte in dem Wagen mitfahren. »Nein, Sir.«

»Na gut. Sei höflich und benimm dich gut. Und merk dir jedes Wort.« Er hielt wieder inne, sah zu dem Wagen und dann zu Mister Leland. »Ich verlasse mich auf dich.«

»Ja, Sir.« Mister Leland fühlte sich wie ein Spion. Sie gingen zurück zum Wagen. Der Neger öffnete die Tür, sodass er das Innere des Wagens sehen konnte, das so weich war wie ein Bett. Der Neger rutschte beiseite, Mister Leland stieg ein, und sein Vater legte die Hand an den Griff und schlug die Tür zu. Mister Leland saß in der Ecke und spürte plötzlich, dass eine unsichtbare Kraft ihn tief in den Sitz drückte, hörte aber gar keinen dröhnenden Motor. Auf dem Boden lagen Teppiche, durch die Fenster sah alles, was draußen war, gespenstisch grün aus. Von irgendwo hinter ihm kam Musik. Als er sich umdrehte, um seinem Vater und den Männern zuzuwinken, war die Stadt bereits verschwunden.

»Und jetzt, Mister Leland, erzähl mir bitte, was passiert ist.«

Er öffnete den Mund, und eine leise Angst ließ die ganze Geschichte in einem Schwall hervorsprudeln. »Erst kam ein Lastwagen von den Hügeln, ganz schwarz und ganz schnell, der war mit Salz beladen, und der Fahrer hat gesagt, er will zur Caliban-Farm und wo die eigentlich ist, und mein Papa hat's ihm erklärt, und er ist weitergefahren. Dann kam Mister Stewart und hat gesagt, dass Tucker das

Salz auf sein Feld schüttet, und da sind wir alle hingegangen, alle von der Veranda und ein paar Neger auch und haben ihm den ganzen Nachmittag zugesehen. Das Feld sah aus, als hätte er Kunstdünger draufgestreut, aber es war kein Dünger, sondern Salz. Er ist ins Haus gegangen und mit seinem Gewehr und einer Axt wieder rausgekommen und hat sich auf den Zaun vom Pferch gesetzt, und dann hat er erst das Pferd erschossen, und das Blut ist rausgespritzt, als hätte man in einen Ballon voll Blut ein Loch gepikt, und die Kuh ist rumgerannt und hat gebrüllt, und er hat sie auch erschossen, und sie hat sich umgedreht, und man konnte das Loch in ihrem Kopf sehen – es war, als ob sie tot wäre und es bloß noch nicht wüsste, und dann ist sie umgefallen und war wirklich tot. Dann hat er die Axt genommen und den Baum neben seinem Haus gefällt, zu dem der General immer geritten ist, weil er fand, dass es der schönste Baum von allen war. Als er damit fertig war, ist er wieder ins Haus gegangen und hat es angezündet, und dann ist er rausgekommen und weggegangen.« Er hielt abrupt inne. Er erzählte dem Neger nicht, was Tucker zu ihm gesagt hatte. Der Neger kannte Tucker nicht. Es wäre so gewesen, als würde er ein Geheimnis verraten, das Tucker ihm anvertraut hatte.

»Und war sonst noch irgendetwas?« Der Neger sah ihn durch die Sonnenbrille an.

»Nein, Sir. Jedenfalls nicht mit Tucker Caliban.« Das war gelogen, und darum fügte er hinzu: »Aber heute Morgen, als mein Papa und ich in die Stadt gekommen sind ...«

»Und was war da?«

»Also, erst ist ein Nig-, ein Neger gekommen, der heißt Wallace Bedlow, und er hatte gute Kleider an, die nicht zum Arbeiten sind, und eine dünne Hose, die im Wind flattert, und er hatte einen Koffer dabei und hat gesagt, er kommt nie mehr nach Sutton zurück. Er hat auf den Bus gewartet und ist eingestiegen und weggefahren. Und außer ihm noch andere Neger, alle mit Koffern und in ihren Sonntagssachen, und die sind in den Bus gestiegen und weggefahren.«

Der Neger schnaufte, es klang beinahe wütend. »Was meinst du, wie viele es waren, Mister Leland?«

»Ich hab vielleicht fünfzig gesehen, aber das waren nur die, die keinen Wagen haben. Ein paar haben ja auch Wagen und sind mit denen gefahren.«

»Wie ich vermutet hatte.« Der Neger sprach mit sich selbst.

Als sie bei Tuckers Farm oder dem, was davon übrig war, angekommen waren, war vieles genauso wie am Abend zuvor, nur manches war anders. Es sah aus, als hätte Tucker nicht erst gestern alles zerstört und verlassen, sondern schon vor langer Zeit, denn die Asche hatte sich in eine Art Schmiere verwandelt, und alles war so kaputt und heruntergekommen wie die aufgegebenen Farmen in den Hügeln, die sein Vater ihm gezeigt hatte, als sie mal frühmorgens dort geangelt hatten. Das Feld war nicht mehr so weiß, denn der Tau hatte das Salz zum Teil aufgelöst, sodass es tiefer in die Erde eingedrungen war und die Furchen nicht mehr glitzerten, sondern wie mit grauer Asche überzogen waren. Über dem Pferch war die Luft schwarz von Fliegen, und das Fleisch der Kadaver verströmte bereits den widerwärtig süßlichen Geruch eines Bonbonladens.

Der Fahrer des Negers parkte den Wagen dort, wo früher die Haustür gewesen war. Mister Leland sprang hinaus, gefolgt von dem Neger, der, wie er jetzt bemerkte, ein Bäuchlein hatte, auch wenn die Arme und Schultern sehr dünn und schmal waren. Das funkelnde Kreuz baumelte, als er sich beim Aussteigen vorbeugte.

Sie gingen langsam umher, bis der Neger in der Mitte des Hofs auf die Überreste der Standuhr stieß: Stahl, Messing, kleine Zahnräder und Federn, Splitter von poliertem Holz. »Was ist das, Mister Leland?«

Er hatte die Uhr ganz vergessen und erzählte dem Neger, was das gewesen war.

»Was ist damit passiert?«

»Das war, nachdem er den Baum gefällt hatte. Da hat er die Uhr auf den Hof geschleppt. Mein Papa hat mir auf dem Heimweg davon erzählt. Er hat gesagt, es war die Uhr, die der General ... Wissen Sie, wer der General ist? General Dewey Willson von der Army. Er hat –«

Der Neger lachte.

»Sir?« Der Junge sah ihn an.

»Ich musste nur lachen über das, was du gesagt hast. Es gab nämlich *zwei* Armeen, junger Mann.«

»Sir?«

»Aber das ist nicht weiter wichtig. Mach dir darüber keine Gedanken. Fahr fort.«

Mister Leland war für einen Augenblick verwirrt und sah den Neger an, kam dann aber zu dem Schluss, dass es tatsächlich nicht sehr wichtig war. Dass der Neger gelacht hatte, fand er allerdings ziemlich unhöflich. »Also, der General hat sie dem Urur... ururur... ururgroßvater von Tucker geschenkt, und darum hat sie Tucker gehört, aber er hat sie zu Kleinholz gemacht. Er –«

»Ist das nicht herrlich primitiv?« Das klang nicht wie eine Frage. Mister Leland wusste nicht, was es bedeutete, merkte es sich aber für seinen Vater.

»Tja, das war dann wohl alles, oder, Mister Leland?« Der Neger ging wieder in Richtung Wagen. »Es sei denn, dir fällt noch etwas ein.« Er sah Mister Leland an, misstrauisch, wie es schien.

Mister Leland fragte sich, ob der Neger vielleicht wusste, dass er ihm nicht alles erzählt hatte. Immerhin kannte er seinen Namen, und wer immer ihm den gesagt hatte, hatte ihm womöglich auch verraten, dass er mit Tucker gesprochen hatte. Vielleicht würde der Neger ärgerlich werden und seinem Vater sagen, er habe gelogen. »Also, da war noch was … aber Tucker hat es nur mir gesagt, und ich weiß nicht, ob ich es Ihnen sagen darf …«

»Ganz nach Belieben, junger Mann – ich will dich nicht verleiten, etwas dir Anvertrautes preiszugeben.«

»Sir?«

»Ach so, natürlich.« Wunderbarerweise sprach der Neger mit einem Mal fast wie Wallace Bedlow oder Tucker Caliban. »Du sollst nich aus'm Nähkästchen plaudern, Mister Leland. Wenn dein Freund dir'n Geheimnis gesagt hat, soll's auch geheim bleiben.« Er hielt inne und fuhr fort: »Meinst du nich auch, Mister Leland?«

Mister Leland war überrascht: Aus dem Mund des Mannes kam die Stimme eines anderen. »Ja, Sir. Also, vielleicht … Sie haben mir das Geld gegeben, damit ich Ihnen *alles* erzähle, was gestern war, und es wäre nicht ehrlich, wenn ich … Also, Tucker hat gesagt … ich bin ihm nachgerannt, als er gegangen ist, und er hat gesagt … er hat gesagt, dass ich noch jung bin und noch nichts verloren hab, und ich hab es nicht verstanden, und dann hat er mich zurückgeschickt.« Er sah zu dem Neger auf und stellte fest, dass er wärmer lächelte als in der ganzen Zeit, seit Mister Leland ihn zum ersten Mal gesehen hatte. Er zögerte kurz, und dann fragte er ihn: »Wissen Sie, was er damit gemeint hat?«

»Ich glaube, er hat gemeint, dass man ihm etwas gestohlen hat und dass er das lange Zeit nicht gewusst hat, weil er nicht wusste, dass das, was man ihm gestohlen hat, überhaupt ihm gehörte. Verstehst du?« Der Junge merkte, dass ihm seine Gedanken vom Gesicht abzulesen waren. »Nein, wohl eher nicht. Na, macht nichts, Mister Leland – wenn du erst ein bisschen älter bist, wirst du es sehr gut verstehen.« Sie waren am Wagen angekommen. »Lass mich zuerst einsteigen, ja?«

»Ja, Sir.« Er dachte noch immer über das nach, was der Neger gesagt hatte, auch als der Wagen auf leisen Rädern wieder in Richtung Stadt fuhr. Der Neger saß neben ihm und starrte, tief in Gedanken versunken, über die Schulter des Fahrers dorthin, wo sich die Straße in der Ferne verlor. *Wenn Tucker was verloren hat, aber gar nicht wusste, dass er es hatte, kann er doch nicht wissen, dass er es verloren hat. Das ist Quatsch. Nur wenn man weiß, dass man was hat, kann man wissen, dass man es verloren hat – außer man sucht was, und es ist nicht da, wo man es hingelegt hat. Wenn man was irgendwohin gelegt hat, dann weiß man ja, dass man es hatte – das kann es also nicht sein. Vielleicht ist es eher so, als würde einem einer was schenken, während man schläft, aber bevor man es am nächsten Morgen findet, kommt jemand wie Walter und nimmt es sich einfach und spielt damit im Wald und lässt es da liegen, sodass man es nie mehr findet, und am nächsten Tag kommt der, der es einem geschenkt hat, und sagt: »Na, Harold, hast du gefunden, was ich dir hingelegt hab?« Und dann sagt man: »Nein.« Und dann sagt er: »Aber ich hab es auf die Kommode gelegt, wo du es gleich sehen musstest, also wieso hast du es nicht gefunden?«, und man sagt: »Ich weiß nicht.« Und dann denkt man nach und sagt: »Walter muss es genommen haben, bevor ich aufgewacht bin. Jetzt hau ich ihn grün und blau.« Und Walter sagt, er hat es im Wald gelassen, aber er weiß nicht mehr, wo, und so hat man es verloren, obwohl man es eigentlich gar nicht gehabt hat, aber man weiß, dass man es verloren hat. Vielleicht ist es das ...*

Inzwischen waren sie in der Stadt und hielten gegenüber von Mister Thomasons Laden.

Der Neger kurbelte das Fenster herunter, und Mister Leland spähte an ihm vorbei und sah, dass sein Vater am Pfosten lehnte und sich aufrichtete, dass Bobby-Joe auf die Straße spuckte und Mister Harper sich vorbeugte.

»Vielen Dank, Sir – der Herr segne Sie«, rief der Neger seinem Vater zu und wandte sich dann zu Mister Leland. »Auch dir vielen Dank, Mister Leland. Du bist ein prächtiger junger Mann. Besuch mich mal, wenn du in den Norden kommst.« Er griff in eine winzige Tasche in seiner Weste und zog eine Karte hervor. Mister Leland nahm sie und strich mit den Fingerspitzen über die erhabenen Lettern, ohne sie anzusehen. Der Neger schüttelte ihm die Hand – seine Hand war weich und schlaff wie die einer Frau – und öffnete die Tür. Mister Leland sprang hinaus. Als er vor den Verandastufen stand, war der Wagen schon fast bei Harmon's Draw.

Er gab die Karte seinem Vater, der sie, ohne einen Blick

darauf zu werfen, an Mister Harper weiterreichte. Der las sie den Männern vor: »REVEREND B. T. BRADSHAW – DIE AUFERSTANDENE KIRCHE DES SCHWARZEN JESUS CHRISTUS VON AMERIKA GMBH, NEW YORK CITY.«

Mister Thomason brachte einen Stuhl für seinen Vater, und als der sich gesetzt hatte, nahm er Mister Leland auf den Schoß. Mister Harper rollte herbei und beugte sich zu ihm, sodass er seinen Altmänneratem riechen konnte, und befragte ihn. Er erzählte alles, an das er sich erinnern konnte, und er konnte sich an alles erinnern. Mister Harper sagte gar nichts, bis Mister Leland von der Uhr erzählte und dass der Neger gesagt hatte: »Ist das nicht herrlich primitiv?«, und selbst da nickte er nur und bemerkte mit einem halben Seufzer: »Ja, ja, da hat er recht.« Aber das war alles. Und die anderen Männer hörten nur zu.

Es war erst kurz vor vier, aber als er zu Ende erzählt hatte, sah sein Vater ihn ernst an und sagte: »Dann gehen wir jetzt nach Hause.«

Sein Vater sagte erst wieder etwas, als sie an der Zufahrt waren. Mister Leland hörte, wie sich der Klang des Hufschlags veränderte, als sie von der Asphaltstraße auf den Weg einbogen. »Harold, sag deiner Ma nicht, dass du mit dem Neger mitgefahren bist.« Er hielt kurz inne. »Es würde ihr wahrscheinlich nicht gefallen.«

»Ja, Papa.«

Er drehte sich nicht um, doch er lehnte sich zurück, sodass sein Kopf an der Brust seines Vaters lag und er sein großes Herz schlagen hörte und die Stimme, die dumpf und weit entfernt klang: »Es ist nichts Schlimmes, verstehst du? Es ist nicht wie gestern, als du gelogen hast, damit ich keine Schwierigkeiten kriege. Es ist nur, damit sie sich keine Sorgen macht, denn sie will nicht, dass du mit Fremden mitgehst, aber da du es nun mal gemacht hast und dir nichts passiert ist, gibt es keinen Grund, sie zu beunruhigen. Verstehst du das?«

Er nickte und spürte, wie sein Hinterkopf über das Hemd des Vaters rieb.

»Sieh mal.« Er nahm die Zügel in die eine Hand, steckte die andere in die Tasche und zog etwas hervor. Er hörte Seidenpapier knistern, und dann streckte der Vater die Hand über seine Schulter, und er sah das Päckchen. »Mach's auf. Ich will, dass du's dir ansiehst.« Mister Leland öffnete es und sah einen Schal aus gelber Seide und mit einem ganz schmalen, gerollten Saum – irgendwie wusste er, dass es Seide sein musste, denn das Material war feiner, glatter, zarter als alles, was er je gesehen hatte. Er hielt den Schal hoch, und der Stoff war so leicht, dass er sich sogar in dieser schwachen Brise elegant und prächtig bauschte. »Gelb ist ihre Lieblingsfarbe, und sie mag schöne Sachen. Ich hab ihn mit einem Teil der zwanzig Dollar gekauft. Sag mal, soll ich den Fünfer für dich aufbewahren? Du musst ihn mir nicht geben – wenn du willst, kannst du ihn auch behalten. Es ist ja deiner.« Aber Mister Leland hatte schon in die Tasche der Latzhose gegriffen und den Geldschein hervorgeholt und gab ihn seinem Vater. »Ich heb ihn für dich auf, dann hast du genug Geld, wenn der Zirkus nach New Marsails kommt.« Mister Leland nickte.

Sein Vater sagte seiner Mutter, er habe zwanzig Dollar gekriegt, weil er einem reichen Touristen beim Reifenwechsel geholfen habe, und gab ihr das Geschenk. Sie weinte ein bisschen, drückte den Schal ans Gesicht, küsste ihn und trug ihn beim Abendessen. Mister Leland fand, dass sie schöner aussah als je zuvor.

Am Samstag gingen sie nicht in die Stadt. Mister Leland dachte, sie würden vielleicht gehen und noch mehr sehen, aber als er seinen Vater fragte, sagte der: »Nein. Wir würden wahrscheinlich nur noch mehr Neger mit Koffern sehen, die weggehen, und außerdem haben wir deine Ma jetzt zwei Tage hier draußen allein gelassen, und ich glaube, es wäre ganz gut, eine Weile hier zu sein und zu tun, um was sie uns bittet, sonst könnte es sein, dass sie ein bisschen gereizt und böse wird. Und wenn man's bedenkt, hätte sie sogar recht, denn sie hat ja all die Sachen erledigt, die wir hätten erledigen sollen, und das war nicht besonders nett von uns. Also würde ich sagen, wir bleiben heute zu Hause.«

Den größten Teil des Tages spielte Mister Leland mit Walter. Er erzählte ihm alles, was in den vergangenen Tagen passiert war, aber Walter kapierte nur, dass Tiere erschossen worden waren und das Blut aus ihnen gespritzt war wie Wasser aus einem Ballon. Das hätte er gern gesehen. Mister Leland versicherte ihm, es sei tatsächlich ein toller Anblick gewesen. Natürlich wollte Walter, dass sein Bruder mit ihm hinging, damit er die toten Tiere sehen konnte – insgeheim hoffte er wahrscheinlich, dass das Blut noch immer herausspritzte. Und natürlich Tuckers abgebranntes Haus. Mister Leland sagte, dafür sei er noch zu klein. Walter sagte, das sei er gar nicht, bewies es aber, indem er aufstampfte und weinte und schrie und ein Mordstheater machte. Weil er es selbst auch noch einmal sehen wollte, nahm Mister Leland ihn schließlich mit. Sie gingen auf schmalen, ausgetretenen Pfaden durch den Wald und kamen am hinteren Ende des grauen Feldes heraus. In der Ferne sahen sie die wie verbrannte Baumwollsträucher aufragenden Pfosten und die dunkle Fliegenwolke über dem Pferch. Als sie das Feld halb überquert hatten, kam auf der Landstraße von der Stadt her ein weißer Mann auf einem Fahrrad auf sie zu. Es war ein altes American-Fahrrad. Früher war es ziegelrot und cremeweiß gewesen, doch Gebrauch und Wetter hatten es inzwischen mit einer dunkelgrauen Rostschicht überzogen. Es hatte keine Schutzbleche mehr, und die Lampe war kaputt. Der Mann hielt am Straßenrand an, legte das Fahrrad hin und sah sich um. Er bemerkte die beiden Jungen. »Ihr seid Harry Lelands Jungs, stimmt's?«

Auch er sprach, als hätte er es im Norden gelernt, aber mehr wie Mister Harper als wie der Neger. Die Jungen sagten nichts. Sie standen mitten auf dem Feld, und Mister Leland nahm seinen Bruder an die Hand.

Der Mann rief: »Ich bin Dewey Willson.«

Das ist gelogen. Dewey Willson ist der General, und der ist tot. Er hielt Walters Hand so fest, dass der protestierte. »Sei still, Walter. Der Mann ist vielleicht verrückt.« *Aber nicht so wie Tucker, sondern wirklich, weil er nämlich denkt, er ist ein Toter.* Er ging weiter und zerrte seinen Bruder hinter sich her, bis sie den Mann besser sehen konnten. Er war kleiner als ihr Vater, aber sein Haar war ebenfalls blond, wenn auch kürzer geschnitten. Er trug einen hellblauen Anzug mit vielen Knöpfen – drei oder vier – und eine graue Krawatte mit diagonalen Streifen.

»Weißt du irgendwas über den Brand, Kleiner?« Er wartete auf eine Antwort, aber Mister Leland sagte nichts.

»Ich bin ein Freund von Tucker Caliban, gerade erst zurück aus dem Norden. Wisst ihr, was hier passiert ist?«

»Sie sind ein Freund von Tucker?« Das rutschte Mister Leland so raus. Er glaubte es ebenso wenig wie er glaubte, dass dieser Mann der General war. Trotzdem – er hörte sich eigentlich nicht so an, als würde er lügen.

»Ja. Siehst du?« Der Mann griff in die Tasche – Mister Lelands Herz machte einen Hüpfer: *mehr Geld!* –, aber der Mann zog nur ein Stück Papier hervor. »Das ist ein Brief von ihm. Er war ein sehr guter Freund.« Er machte ein trauriges Gesicht, als er das sagte.

»Ja?« Sie standen jetzt vor ihm; er sah auf sie herab und streckte ihnen das Stück Papier hin. Das Summen der Fliegen war hier viel lauter. »Wissen Sie, warum er das getan hat?«

»Was hat er denn getan?«

Mister Leland konnte nicht mehr an sich halten, denn er wollte unbedingt herausfinden, was der Mann wusste. »Na, er hat sein Haus angezündet und die Tiere erschossen und so.«

Der Mann starrte ihn an, als könnte er es nicht glauben. »Dann hatte mein Vater recht! Er hat das wirklich getan?«

»Ja, er hat das wirklich getan.« Der Mann machte noch immer ein ungläubiges Gesicht, und so fügte Mister Leland hinzu: »Vor zwei Tagen.«

»Vor zwei Tagen?«

Mister Leland kam zu dem Schluss, dass der Mann nicht an seinen Worten zweifelte, sondern schwerhörig war, denn er ließ ihn alles, was er sagte, wiederholen. »Ja, ich hab's selbst gesehen. Er hat im Haus Feuer gelegt und seine Tiere erschossen und –«

»Das Blut ist rausgespritzt wie Wasser aus einem Ballon«, rief Walter.

»Sei still, Walter.« Mister Leland drückte die Hand seines Bruders, bis der zusammenzuckte. »Das hat er wirklich getan.« Er sah den Mann an.

»Ich glaube dir.« Der Mann nickte.

»Stimmt ja auch«, sagte Walter.

»Halt den Mund, Walter.«

»Erzähl mir bitte alles.« Der Mann sah sehr traurig aus.

Mister Leland erzählte von dem Salz und den Schüssen und dem Feuer und der Uhr (diesmal vergaß er sie nicht) und den Funken, die im Nachthimmel verschwunden waren, doch als er fertig war, wirkte der Mann nicht weniger traurig, nicht weniger ungläubig. »Und Sie sind wirklich ein Freund von ihm?«

Der Mann nickte und sah so seltsam aus, dass Mister Leland dachte, es wäre gut, so schnell wie möglich zu verschwinden. »Wir müssen jetzt gehen. Wiedersehen.« Er steuerte auf die Landstraße zu – das war der sicherste Weg, denn durch den Wald würde der Mann sie vielleicht verfolgen – und hörte nicht, dass der Mann sagte: »Ja, Wiedersehen.«

Als sie an der Straße waren, ließ er Walters Hand los und rief ganz laut: »Los – Wettrennen!«

»Ich hab aber keine Lust.«

Mister Leland beugte sich zu seinem Bruder und flüsterte: »Damit wir rennen können. Jetzt kann er uns noch erwischen, und er sieht gefährlich aus.«

»Na gut – Wettrennen.« Walter sah über die Schulter.

Sie rannten so schnell sie konnten, bis sie die Kuppe erreicht hatten. Als der Mann sie nicht mehr sehen konnte, blieben sie stehen und verschnauften. »Der war verrückt«, sagte Walter.

»Woher willst du das wissen?« Mister Leland mochte es nicht, wenn sein Bruder vorschnelle Schlüsse zog.

»Er hat doch so ausgesehen.«

»Ja.« Er musste zugeben, dass das stimmte.

»Also ist er verrückt.«

Mister Leland wollte gerade sagen, dass das nicht immer so war und dass Tucker zwar verrückte Sachen gemacht und sogar verrückt ausgesehen hatte, aber ganz bestimmt nicht verrückt war, denn er schien einen Grund dafür zu haben, auch wenn sie beide noch zu klein waren, um ihn zu verstehen, aber dann dachte er, dass Walter das sowieso nicht kapieren würde, und sagte nichts.

Sie gingen den Hügel hinunter zu der Stelle, wo die Zufahrt abzweigte, hatten ungefähr ein Viertel des Wegs geschafft und konnten den nächsten Hügel und die Landstraße sehen, die dort aus dem Wald kam. Plötzlich erschien der schwarze Wagen, genauso schnell wie gestern, als er von den Hügeln gekommen war, genauso schnell wie der Kohlenlaster. Am Steuer saß wieder der hellhäutige Neger, und der Staub an den Straßenrändern wurde aufgewirbelt und schlug hinter dem Wagen zusammen wie Walters Hände, die immer zu spät zugriffen, wenn Mister Leland ihm einen Ball zuwarf. Mister Leland winkte, und Walter, der anscheinend dachte, es wäre eine Art Spiel, winkte ebenfalls mit beiden Armen. Sie winkten, bis der Wagen vorbei war, aber niemand winkte zurück. Mister Leland sah den Neger, der hinten saß und, die Sonnenbrille auf der Nase, nach vorn starrte. Der Wagen verschwand über die Kuppe. Sie gingen weiter.

»Warum haben wir eigentlich gewinkt?« Walter hüpfte in großen, unregelmäßigen Kreisen um ihn herum. »Kanntest du die?«

Mister Leland hatte Walter nichts von dem Neger und der Fahrt in dem Wagen erzählt, denn Walter hätte es bestimmt seiner Mutter gesagt, und dann hätte sein Vater Schwierigkeiten gekriegt. »Ja. Ich hab sie gestern in der Stadt gesehen.«

»Was haben sie da gemacht? Das hast du mir gar nicht erzählt.«

»Ist ja auch nicht wichtig. Vergiss es einfach.«

»Aber wer war das?«

»Niemand.« Er drehte sich um, sah seinen Bruder an und bemühte sich, möglichst aufrichtig auszusehen. »Einfach niemand.«

EIN GEBURTSTAG
IM HERBST
VOR LANGER ZEIT

Als Dewey Willson III. am klaren, nebellosen Herbstmorgen seines zehnten Geburtstags blinzelnd erwachte, stand es in der Ecke seines Zimmers: ein American-Fahrrad mit zweifarbigem Rahmen, verchromten Teilen und Weißwandreifen.

Langsam und zögerlich stieg er aus dem Bett, denn er dachte, wenn er sich zu schnell bewegte, würde es bestimmt einfach verschwinden. Der Boden war so kalt, dass er erschauerte. Dann stand er vor dem Fahrrad und hatte es nicht so erschreckt, dass es sich in Luft auflöste. Er strich über den schwarzen Ledersattel. Er wäre zu gern damit gefahren, doch ihm war schmerzhaft bewusst, dass er es nicht konnte. Tucker hatte mehrmals versucht, es ihm beizubringen, schließlich aber aufgegeben, denn Dewey konnte sich weder im Gleichgewicht halten noch lenken oder in die Pedale treten.

Während er sich anzog, ließ er es nicht aus den Augen. Dann rannte er hinunter und suchte Tucker. Diesmal würde er es lernen – er musste Tucker überreden, es noch einmal zu versuchen.

Tucker war mit John, seinem Großvater, hinter dem

Haus, wo die beiden den Wagen polierten. John war fast fünfundsiebzig und hatte weißes Haar und so viele Falten, dass sie alle anderen Merkmale aus seinem Gesicht verdrängten. Die meiste Arbeit erledigte Tucker, obwohl er erst dreizehn war und kaum bis zum oberen Türrahmen reichen konnte. Dewey blieb in einiger Entfernung stehen und sah ihnen zu, denn er fürchtete, Tucker würde ihm sagen, er sei ein blöder kleiner Junge, der das Fahrradfahren nie lernen würde, doch schließlich nahm er seinen Mut zusammen und fragte ihn.

»Ich kann gerade nicht, Dewey. Ich muss Grandpap helfen.« Tucker drehte sich um und hielt in der einen Hand ein weißes Tuch, in der anderen eine Dose mit orangerotem Wachs. Schon jetzt sah er Leute auf eine Art an, dass man hätte meinen können, er würde gleich auf irgendwen oder irgendwas losgehen, obwohl er vielleicht gerade an was ganz anderes dachte; und schon jetzt waren seine Augen von einer Nickelbrille eingerahmt.

»Diesmal lerne ich's, versprochen.« Unter Tuckers Blick trat er von einem Fuß auf den anderen und sah auf die Gummikappen seiner Turnschuhe.

»Vielleicht, vielleicht auch nicht, aber nicht jetzt. Ich muss Grandpap helfen.« Tucker wandte sich wieder zu dem alten Mann, der schnaufend das Dach des Wagens polierte. »Später.«

So verbrachte Dewey den größten Teil seines Geburtstags auf der Hintertreppe und sah Tucker bei der Arbeit zu. Das Fahrrad stand auf seinem Ständer neben ihm. Er fragte sich, ob Tucker vielleicht neidisch war. Am liebsten hätte er Tucker gar nicht in Anspruch genommen, am liebsten hätte er sich aufs Fahrrad geschwungen und entdeckt, dass ein Wunder geschah und er davonfahren konnte, ohne sich umzusehen, ohne Angst, er könnte stürzen oder in irgendwas hineinkrachen.

Tucker war erst am späten Nachmittag fertig, als der Wind vom Golf kam und einen metallischen Geschmack von Salz hatte. Die Sonne war recht dunkel und fuhr in einem Streitwagen aus Wolken dem Horizont entgegen. Es würde ihnen nicht viel Zeit bleiben.

Sie standen an der Hintertreppe. Dewey blickte zu Tucker auf, der sich missmutig umsah. »Hier geht's nicht, viel zu wenig Platz. Du würdest jeden Busch über den Haufen fahren, und dann kriegen wir Ärger. Komm mit.« Er nahm das Fahrrad am Lenker, klappte den Ständer ein und schob es zur gekiesten Zufahrt.

»Wo willst du hin?« Dewey eilte ihm nach. Er war ein bisschen sauer, weil nicht er das Rad schob, sondern Tucker.

»Jetzt komm schon. Wir haben keine Zeit zum Quatschen.«

Sie gingen ein paar Hundert Meter nach Norden, bis sie an eine Stelle kamen, wo jemand ein Restaurant hatte bauen wollen, es sich aber schließlich anders überlegt hatte. Nur der Parkplatz war fertig, eine riesige schwarze Fläche, aus der ein paar Betonpfeiler sprossen.

Inzwischen war es beinahe dunkel. Die Sonne war abrupt hinter den Bäumen auf ihrer Seite der Straße verschwunden. Tucker schob das Rad bis zur Ecke des Parkplatzes und blieb stehen. »Weißt du noch, was ich dir gesagt hab?«

»Ich glaub schon.« Er war sich nicht ganz sicher. Tucker merkte es.

»Okay, dann hör zu.« Er spulte seinen Vortrag mit hoher,

monotoner Stimme ab. »Wenn du langsam fährst, verlierst du leicht das Gleichgewicht, darum ist es besser, schneller zu fahren. Aber wenn du schnell fährst, darfst du das Lenken nicht vergessen. Und immer ruhig bleiben, dann ist es ganz einfach. Kriegst du das hin?«

»Ich glaub schon.«

»Na gut. Steig auf, ich halt dich und lauf nebenher. Ich sag dir, wenn ich loslasse. Okay?«

»Ich glaub schon.«

Tucker half ihm auf den neuen Sattel. Dewey stellte die Füße auf die Pedale. Tucker sah sie. »Was hab ich dir immer wieder gesagt? Kein Fahrrad mit Turnschuhen! Du rutschst von den Pedalen ab und tust dir weh.«

»Tut mir leid.«

»Tja, ist jetzt wohl nicht zu ändern.« Tucker seufzte. »Probieren wir's.«

Dewey rutschte auf dem Sattel hin und her, und Tucker schob ihn an. »Und jetzt schön das Gleichgewicht halten. Du musst ein Gefühl für die beiden Räder kriegen. Keine Angst. Und nicht zu stark lenken.«

Die Lenkerenden zuckten wie die Hörner eines wilden Stiers. Dewey sah Tucker an.

»Ich lass jetzt los.« Sofort fuhr Dewey wilde Schlangenlinien, und Tucker musste ihn festhalten, bevor er gegen einen der Betonpfeiler knallte. Sie versuchten es wieder und wieder: Tucker rannte schnaufend und hin und wieder hustend neben ihm her, Dewey saß auf dem Fahrrad und wusste nicht, was er tun sollte, strengte sich aber an, irgendwas zu tun. Er hätte am liebsten geweint, aber er wollte nicht, dass Tucker es sah – das wäre noch beschämender gewesen.

Der Abend hing über den Hügeln, und der Wind wurde stärker. Sie hatten es unzählige Male versucht.

»Wir gehen jetzt lieber nach Hause, Dewey-Boy.«

»Bitte, Tucker. Noch ein Mal. Bitte.«

»Dewey, du weißt doch, dass dein Vater sauer wird, wenn er wegen uns mit dem Abendessen warten muss.«

»Tucker, ich *muss* es lernen!« Er spürte Tränen in den Augen, und vielleicht rannen sie ihm auch schon heiß über die Wangen, denn Tucker sah ihn an, nickte, hielt das Fahrrad fest, damit es nicht umfiel, und begann zu schieben. Dewey suchte das Gleichgewicht, und als er glaubte, es gefunden zu haben, rief er Tucker zu, er solle loslassen.

Aber Tucker war gar nicht mehr da. Er war ohne Vorwarnung stehen geblieben, und Dewey war allein, er fuhr, er rollte, glitt, segelte, flog dahin, ganz allein, er spürte, wie das Fahrrad auf den schmalen weißen Reifen balancierte, und Stolz wallte in ihm auf. Und dann, aus dem Nichts, kam plötzlich Angst in ihm auf, Panik blendete ihn, verstopfte ihm die Ohren, dass er kaum hören konnte, dass Tucker rief: »Geradeaus! Lenken! Geradeaus!«

Doch sein Selbstvertrauen war bereits in kleinen öligen Tropfen aus ihm herausgesickert, und er verlor den Kampf gegen den bockenden Lenker. Der schwarze Asphalt sprang ihn an, und er schürfte sich die Knie auf, aber jetzt, da er wieder sicheren Boden unter den Füßen hatte, spürte er es kaum und war so stolz wie noch nie zuvor.

»Du hast es geschafft! Du hast es geschafft!« Tucker rannte zu ihm, half ihm auf und klopfte ihm auf die Schulter. Sie tanzten um das Fahrrad herum. Tucker schüttelte ihm die Hand, umarmte ihn und gab ihm sogar einen Kuss, und sie jubelten und schrien, bis sie heiser waren.

Dann gingen sie an der schwarzen, geraden Straße entlang nach Hause. Die Scheinwerfer der wenigen Wagen, die ihnen entgegenkamen, beleuchteten ihre Gesichter.

»Tucker, bringst du mir bei, wie ich allein losfahren kann?«

»Klar. Sobald du gelernt hast, wie man anhält, ohne hinzufallen.«

»Und bringst du mir auch bei, wie man –« Ein Wagen fuhr vorbei. Tuckers Brillengläser blitzten auf, sein Gesicht war fast weiß. Dewey sah den Ausdruck von Resignation darauf und wusste, dass Tucker in Gedanken schon zu Hause war und er lieber den Mund halten sollte.

Erst später wurde Dewey bewusst, dass Tucker geahnt haben musste, was ihn erwartete, als er gesagt hatte, sie könnten es noch ein letztes Mal versuchen. Er war verantwortlich, er musste auf die Uhrzeit achten, aber er hatte nicht darauf geachtet. Das fand jedenfalls Deweys Vater, und er hatte mit John darüber gesprochen, und der wiederum hatte seine Schwiegertochter angewiesen, die Strafe so ausfallen zu lassen, dass sie für eine Weile in Erinnerung blieb. Beim Abendessen hörte Dewey das Klatschen des Leders auf Tuckers Hintern.

Später am Abend erzählte Dewey seinem Vater, dass er gelernt habe, Fahrrad zu fahren. Er dachte, sein Vater würde sich freuen, denn das Fahrrad war ja sein Geschenk gewesen, aber der Vater nickte nur und sah nicht mal von seiner Zeitung auf. Dewey fühlte sich sehr lange schuldig, weil er Tucker angebettelt hatte zu bleiben. Er wollte es immer zur Sprache bringen, tat es aber nie, und dann ging er aufs College. Und Tucker verlor kein Wort darüber.

DIE
WILLSONS

Es war Samstagnachmittag. Die Telefonmasten am mit
Beton und Feldsteinen befestigten Flussufer hüpften so
schnell am Fenster vorbei, dass Dewey – achtzehn jetzt
und nach dem ersten Jahr auf dem College im Norden
auf dem Heimweg – den Versuch aufgab, sie zu zählen,
und stattdessen den langsamer dahinströmenden Fluss betrachtete. Doch schon bald dachte er, wie so oft in dem
Monat, seit er ihn erhalten hatte, an Tuckers Brief. Er war
sich noch immer nicht sicher, ob er ihn verstanden hatte.
Nicht dass der Brief viele tiefe oder komplexe Gedanken
enthalten hätte – es war ein ganz einfacher Brief, doch er
bezog sich auf ein Ereignis und eine Zeit, an die er, Dewey,
sich kaum erinnern konnte. Um verstehen zu können, was
Tucker meinte, musste er sich erinnern und jene Zeit, jenen Tag, genau betrachten, und zwar nicht nur die Ereignisse, sondern auch die Gefühle, die er dabei empfunden
hatte. Er wünschte, es wäre irgendwo aufgezeichnet, damit er es hervorholen und lesen und wissen könnte, was er
damals gefühlt hatte. Und so dachte er wieder einmal an
jenen Tag und verstand wieder einmal nicht, was Tucker
meinte. Seine Botschaft war in einem Code verfasst, an
den Dewey sich nicht erinnerte, den er vielleicht nie ge-

kannt hatte. Er zog den Brief aus dem inzwischen zerfledderten Umschlag, entfaltete das gelbe Notizblatt und las die maschinengeschriebenen Worte, die Tucker (dessen war er sich sicher) Bethrah diktiert und unter die er nicht die Unterschrift eines zweiundzwanzigjährigen Mannes gesetzt hatte, sondern die eines vierzehnjährigen Jungen – so alt war er gewesen, als er die Schule verlassen hatte.

Lieber Dewey –
ich hoffe, Dir geht's gut. Mir geht's prima. Bethrah
ebenfalls und dem Baby auch.
Ich schreibe Dir, weil ich Dich fragen wollte, ob Du
Dich daran erinnerst, wie ich Dir das Fahrradfahren
beigebracht habe. Das war ein sehr wichtiger Tag für
Dich. Ich weiß noch, dass Du es unbedingt lernen
wolltest. Ich bin froh, dass ich es Dir beibringen konnte.
Aber Du hättest es sowieso gelernt, weil Du es so
sehr wolltest.
Als Du Weihnachten zu Hause warst, hast Du gesagt,
ich soll Dir schreiben. Darum frage ich nach der Sache
mit dem Fahrrad.
Dein
Tucker Caliban

Aber alles Nachdenken war jetzt ebenso vergeblich wie all die anderen Male, und Dewey war verwirrt und enttäuscht. Doch bald würde er angekommen sein und Tucker selbst fragen können, auch wenn er damit zugab, dass er nicht die blitzschnelle Auffassungsgabe besaß, derer er sich rühmte.

Der Zug fuhr in den Tunnel zum Hauptbahnhof von

New Marsails ein. Trübe Glühbirnen in stählernen Fassungen warfen runde Lichtflecken in die Dunkelheit. Männer arbeiteten im Licht von Laternen mit Schaufeln und Spitzhacken, und einer, der Vorarbeiter, hielt eine blutrote Laterne und schwenkte sie, als der Zug vorbeifuhr. Dewey stand auf, reckte sich, fuhr in die verdrehten Ärmel seines Anzugjacketts und tastete nach den Zigaretten, die er, das wusste er bestimmt, in die linke Brusttasche gesteckt hatte. Und dann war es wieder später Nachmittag, und das Donnern des Tunnels verklang, und er hörte nur das allgemeine Gemurmel im Wagen.

Wenn Dewey später daran dachte, wie es an jenem Nachmittag im Bahnhof ausgesehen hatte, konnte er sich nicht erinnern, ob ihm die zahlreichen Neger auf den Bahnsteigen und in den Wartesälen für Farbige aufgefallen waren, und ebenso wenig erinnerte er sich an die vielen nachdenklichen dunklen Gesichter der Männer und daran, dass sie in frisch gebügelten Anzügen und sauberen Hemden gesteckt und viele von ihnen abgewetzte Lederkoffer oder zerfranste Stofftaschen oder Einkaufsbeutel geschleppt hatten, vollgestopft mit Kleidung, Laken, Decken und Fotos; er erinnerte sich nicht an die Frauen in dünnen Sommerkleidern, die über dem einen Arm Mäntel und Pullover – die eigenen und die ihrer Kinder – und über dem anderen einen Picknickkorb getragen hatten. Er erinnerte sich nicht an die Schuhe, die so lange geputzt worden waren, bis man die Risse und Kratzer nicht mehr hatte sehen können, und auch nicht an die wimmelnden, hüpfenden Kinder, die ihren Eltern vorausgeeilt waren, oder die kleineren, die sich an den Rockschoß ihrer Mutter geklammert hatten, oder an die Babys, die auf einer

Bank oder dem Arm eines Erwachsenen geschlafen hatten. Er konnte sich nicht an die alten Leute erinnern, die stolz am Stock gegangen waren oder still dagesessen und auf ihren Zug gewartet hatten, und auch nicht daran, dass die Neger im Flüsterton gesprochen, die Blicke von Weißen vermieden und sich bemüht hatten, keine Erinnerung zu hinterlassen.

Er erinnerte sich, dass da Neger gewesen waren – am Bahnhof waren immer Neger: Gepäckträger in grauen Anzügen und mit roten Mützen –, aber die vielen anderen an jenem Tag und die Tatsache, dass sie allesamt die Stadt verlassen wollten, bemerkte er nicht. Er erinnerte sich eigentlich nur daran, dass er durch die schmutzigen Fenster nach seiner Familie Ausschau gehalten hatte, dass die Druckluftbremsen ihn hatten stolpern lassen und dass er sich gefreut hatte, seine Schwester Dymphna, die zu mögen und zu schätzen er jetzt alt genug war, zum ersten Mal seit Weihnachten wiederzusehen; wie er enttäuscht gewesen war, Tucker und Bethrah nirgends entdecken zu können, und schließlich, wie überrascht – nein, nicht überrascht, es war weit verstörender –, wie überaus schockiert er gewesen war zu sehen, dass seine Eltern, seine Mutter und sein Vater, einander anlächelten und *Händchen hielten*(!), als wären sie Teenager. Als er nach einem trüben Weihnachtsfest aufgebrochen war, hatte seine Mutter fortwährend davon gesprochen, dass sie die Scheidung einreichen werde.

Der Zug war zum Stillstand gekommen. Dewey reckte sich zum Gepäcknetz, hob seine beiden Taschen herunter, ließ ein paar Passagiere vorbei und reihte sich hinter zwei Mädchen ein, die wie er in den Semesterferien nach Hause zurückkehrten. Obwohl es recht warm war, trugen sie dicke, hochgeschlossene Pullover und viele Perlenketten.

»Und dann hat er mich gefragt, ob ich eine Blockade oder so habe, und fing an, ganz sanft auf mich einzureden, aber darauf bin ich nicht reingefallen. Er hat gesagt, es wäre ganz natürlich, dass Männer und Frauen so was machen.«

»Genau dasselbe hat er mir auch gesagt.«

»Na ja, aber auf einmal hab ich gemerkt, dass ich ihn unbedingt küssen will. Und danach bin ich einfach zerflossen.«

»Ich auch.«

An der Tür half ein lächelnder Schaffner in einer abgewetzten blauen Uniform den Passagieren die schlüpfrigen Stufen hinunter. Er wollte Deweys Arm nehmen, doch der lehnte höflich ab und sprang von der letzten hohen Stufe auf den Bahnsteig.

Dymphna hüpfte und drehte sich mit jedem Sprung um einen Viertelkreis weiter, und schließlich entdeckte sie ihn, winkte ihm mit beiden Armen und versuchte zugleich, es ihren Eltern zu sagen. Dann tauchte sie in der Menge unter, und als er sie das nächste Mal sah, war sie nur noch dreißig Schritte entfernt und rannte mit flatterndem Mantel und ausgebreiteten Armen auf ihn zu. Noch bevor er die Taschen abstellen konnte, umfasste sie seine Taille und drückte ihn an sich. »Dewey! Halloo!«

»Hallo. Wie geht's?« Die stürmische Begrüßung verschlug ihm die Sprache.

Sie ließ ihn nicht los, sondern drückte ihn eher noch fester. »Gut. Ist das alles, was du zu sagen hast?« Sie beugte sich zurück. »Wie gefalle ich dir?«

»Du hast dir die Haare schneiden lassen.« Über ihren Kopf hinweg sah er seine Eltern kommen, noch immer Hand in Hand, und er wollte wissen, was ihn erwartete. Er beugte sich zu ihr und flüsterte: »Sie halten *Händchen*. Was zum Teufel ist hier los? Ist ein Wunder geschehen?«

Sie drückte ihn wieder an sich. »Ja! Ja! Ja! Ich weiß nicht, was passiert ist, aber wie es aussieht, sind wir jetzt doch keine zerrüttete Familie mehr. Ist das nicht toll?«

Jetzt waren auch seine Eltern da. Dymphna ließ ihn los, und seine Mutter trat vor und umarmte ihn. Es klang, als würde sie schluchzen, und er verstand nicht, was sie zu seiner Brust sagte, doch als sie zurücktrat und ihn musterte, waren ihre Augen trocken, und sie lächelte. Sie war älter geworden: Er hatte an ihren Schläfen nie ein graues Haar gesehen, doch jetzt sah er viele.

Sein Vater stand, die Hände auf dem Rücken, hinter ihr. »Wie geht's dir, Dewey?« Er streckte die Hand aus und beugte sich vor, fast zaghaft und ohne einen Schritt zu tun, als wäre zwischen ihnen ein zwei Armlängen breiter bodenloser Graben.

»Ganz gut, Dad.«

Sein Vater nickte, zog die Hand zurück und legte sie zu der anderen auf den Rücken. »Du siehst gut aus, Sohn.«

»Er hat abgenommen«, klagte seine Mutter.

Schweigend sahen sie einander an, und Dewey wurde bewusst, wie sehr sie sich verändert hatten: Seine Mutter war noch immer hübsch, aber nicht mehr jung und hatte etwas beinahe Matronenhaftes, ihre scharf geschnittenen Züge waren weicher geworden, und ihre braunen Augen blickten stumpfer. Vor allem wirkte sie müde. Sein Vater war nicht so sehr gealtert als vielmehr geschrumpft, doch er sah glücklicher aus, als Dewey ihn je erlebt hatte, weniger bedrückt, als wäre ihm eine schwere Last von den Schultern genommen. Und Dymphna war eine sehr attraktive, modisch gekleidete junge Frau geworden – so musste seine Mutter vor zwanzig Jahren ausgesehen haben.

Er hatte mit einem ganz anderen Empfang gerechnet und wäre nicht überrascht gewesen, wenn nur einer von beiden gekommen wäre und gesagt hätte, die Scheidung sei bereits eingereicht. Oder wenn sie zwar beide gekommen wären, aber Abstand zueinander gehalten und nicht miteinander, sondern nur mit ihm geredet hätten, mit Dymphna zwischen ihnen als Barriere aus Fleisch und Blut, damit sie einander nicht einmal zufällig berührten. Und dann dies: Sie waren … glücklich.

Keiner sagte etwas. Sie standen auf dem jetzt fast leeren Bahnsteig. Am Zugende blies der Bremser in seine Pfeife, und die Wagen bewegten sich langsam rückwärts. Ein Zug nach Norden wurde angekündigt. Sekunden später strömten Neger durch den Haupteingang zum benachbarten Bahnsteig.

»Ihr Frauen geht schon mal vor«, sagte Deweys Vater und nahm eine seiner Reisetaschen. »Wir treffen uns am Wagen.«

Dymphna machte keine Anstalten zu gehen; sie wusste, dass Dewey und sein Vater sich nie besonders nahe gestanden hatten, und hatte sich gefragt, wie die beiden miteinander zurechtkommen würden. Sie stand da, bis ihre Mutter sie anstieß.

»Komm, Dymphnie. Dann haben wir noch Zeit, den Lippenstift aufzufrischen.«

Dewey sah ihnen nach und bemerkte, dass Dymphna sich ein-, zweimal nach ihm umblickte. Er lächelte, schüttelte den Kopf und sagte: »Ach, sie macht immer so viel Wind.«

»Allerdings.« Sein Vater stand neben ihm.

Dewey ärgerte sich über diese Bemerkung und drehte sich zu ihm um. »Also – was wolltest du mir sagen?« Er wollte seinen Vater verletzen und stellte zu seiner Überraschung fest, dass es ihm gelungen war.

Sein Vater sah zu Boden. »Dewey«, begann er und seufzte, »ich weiß, dass deine Mutter und ich dir das Leben nicht immer leicht gemacht haben …«

»Du meinst, *du* hast es mir nicht immer leicht gemacht.«

»Gut möglich, mein Sohn.« Wieder hatte Dewey einen Punkt gemacht; irgendetwas war falsch oder jedenfalls anders als sonst: Sein Vater erschien ihm beinahe menschlich. *Nicht gut möglich, sondern bestimmt*, hatte er sagen wollen, beschloss aber, seinen Vater ausreden zu lassen.

»Ja, sehr wahrscheinlich sogar, mein Sohn. Aber wir haben … ich bemühe mich, die Dinge wieder in Gang zu bekommen.« Er sah zaghaft auf. »Wenn wir, du und ich, uns besser kennenlernen, werde ich dir mal erzählen, worum es dabei ging.« Er wandte den Blick ab. »Wollen wir gehen?« Er sah Dewey an, als erwartete er auch in dieser Frage einen Streit.

»Na gut.«

»Jedenfalls … wie es aussieht, könnten deine Mutter und ich es schaffen …« Er sprach den Satz nicht zu Ende. »Und ich hoffe, du und ich können uns vielleicht ein bisschen besser kennenlernen.«

Am liebsten hätte Dewey gesagt, das könnten sie bestimmt und er hoffe schon sein Leben lang darauf, aber er verkniff es sich. Zwischen ihnen stand so vieles, das sich nicht einfach wegwischen ließ. »Ich weiß nicht.«

»Vielleicht können wir es versuchen. Wir haben den ganzen Sommer. Vielleicht können wir es versuchen.«

»Vielleicht.«

Sie durchquerten den riesigen, mit Marmorplatten ausgelegten Wartesaal, wo ihre Schatten sich in Spiegelbilder verwandelten, und traten hinaus auf den Parkplatz, einer großen, betonierten Fläche, wo Parkuhren in Reih und Glied standen wie Kreuze auf einem Militärfriedhof. Es waren nur wenige Wagen geparkt. In einem saß seine Mutter lächelnd auf dem Beifahrersitz und winkte ihnen. Auf dem Rücksitz Dymphna, die ebenfalls winkte. Sie sahen einander sehr ähnlich.

Sein Vater öffnete den Kofferraum, Dewey lud die Taschen ein und setzte sich neben Dymphna. Nachdem er den Wagen angelassen hatte, trat sein Vater aufs Gas und bog auf die Straße ein.

Es waren viel mehr Neger als sonst unterwegs, und alle waren dunkel gekleidet und hatten Gepäck.

»Dewey? Hast du mich gehört?« Seine Mutter sprach mit ihm. »Ich habe dich gefragt, ob es dir auf dem College gefällt.«

»Ja, Mama, es gefällt mir sehr.«

Sie fuhren durch die Northside. Die Straßen waren voller Neger. Manche saßen auf den weißen Stufen vor hohen, schmalen, schmutzigen Backsteinhäusern. Auf unbebauten, mit Gerümpel vollgestellten Grundstücken spielten Kinder Fangen. Hin und wieder rief eine schwarze Frau, den Busen an die Fensterbank gedrückt, eines der

Kinder ins Haus, und wenn es sich von den anderen verabschiedete, dann, wie es schien, für längere Zeit.

An einer Straßenecke, vor einer Bar mit ausgeschaltetem Neonzeichen, standen ein paar Männer und steckten die Köpfe zusammen, als würde einer von ihnen einen schmutzigen Witz erzählen. Dewey wartete auf das Gelächter, doch es kam keins. Stattdessen gingen die Männer ernst und jeder für sich auseinander. Für einen Samstagnachmittag war es in der Northside eigenartig still.

Sie überquerten im Stahlgeflecht der Brücke, das sich aus dem Wagen wie Fliegengitter ausnahm, den Fluss, der an den Pfeilern schäumte, sodass es war, als würde sich nicht das Wasser, sondern die Brücke bewegen.

»Dymphnie, wie geht's eigentlich Tucker und Bethrah? Und dem Baby?« Schweigen. »Hast du mich gehört? Dymphnie? Wie geht's –«

»Ich hab dich gehört, Dewey.« Sie hielt inne. »Wir wissen es nicht.«

»Was?«

Seine Mutter drehte sich zu ihnen um. »Sie arbeiten nicht mehr für uns, mein Schatz.«

»Tatsächlich?« Das machte ihn traurig, aber es war wohl nicht zu ändern. »Für wen denn dann?«

»Für niemanden.«

Wieder Schweigen.

»Wo sind sie?«

»Sie waren draußen auf der Farm.« Dymphna legte die Hand auf seinen Arm. Er sah sie an. »Sie haben im April bei uns aufgehört.«

»Und weil wir wussten, dass du so viel lernen musstest, haben wir dir nicht geschrieben«, sagte seine Mutter.

Er lehnte sich zurück und legte die gefalteten Hände hinter den Kopf. »Dann sind sie also auf der Farm und arbeiten für niemanden. Das ist gut. Ich muss nämlich mit Tucker reden. Er hat mir einen Brief geschrieben – hat er euch das erzählt?«

Abermals Schweigen.

»Warum macht ihr alle so lange Gesichter?«

»Dewey«, begann Dymphna, als wollte sie ihm sagen, er habe einen schrecklichen Fehler begangen, wüsste aber nicht, wie sie es sagen sollte.

»Am vergangenen Donnerstag hat es da draußen gebrannt.« Seine Mutter sah ihn ernst an.

Er fuhr hoch. »Sie sind doch nicht …? Sind sie … sind sie etwa …?«

»Nein, ihnen ist nichts passiert.« Seine Mutter schüttelte den Kopf, als fehlten ihr die Worte.

»Aber niemand weiß, wo sie sind«, flüsterte Dymphna. »Es ist so rätselhaft wie nur was.«

»Bitte – keine Witze, das ist nicht komisch!« Er hielt inne und erwog die Möglichkeit. »Oder wollt ihr mich vielleicht auf den Arm nehmen? Was seid ihr doch für –«

»Nein, Dewey, das ist kein Witz«, sagte sein Vater ruhig und ohne den Blick von der Straße zu nehmen. »Das Haus ist abgebrannt, aber Tucker und Bethrah und dem Baby ist nichts passiert. Und was Dymphna gesagt hat, stimmt: Niemand weiß, wo sie sind.«

Dewey beugte sich vor und packte die Lehne der Vorderbank. »Wieso hat es gebrannt?« Ein schreckliches Bild schoss ihm durch den Kopf: Männer in weißen Laken, brennende Kreuze, Rufe, Pfiffe … »Es war doch nicht … der …«

Sein Vater erriet seine Gedanken. »Nein, die hatten nichts damit zu tun.«

»In der Zeitung stand, er hat es selbst angezündet. Wirklich!« Dymphna wippte auf ihrem Sitz wie ein kleines Mädchen.

»Selbst angezündet!« Er hob die Hände. »Also doch ein Witz.«

»Nein, Schatz, das stand wirklich in der Zeitung. Aber man weiß es nicht mit Gewissheit. Und seither hat Tucker und Bethrah niemand mehr gesehen. Trotzdem: Ich kann mir nicht vorstellen, dass er sein Haus angezündet hat.«

»Ich schon«, sagte sein Vater trocken. »Ich bin mir sogar ziemlich sicher.«

»Woher weißt du das?« Dewey beugte sich über die Schulter seines Vaters.

»Es ist ziemlich kompliziert, und ich würde es dir lieber ein andermal erzählen, wenn wir mehr Zeit haben.«

Der alte Zorn flammte in ihm auf. »Verdammt, das sagst du *immer*. Du hast doch *nie* Zeit für *irgendwas*.«

Seine Mutter machte ein Gesicht, als sähe sie einen vertrauten Albtraum heraufziehen. »Dewey, ich glaube, dein Vater würde das nicht sagen, wenn er nicht –«

»Ach, hör schon auf, Mama – das sagt er doch schon, seit ich auf der Welt bin.«

»Aber diesmal ist es anders.«

»Inwiefern denn?«, sagte er, bevor ihm bewusst wurde, dass er damit auf seine Mutter einging, die tatsächlich seinen Vater in Schutz nahm. In der Vergangenheit hatte er bei den Auseinandersetzungen mit seinem Vater stets seine schweigende Mutter verteidigt. »Tja, vielleicht. Ich werde es schon rausfinden.«

Das interessierte Dymphna. »Wie denn?«

»Indem ich hinfahre und es mir ansehe und mit Leuten rede.« Ihre schlichte Frage klang in seinen Ohren wie eine Herausforderung.

»Willst du den Wagen nehmen?« Sein Vater machte ein Friedensangebot.

»Nein!« Das war, wie er fand, zu schroff. »Nein, ich fahre mit dem Fahrrad. Ich ... ich hab zwei Tage nur auf meinem Hintern gesessen.« Er hielt inne und sagte: »Aber danke für das Angebot.«

Sein Vater nickte.

Dann hatte keiner mehr etwas zu sagen.

Die Straße wurde breiter. Zwei schwer bepackte Neger gingen in der Staubwolke, die ihre Füße aufwirbelten, in Richtung New Marsails. Als der Wagen an ihnen vorbeifuhr, kam es Dewey so vor, als hätte er sie schon mal in Sutton gesehen, aber es ging zu schnell, und er war sich nicht sicher.

DYMPHNA
WILLSON

Als ich gestern von der Schule nach Hause gefahren bin, hab ich ein paar seltsame Sachen gesehen. Ich gehe in New Marsails zur Schule: *Miss Binford's School.* Sehr exklusiv.

Jedenfalls, als ich am Busbahnhof in den Bus stieg, fiel mir auf, dass da unheimlich viele Farbige waren. Ich meine Hunderte. Ich hab mir eigentlich nichts dabei gedacht, aber als wir dann nach Sutton kamen, waren da auch eine Menge Farbige. Sie standen mit Koffern auf Mister Thomasons Veranda. Ich stieg aus, und sie stiegen ein.

Ich erwähne das nur, weil ich in den letzten Tagen und besonders nach dem Brand immer wieder an Bethrah Caliban denken muss, die einzige Farbige, die ich wirklich kenne. Ich denke daran, wie sie bei uns angefangen hat und wie sie Tucker geheiratet hat, und an viele andere Dinge.

Ich kann mich ziemlich gut daran erinnern, denn das war eine Zeit in meinem Leben, wo alles ein *Symbol* für irgendwas war und ich ständig das Gefühl hatte, große, dramatische Entscheidungen zu treffen. So sind Mädchen eben, wenn sie fünfzehn sind. Das war fast genau vor zwei Jahren.

Bethrah kam zu uns, weil Missus Caliban, Tuckers Mutter, die ganze Arbeit allein erledigen musste. John war kaum noch für irgendwas zu gebrauchen – er muss damals mindestens achtzig gewesen sein. Und Tucker ließ sich nicht zu Putzarbeiten im Haus heranziehen. Nicht dass er sich geweigert hätte – man traute sich nicht, ihn darum zu bitten. Er trug einem irgendwelche schweren Sachen von hier nach dort, aber das war's dann auch. Meistens war er in der Garage. Mutter beschloss also, dass Missus Caliban Unterstützung brauchte, und rief eine Agentur an.

Die Erste schickten sie uns an einem Mittwoch, aber keiner mochte sie, und so war sie am Donnerstagabend wieder weg.

Am Freitagmorgen saß ich im Wohnzimmer und wartete auf ein paar Freundinnen, die mich abholen wollten, als es läutete. Ich rief in die Küche, das sei für mich, und ging zur Tür.

»Hallo, ich bin Bethrah Scott. Ich komme wegen der Stelle als Haushaltshilfe.« Sie lächelte.

Ich war perplex. Sie sah nicht aus wie ein Hausmädchen. Hausmädchen sind dick und schwarz und haben einen schweren Negerakzent. Ich murmelte so was wie: »Hallo, ich bin Dymphna … Willson, ich …«, und starrte sie an.

Sie war groß – das war der erste Eindruck –, über eins achtzig (mit Absätzen eins siebenundachtzigeinhalb, sagte sie später) und ganz schlank, gertenschlank. Ihr Haar war dunkelrot wie alter Rost, schimmernd und wellig und ziemlich kurz geschnitten, und sie trug ein hellgraues Sommerkostüm, eine weiße Bluse und die süßesten schwarzen Schuhe, die man sich vorstellen kann. Ihre Augen waren groß und haselnussbraun. Sie war auf eine schlichte Weise schön, und ich mochte sie vom ersten Augenblick an. Und sie wirkte nicht nur nicht wie ein Hausmädchen, sondern auch gar nicht wie eine Farbige – außer vielleicht ihre Nase. Sie sah sehr jung aus, und wenn sie lächelte, dann lächelten auch die Augen, und ihr ganzes Gesicht strahlte.

Ich starrte sie an, lächelte und sagte, ich würde meine Mutter holen. Dann bat ich sie herein, schloss die Tür und wollte noch irgendwas Geistreiches sagen, wusste aber nicht, was, und so rannte ich durch den Flur zur Küche, wo Mutter ihren Vormittagskaffee trank und mit Missus Caliban besprach, was für die Woche eingekauft werden musste. Ich sagte ihr, es sei eine Frau gekommen wegen der Stelle als Hausmädchen. Ich wollte noch sagen, dass sie gar nicht wie ein Hausmädchen aussah, brachte den Satz aber nicht zu Ende.

Mutter bemerkte, wie verwirrt ich war. »Was ist denn, mein Schatz?«

»Nichts. Aber sie … Ach, du wirst schon sehen. Komm.« Ich ging zurück in die Eingangshalle, wo Bethrah geduldig wartete. Mutter war ebenfalls etwas verblüfft, aber sie überspielte es viel besser als ich.

»Ich bin Missus Willson. Kommen Sie, wir gehen in die Küche, trinken eine Tasse Kaffee und reden.« Bethrah streifte die weißen Handschuhe ab, und sie schüttelten sich die Hand.

»Ich bin Bethrah Scott, Missus Willson, freut mich sehr.« Wieder lächelte sie. Es war ein so wundervolles Lächeln.

»Bertha?«

»Nein, Ma'am, Bethrah.« Sie buchstabierte es.

»Bethrah. Gut, das hab ich mir gemerkt. Kommen Sie, meine Liebe, lassen Sie uns einen Kaffee trinken.«

Ich ging mit in die Küche und sah sie die ganze Zeit an.

Ich kann andere ganz gut beeinflussen und hatte ein paar sehr selbstsüchtige Gedanken. Zum einen wollte ich sie fragen, wo sie ihre Schuhe gekauft hatte, denn die sahen nicht so aus wie das, was man in New Marsails bekam, und ich musste es wissen, denn ich sah mir jede Woche an, was es in den Geschäften dort gab. Und ein anderer Gedanke war sogar noch selbstsüchtiger: Bei uns gibt es nicht besonders viele Mädchen, mit denen ich was anfangen kann – es sind alles Bauerntrampel. Und die meisten meiner Freundinnen wohnen in New Marsails. Aber hier war ein nett aussehendes Mädchen, das höchstens drei Jahre älter als ich war, und ich stellte mir vor, wie schön es sein würde, sie kennenzulernen. Und das Gute daran, sie zur Freundin zu haben, würde sein, dass sie farbig war und es darum keine Konkurrenz zwischen uns geben würde, was Jungen betraf, denn das ist oft etwas, was enge Freundschaften zwischen Mädchen zerstört.

Jedenfalls, Mutter setzte sich an den Küchentisch. Missus Caliban stand hinter ihr, und ich sah, dass Bethrah ihr ebenfalls sehr gefiel. Bethrah nahm ihr gegenüber Platz, und ich setzte mich auf den Hocker an der Tür, damit ich ihr Gesicht und ihre Schuhe sehen konnte.

»Also, Beth ... rah«, sagte Mutter, »dann erzählen Sie doch mal ein bisschen von sich. Haben Sie irgendwelche beruflichen Erfahrungen?« Sie versuchte, geschäftsmäßig zu sein, was sie eigentlich gar nicht ist. Die Frage hätte mir Angst gemacht. Wie es eben so ist, wenn jemand sagt: Dann erzählen Sie doch mal ein bisschen von sich. Man weiß nicht, wo man anfangen soll, und wird nervös, und die Hände fangen an zu schwitzen. Aber Bethrah schien gar nicht nervös zu sein. Sie kam mit allem zurecht.

»Nein, Missus Willson, habe ich nicht. Aber ich weiß, wie man das macht. Meine Mutter war Hausangestellte, und ich habe ihr zugesehen und oft geholfen.«

Wenn eine andere gekommen wäre und gesagt hätte, sie habe keine Erfahrung, hätte Mutter sie wohl gleich wieder weggeschickt, aber später sagte sie mir mal, sie habe Bethrah schon vom ersten Augenblick an einstellen wollen. Jetzt brauchte sie nur noch einen guten Grund.

»Aber sagen Sie: Warum sucht eine junge Frau wie Sie eine Stelle als Hausmädchen? Sie haben doch bestimmt einen höheren Schulabschluss.«

»Das stimmt, Missus Willson. Darum muss ich arbeiten. Ich bin zwei Jahre aufs College gegangen und brauche das Geld, um den Abschluss zu machen. Ich will offen mit Ihnen sein und Ihnen sagen, dass ich nur zwei Jahre hier arbeiten werde. Dann habe ich genug Geld zusammen, um wieder aufs College zu gehen.«

Das war genau das, was Mutter hören wollte. »Dann würde ich sagen, Sie haben die Stelle.« Sie wirkte sehr zufrieden. »Wir möchten Ihnen gern helfen, einen Collegeabschluss zu machen. Wir bezahlen gut, und zwei Jahre sind eine lange Zeit. Bis dahin können wir ein anderes Hausmädchen finden.«

Bethrah lächelte. Ich sah Missus Caliban an. Sie strahlte und war stolz, dass ein farbiges Mädchen auf ein College ging und als Hausmädchen arbeiten wollte, um sich das nötige Geld zu verdienen.

»Und wenn Sie wollen, können Sie zusätzlich Geld sparen«, sagte Mutter, »indem Sie hier wohnen. Der Lohn wäre derselbe.«

»Vielen Dank, das wäre sehr schön«, sagte Bethrah.

127

Damit war sie also eingestellt. Wir saßen in der Küche (ich war nicht rausgegangen), waren froh und fanden uns sehr sympathisch.

Bethrah zog ein und fing an zu arbeiten, und ich redete die ganze Zeit mit ihr. Ich weiß nicht, was ich ohne sie getan hätte, und ich meine nicht bloß Schuhe und so. Sie hat mir eine Menge über das Leben beigebracht. Wie damals, als ich mit Dewey auf einer Party in New Marsails war und dort einen Jungen kennenlernte. Er hieß Paul, wir tanzten den ganzen Abend miteinander, und irgendwann sagte ich zu Dewey, dass Paul mich nach Hause bringen würde.

Auf der Kuppe hielten wir natürlich an, aber das war in Ordnung, das wollte ich ja. Ich saß im Wagen, und über uns waren die Sterne. Sie blinkten wie Glühwürmchen, und ich kniff die Augen ein bisschen zusammen, sodass es aussah, als würden sie an silbernen Fäden hängen. Es war sehr romantisch.

Paul rutschte zu mir rüber, gähnte und reckte sich und legte den Arm um meine Schultern. Jungs sind so komisch: Immer müssen sie sich recken und strecken, um einem den Arm um die Schultern zu legen. Ich lehnte mich an ihn. »Ist es nicht eine schöne Nacht?«, sagte ich. Ich dachte, er sei schüchtern, und wollte ihn ein bisschen ermuntern.

Er legte die Hand unter mein Kinn, drehte meinen Kopf und küsste mich, und ich küsste ihn. Das taten wir eine Weile.

Plötzlich hatte ich das Gefühl, als wäre ich von Händen umgeben. Eine Hand war an meiner Brust. Das war okay. Solange sie an der Brust blieb, konnte nicht viel passieren, jedenfalls nicht bei mir – ich bin da nicht so empfänglich und finde es eigentlich bloß entspannend.

Dann spürte ich eine Hand auf meinem Knie. Zuerst dachte ich, es wäre ein Versehen. Ich kannte ihn ja noch nicht besonders gut und wollte ihm nichts unterstellen. Aber dann war seine Hand nicht mehr auf meinem Knie, sondern unter meinem Kleid. Um die schöne Stimmung nicht kaputt zu machen, wich ich bloß ein bisschen zurück und flüsterte ihm ins Ohr: »Nicht.« Immerhin ist es ja nicht wirklich schlimm, wenn ein Junge einem an die Wäsche geht, denn das heißt ja, dass man attraktiv ist. Also flüsterte ich nur: »Nicht.«

Aber er hörte mich nicht oder er hörte mich, wollte aber die Stimmung nicht kaputt machen, indem er zurückzuckte, als wäre er angeschossen worden. Jedenfalls war seine Hand noch immer unter meinem Kleid, und so sagte ich noch mal: »Nicht.« Diesmal ein ganzes Stück bestimmter.

»Schhh, ganz ruhig«, sagte er. »Mach die Stimmung nicht kaputt.«

Mach die Stimmung nicht kaputt! Also bitte! Plötzlich spürte ich, dass er an meinem Strumpfhalter herumfummelte. Ich wusste jetzt, dass er mich gehört hatte, also musste ich mir was anderes überlegen und beschloss, sauer zu werden. Ich rückte von ihm ab und sagte: »Das ist nicht sehr nett!«

Ich war nicht wirklich sauer, aber manchmal muss man so tun als ob, sonst nehmen die Jungs sich zu viel raus. Ich sah ihn böse an, aber er lächelte, als würde er denken, es sei mir nicht ernst. Sicherheitshalber sagte ich es noch einmal. »Das ist nicht sehr nett!« Ich gab mir Mühe, wütend zu klingen.

»Was denn?« Er saß da und lächelte mich an.

»Du weißt schon. Was du gerade getan hast. Das ist nicht sehr nett.« Ich bekam langsam Angst, und so sagte ich: »Wenn du Ärger willst, kannst du ihn kriegen. Dann sag ich morgen meinem Vater, er soll dich verhaften lassen. Das kann er, du wirst sehen.« Später fand ich, dass das wirklich gemein von mir war, aber mir fiel in diesem Augenblick nichts anderes ein.

Er packte ganz fest das Lenkrad. »Mann! *Mann!* Diese Weiber! *Du* wolltest doch hier halten – aber sobald dann irgendwas passiert, schreist du nach deinem Papa. Mann!«

»Du bringst mich jetzt sofort nach Hause«, sagte ich. Er ließ den Motor an, fuhr mich heim und ließ mich aussteigen. Und um mir zu zeigen, was für ein *Gentleman* er war, begleitete er mich noch nicht mal bis zum Haus.

Ich rannte hinein, knallte die Tür zu und drehte den Schlüssel um. Ich war erleichtert, aber dann begann ich zu zittern, und schließlich fing ich an zu weinen. Ich war verängstigt wie nur was und lehnte zitternd und heulend an der Tür.

Jemand kam aus der Küche, und weil ich dachte, es wäre Mutter, lief ich die Treppe hinauf, denn Mütter verstehen so was nicht. Ich floh in mein Zimmer und machte die Tür zu. Ich war ganz außer Atem und konnte nicht aufhören zu weinen, und darum warf ich mich aufs Bett und drückte das Gesicht ins Kissen, um mein Schluchzen zu dämpfen. Die Tür wurde geöffnet und wieder geschlossen, und ich fuhr herum und machte mich darauf gefasst, meiner Mutter eine Lüge aufzutischen, aber da stand Bethrah in ihrem Bademantel. Sie war sehr besorgt, als sie mein Gesicht sah, setzte sich neben mich, legte mir den Arm um die Schultern und fragte mich, was passiert war.

Zuerst wollte ich sie anlügen. Es ist nicht schön, sagen zu müssen, dass man in einem fremden Wagen gefangen war, denn jeder weiß ja, dass man in dem Wagen war, weil man es wollte. Aber mir fiel keine gute Lüge ein, und so erzählte ich ihr alles. »Ich hab doch nichts Schlimmes getan, oder, Bethrah?« Es fühlte sich seltsam an, sie nach ihrer Meinung zu fragen, weil sie doch eine Farbige war.

»Nein. Wie kommst du darauf?« Sie nahm mich in die Arme. Es war, als wäre sie meine große Schwester, und ich fühlte mich ein bisschen besser. »Nein. Das ist mir auch schon passiert.«

»Wirklich?« Ich sah sie an, und sie nickte.

»In meinem ersten Studienjahr bin ich mal mit einem Basketballspieler ausgegangen. Ich kriegte immer die Basketballspieler, weil ich so groß bin.« (Daran sieht man, wie sie war: wie sie darüber sprach, dass sie so groß war. Die meisten Mädchen, die größer sind als die anderen, schämen sich und ziehen den Kopf ein, aber Bethrah hielt sich immer ganz aufrecht. Einmal fragte ich sie, ob sie sich eigentlich schämte und warum sie immer so aufrecht stand, und sie sagte: »Wie soll ich die Jungs denn sonst auf meinen Busen aufmerksam machen?«) »Ich ging also mit diesem Basketballspieler aus, und wir fuhren in seinem Wagen zu einem Parkplatz, und da waren seine Hände so flink, dass ich schon dachte, er wäre ein Zauberer. Und weißt du, was ich gemacht habe?«

»Sag's mir. Nichts von dem, was ich gesagt hab, hat funktioniert. Er hat nur gelacht.«

»Also das hier funktioniert bestimmt! Ich hab eine Faust gemacht und zugeschlagen, genau in seine …« Sie schnalzte mit der Zunge und lachte verlegen.

»Wirklich? Das hast du gemacht?«

»Ja, das hab ich gemacht.« Sie beugte sich zu mir und flüsterte: »Oh, wie der geschrien hat! Ich dachte, der stirbt gleich, und dann hätte ich den Wagen fahren müssen. Und weil ich ja gar nicht fahren konnte, hätte ich mich wahrscheinlich auch noch umgebracht.« Wieder lachte sie. Und ich musste auch lachen und fühlte mich viel besser.

»Aber könnte ich das auch? Und wenn er es dann den anderen erzählt?«

»Tut er aber nicht. Wie denn? Das ist doch viel zu peinlich. Und wenn er's doch tut, bist du im Handumdrehen das begehrteste Mädchen weit und breit. Eine echte Herausforderung für jeden jungen Mann.« Sie stand auf. »Lass dir doch ein Bad ein. Dann geht's dir gleich besser.« Sie ging zur Tür.

»Du erzählst Mutter nichts davon, oder?« Ich war besorgt.

»Was soll ich deiner Mutter nicht erzählen?« Sie lächelte. »Leg dich in die Badewanne. Freut mich, dass du dich auf der Party so gut amüsiert hast.«

Zuerst verstand ich nicht – ich war damals etwas begriffsstutzig –, aber schließlich dämmerte es mir. »Danke, Bethrah.«

»Mädchen müssen zusammenhalten. Gute Nacht, Miss Dymphna.« Nachdem wir so vertraulich miteinander gesprochen hatten, klang das seltsam.

»Nenn mich nicht so, Bethrah. Lieber Dee oder Dymphnie wie alle anderen.«

»Na gut, aber nur, wenn wir allein sind. Könnte sein, dass deine Mutter es nicht gern hört.«

Ich sagte: »Okay«, und sie ging hinaus. Sie hatte wohl recht, obwohl Mutter, wenn es um diese Rassendinge geht, wirklich sehr taktvoll ist und sich immer sehr gut mit Missus Caliban verstanden hat, so wie ich mit Bethrah, auch wenn ich mir nicht vorstellen kann, dass Missus Caliban sie jemals mit Vornamen angeredet hat.

Da sieht man also, wie nett und klug Bethrah war. Sie kam mit jeder Situation zurecht. Das war, bevor sie sich in Tucker verliebte.

Und so hab ich es rausgefunden: Eines Tages ging ich in die Küche, um ein Glas Orangensaft zu trinken, und da stand sie und sah durch das Fenster in den Garten. Ich stellte mich neben sie und sah auch hinaus. Einer der Wagen stand vor der Garage, und zwei Beine ragten darunter hervor. Bethrah starrte auf die Beine. Ich konnte es nicht glauben – sie wollte doch wieder aufs College gehen und so. Tucker war sehr geschickt und konnte alles reparieren, aber ich konnte mir die beiden nicht als Paar vorstellen. Sie war so gescheit – nicht bloß schlau, sondern wirklich intelligent. Manchmal, wenn sie und Dewey sich unterhielten, verstand ich kein Wort. Und außerdem war Tucker noch kleiner als ich. Und trotzdem starrte sie auf seine Beine.

Sie merkte, wie unglaublich ich es fand, dass sie sich für ihn interessierte, aber sie war ganz ernst. »Wie findet er mich?«, fragte sie mich. »Hat er mal was über mich gesagt?«

»Ach, ich weiß nicht. Wieso?« Ich konnte es nicht glauben. »Ist er gemein zu dir?«

»Nein. Er ist gar nichts zu mir. Ich glaube, er hat mich noch kein einziges Mal angesehen.«

»Na ja, er sagt nie besonders viel.« Das sollte sie ein bisschen trösten.

»Tust du mir einen Gefallen, Dee? Wenn du mal mit ihm redest und sich die Gelegenheit ergibt, dann … frag ihn doch mal … wie er mich findet, ja?« Sie sah verlegen auf ihre Hände. »Albern, oder? Aber ich würde es wirklich gern wissen.«

»Okay, Bethrah. Aber Tucker ist so …« Ich sprach den Satz nicht zu Ende. Man kann einem Mädchen doch nicht sagen, dass der Junge, der ihr gefällt, ein Niemand ist.

Von da an achtete ich darauf, wie sie ihn ansah, wenn er in die Küche kam. Manchmal sprach er mit ihr – er hatte eine wirklich sehr hohe Stimme –, aber er sah sie nie an, sondern tat immer so, als hätte er etwas zu erledigen, als müsste er zum Beispiel unter die Spüle kriechen, um ein Leck zu suchen.

Dann stand sie am Herd und sah ihm zu, als wäre er überirdisch schön. Sie war so überwältigt, dass sie ins Stottern geriet. »Tucker, würdest … würdest du bitte den Abfall rausbringen?« Und dabei klang sie, als würde sie sich entschuldigen.

Er sah sie an, und zwar so, als wäre er wütend, und dann nahm er den Abfalleimer oder was immer es war, um das sie ihn gebeten hatte, und ging raus.

Wenn er weg war, seufzte sie, als wäre sie erleichtert, als wäre die Anspannung, mit ihm in einem Raum zu sein, zu groß für sie. Ich nehme an, das war der Grund, und ich konnte es verstehen. Sie sah mich an, und obwohl ich erst fünfzehn war, konnte ich es verstehen. Dann wandte sie sich wieder dem Herd zu.

Ich weiß nicht mehr, wie viel später es war, aber irgendwann fuhr Tucker mich mal nach New Marsails, wo mir ein Zahn gezogen werden sollte. Als er mich abholte, stieg ich nicht hinten ein, sondern setzte mich auf den Beifahrersitz.

Ich wollte ein Gespräch anfangen und stöhnte erst mal ein bisschen, dabei tat der Zahn eigentlich gar nicht weh – er war so faul, dass er praktisch von allein rausfiel. Aber ich stöhnte trotzdem. Tucker sagte gar nichts.

Wenn Tucker fuhr, sah er aus, wie man sich einen Rennfahrer vorstellt: Er beugte sich mit hochgezogenen Schultern über das Lenkrad und starrte mit zusammengekniffenen Augen auf die Straße, und weil er so klein war, sah das ziemlich albern aus. Er sah aus wie ein allzu ernsthafter kleiner Junge.

Ich stöhnte noch mal, aber er reagierte noch immer nicht. Vielleicht hatte der Motor mich übertönt. Schließlich sagte ich: »Bethrah ist nett, nicht?«

Er reagierte nicht. Man sollte meinen, wenn ein Mann daran denkt zu heiraten, zuckt er vielleicht wenigstens mit der Wimper, wenn der Name seiner zukünftigen Frau fällt. Tucker nicht.

Jetzt wollte ich es genau wissen. Natürlich ging es mich eigentlich nichts an, und Bethrah fragte sich ja bloß, ob er überhaupt mal an sie dachte. »Ich meine, magst du sie eigentlich?«

Er klang, als bereitete es ihm Schmerzen, es auszusprechen. »Ja, Miss Dymphna.«

Mehr konnte ich aus ihm nicht herausholen. Es war nicht viel. Ich hatte nicht gerade erwartet, dass er mir sein Herz ausschüttete, aber jetzt wusste ich nicht mal, ob er sie wirklich mochte oder bloß seine Ruhe haben wollte.

Aber er mochte sie wirklich, denn im September heirateten sie. Und es dauerte nicht lange, und sie ging mit einem dicken Bauch im Haus herum. Auch als sie verheiratet waren, sagte er nicht viel zu ihr. Vielleicht wollte er keine Zärtlichkeiten sagen, wenn jemand dabei war. Dabei finde ich es schön, wenn einer vor anderen Leuten sagt, dass er einen liebt. Aber Tucker tat das nicht; er sagte gar nichts.

Ich ging also wieder in Miss Binfords Schule. Das war die Zeit, als es mit meinen Eltern richtig bergab ging. Nicht dass sie sich vor unseren Augen gestritten hätten – ich glaube, sie stritten sich nicht mal. Es war viel schlimmer. Es war so, dass sie, so lange ich zurückdenken konnte, immer weniger miteinander gesprochen hatten, bis sie schließlich – und das ist die Zeit, von der ich rede – gar nicht mehr miteinander sprachen … außer nachts vielleicht, wenn sich Ehepaare, stelle ich mir vor, am einsamsten fühlen und sich bewusst werden, wie wenig sie noch gemeinsam und wie viel sie verloren haben.

Ich glaube nicht, dass diese Schwierigkeiten aus dem Nichts über sie gekommen sind. Ich glaube, die Schwierigkeiten waren schon immer da, nur dass meine Eltern keine Zeit hatten, darüber nachzudenken, weil sie damit beschäftigt waren, Dewey und mich aufzuziehen. Aber inzwischen waren wir fast erwachsen, es gab nicht mehr so viel, hinter dem sie ihre Probleme verstecken konnten, und jetzt kamen sie zum Vorschein.

Nachts hörte ich sie manchmal, wenn ich zum Badezimmer ging, und dann blieb ich an der Tür stehen und lauschte. Das ist ungehörig, aber wenn es mit der Ehe der Eltern bergab geht, verschwindet man nicht einfach im

Badezimmer und trägt Coldcreme auf, als wäre alles in Ordnung.

Zuerst hörte ich Mutter sagen: »Aber warum, David?« Sie klang verweint – vielleicht weinte sie auch gerade.

»Ich weiß es nicht. Es ist nichts, was du verstehen könntest.« Mein Vater erhob nie die Stimme.

»Aber früher habe ich dich verstanden. Oder etwa nicht, David?«

Stille. Man hörte, dass sie sich bewegten, aber es klang nicht, als würden sie sich umarmen – eher so, als wollten sie einschlafen. Plötzlich sagte meine Mutter: »David? Ich liebe dich.«

Und er sagte nichts.

Ich glaube, das war das erste Mal, dass ich mich meiner Mutter wirklich nahe fühlte. Wir vertragen uns so gut, wie Mütter und Töchter sich eben vertragen, aber man sagt ja, dass Töchter besser mit dem Vater und Söhne besser mit der Mutter zurechtkommen. Das gilt auch für unsere Familie, denn Daddy und mein Bruder standen sich nie besonders nah. Ich habe ein paar Male beobachtet, wie mein Vater Dewey betrachtete: Er sah ihn lange an, schüttelte dann den Kopf und wandte sich ab. Es wirkte nicht so, als ob er ihn verachten würde – das denkt Dewey –, sondern eher, als wollte er Dewey etwas sagen, wüsste aber nicht, wie. Das klingt jetzt bestimmt wie aus dem Fernsehen, aber so war es. Ich glaube, oft wollte er etwas zu Dewey sagen, sagte es dann aber zu mir. Ich komme mit Daddy so gut zurecht wie nur irgendjemand, aber das heißt ja nicht viel.

Als meine Eltern aufhörten, miteinander zu sprechen, gerieten Dewey und mein Vater bei jeder Gelegenheit aneinander. Es war, als würde Dewey an Mutters Stelle sprechen. Daddy brauchte nur irgendwas zu sagen, und schon stürzte Dewey sich darauf und widersprach ihm. Ich hielt mich raus. Anfangs versuchte ich, die Situation zu entschärfen, indem ich irgendwas Albernes tat oder einen Witz machte, aber es funktionierte nicht, und darum ging ich lieber raus.

In dieser Zeit war Bethrah die Einzige, die mich davor bewahrte, immer nur unglücklich zu sein. Sie redete mit mir und munterte mich auf. Allerdings hatte sie genug eigene Sorgen – sie bekam ja bald ein Baby – und konnte sich nicht in meine Probleme verstricken lassen.

Das Baby kam im August und war ein Junge, wunderschön, mit hellbrauner Haut und hellbraunen Augen. Ich hab mich wahnsinnig gern um ihn gekümmert. Ich hab alle möglichen albernen Sachen gemacht, ich hab ihn im Arm gehalten, die Augen geschlossen und mir vorgestellt, ich würde ihn stillen. Wenn ich später mal Kinder habe, werde ich sie ganz bestimmt stillen. Bethrah hat mir alles darüber erzählt, manchmal auch ganz seltsame Geschichten. Einmal zum Beispiel fuhr sie nach New Marsails, ein paar Freundinnen besuchen, und als sie abends nach Hause kam, fragte sie mich: »Wann hat der Kleine was gekriegt?«

»Er hat um sieben angefangen zu schreien, und da hab ich ihm die Flasche gegeben«, sagte ich.

»Das hab ich mir gedacht.« Sie kicherte in sich hinein. »Kurz vor sieben hatte ich so ein Ziehen in den Brüsten, und sie haben angefangen zu tropfen, sodass ich die Milch abpumpen musste. Da wusste ich, dass mein Kleiner Hunger hat.«

Das muss man sich mal vorstellen: Sie war dreißig, vierzig Kilometer von ihrem Kind entfernt und spürte, dass es hungrig war! Es ist bestimmt wunderbar, einem anderen Menschen so nah zu sein.

Wegen dem Stillen hab ich überhaupt erfahren, was zwischen Tucker und Bethrah passiert ist. Es hört sich vielleicht verrückt an, aber es ist wahr. Bethrah sagte immer, dass eine stillende Mutter ganz entspannt bleiben muss, denn sonst versiegt die Milch, und dann muss das Baby mit der Flasche gefüttert werden. Darum hatte sie sich vorgenommen, ganz entspannt zu bleiben.

Aber im September, als Dewey auf dem College war und Tucker die Farm gekauft hatte, versiegte die Milch dann doch. Einfach so. Bethrah war kerngesund, aber trocken wie eine Wüste. Ich erinnere mich an den Abend, an dem sie es mir erzählte, und zwar, weil ich an diesem Abend erwachsen wurde. Das klingt albern, ich weiß. Man kann nicht mit einem Mal erwachsen werden. Was ich meine, ist: Ich fing an, über bestimmte Dinge auf eine erwachsene Art zu denken.

Ich ging in die Küche, um ein Glas Orangensaft zu trinken (ich liebe dieses Zeug), bevor ich mich an die Hausaufgaben machte. Ich setzte mich im Dunkeln ans Fenster, wo ich die Sterne sehen konnte. Sie waren eingerahmt, sodass es war, als würde ich ein Bild betrachten.

Die Tür ging auf, und Bethrah kam herein. Es war so still und schön, dass ich nichts sagte, und sie bemerkte mich wohl gar nicht, denn sonst hätte sie nicht angefangen zu weinen. Sie ging zu der dunklen Ecke am Herd, und plötzlich hörte ich sie schluchzen. Und dann sagte sie: »Ich verstehe dich nicht, Tucker. Ich versuch's. Ich versuch's. Ich versuch's, aber ich verstehe dich nicht.« Immer nur diese beiden Sätze.

Ich wusste nicht, was ich tun sollte. Vielleicht war sie in die Küche gegangen, um allein zu sein – dann sollte sie nicht wissen, dass ich da war. Aber wenn ich nicht reagierte und sie mich bemerkte, würde es so aussehen, als hätte ich sie belauscht. Aber dann sagte sie: »Miss Dymphna?«

»Bethrah, was ist denn –«

»Ach, Dee …« Sie kam zu mir, fiel mir um den Hals und weinte an meiner Schulter. Ich war vollkommen überrascht. Ich hatte sie immer nur gesehen, wenn sie stark war und genau wusste, was zu tun war, aber das hier war etwas ganz anderes. Ich nahm sie in die Arme und strich ihr über den Rücken. Nach einer Weile hörte sie auf zu weinen und stand zitternd da. Ich konnte ihr Gesicht nur undeutlich erkennen; sie sah mich an. »Ich hab keine Milch mehr.« Sie begann wieder zu weinen, und wieder hielt ich sie lange in den Armen, bis sie sich schließlich fasste, mich ansah und mir erzählte, was sie bekümmerte.

Sie schluchzte und zitterte, und es war alles ein bisschen durcheinander, aber was sie sagte, war im Grunde: Tucker sprach nicht mit ihr. Er tat viele seltsame, verwirrende Dinge, aber nie sprach er mit ihr darüber, nie sagte er ihr, warum er etwas tat. Er hatte Daddy die Farm abgekauft, und dabei wusste sie, dass er bestimmt kein Farmer werden wollte. Er hatte irgendetwas anderes vor, aber sie wusste nicht, was, und bezweifelte, dass er selbst es wusste. Er dachte über Dinge nicht lange nach, sondern tat sie einfach. Und all das verwirrte und ärgerte sie und bereitete ihr so viele Sorgen, dass ihre Milch versiegt war.

Als sie mir das alles erzählt hatte, war sie schon viel

ruhiger. Sie stand auf, holte einen Aschenbecher und versuchte, sich eine Zigarette anzuzünden, aber die Flamme zitterte so sehr, dass es ihr nicht gelang. Sie fluchte und schob die Zigarette wieder in die Packung. »Ich lasse mir das nicht gefallen, Dymphna.« Und dann wurde sie richtig wütend. »Meinst du, das ist das erste Mal? Ist es nicht. Aber es ist ganz bestimmt das letzte Mal.«

Sie erzählte mir von einem Abend kurz nach ihrer Hochzeit, als sie mit ihm ein paar Freundinnen aus Collegezeiten besucht hatte. Beim Zuhören fiel mir der Abend wieder ein: Die Räder hatten auf dem Kies der Zufahrt geknirscht, und als das Brummen des Motors erstorben war, hatte ich Bethrah sagen hören: »Wie konntest du nur? Wie konntest du mich so in Verlegenheit bringen?«

Er hatte nicht geantwortet; jedenfalls hatte ich ihn nicht gehört. Nur Schritte auf dem Kies – es hatte geklungen wie zerbrechendes Eis.

Und dann hatte Bethrah gesagt: »Ich wollte doch nur einen Dollar. Du hättest mir einen Dollar geben können.«

»Ich wollte aber nicht«, hatte er schließlich geantwortet.

»Das war ja wohl nicht zu übersehen! Aber trotzdem – selbst wenn du über die Society anderer Meinung bist als er, kannst du ihm doch einen Dollar geben, wenn ich dich darum bitte.«

»Das ist kein Grund«, hatte er gesagt. Das hatte sogar mich wütend gemacht. Von einem Ehemann kann man doch wohl erwarten, dass er etwas für seine Frau tut, wenn sie es sich wirklich wünscht.

Das alles also erzählte Bethrah mir in der Küche. »Gott, war das ein Fehler! Das kannst du dir nicht vorstellen. Ich hätte ihn nicht mitnehmen sollen. Weißt du, was er getan hat? Ich hab an dem Abend beinahe alle Freunde verloren, die ich habe … oder hatte.« Sie stand auf und ging in der Küche umher.

Ein paar Freunde hatten sie eingeladen. »Tucker wollte erst gar nicht mitkommen. Und ich hab ihn noch überredet, ich hab ihn dazu gebracht – nur damit er mir dann *das* antut. Ich weiß, dass er ziemlich ungebildet ist, Dymphna, aber ehrlich gesagt bin ich stolz auf ihn, und ich wollte, dass sie ihn kennenlernen.«

Sie erzählte mir, was passiert war – ich sah es förmlich vor mir. Sie brauchte mir gar nicht zu sagen, wie es dazu gekommen war, es reichte zu wissen, worum es gegangen war. Ich kannte Tucker lange genug, um mir vorstellen zu können, was er gesagt hatte, wie er es gesagt hatte und was für ein Gesicht er dabei gemacht hatte. Und ich weiß noch, wie überrascht ich damals war, als mir bewusst wurde, wie gut ich ihn kannte. Dabei hatte ich nie so viel Zeit mit ihm verbracht wie Dewey.

Aber ich wusste es, ich sah sie alle vor meinem geistigen Auge dasitzen und über Dinge diskutieren, über die Studenten, stelle ich mir vor, eben diskutieren: Weltpolitik und ehemalige Lehrer. Und Bethrah sagte, dass farbige Studenten letztlich immer mit der Rassenfrage konfrontiert würden. Und dann sagte einer, er sei im Ortsverband der National Society for Colored Affairs und wolle die Gelegenheit nutzen, Mitglieder zu werben.

Bethrah sagte, sie habe ihre Mitgliedschaft ruhen lassen, und wollte ihm einen Dollar geben, damit er ihr eine neue Mitgliedskarte ausstellte und zuschickte. Sie sah Tucker an, der, seit sie ihn den anderen vorgestellt hatte, keinen Ton gesagt hatte. Er saß auf seinem Stuhl, klein und hässlich wie immer, die Hände im Schoß gefaltet, und die Kerzen spiegelten sich in seiner Brille, sodass man seine Augen nicht sehen konnte. Bethrah sagte: »Gib ihm bitte einen Dollar, Tucker.«

Tucker rührte sich nicht, machte ein verdrossenes Gesicht und sagte: »Nein.«

Alle ihre Freunde wandten langsam den Kopf und blickten ihn verwundert an, wollten sich aber nichts anmerken lassen, sahen dann verstohlen zu Bethrah und dachten: Die Arme – sie hat einen richtigen Geizhals geheiratet.

Als sie es mir erzählte, errötete ich, als wäre es mir passiert. Ich wusste, wie peinlich es ihr gewesen sein musste.

Sie sagte: »Bitte gib ihm einen Dollar, Schatz. Die Society braucht Hilfe, und ich finde es gut, was diese Leute tun. Wenn wir zu Hause sind, gebe ich ihn dir zurück.« Sie hatte nichts dagegen, dass er sparsam war. Das würden ihre Freunde verstehen; schließlich hatten auch sie wenig Geld und mussten Studiengebühren bezahlen.

Aber das war nicht der Grund. Tucker ging es um was anderes. Er griff in die Tasche, holte ein paar Geldscheine hervor – sie sagte, es waren fast zwanzig Dollar –, beugte sich zu ihr und gab sie ihr vor den Augen ihrer peinlich berührten Freundinnen und Freunde. Und dann sagte er: »Das ist alles, was ich dabei hab. Brauchst du mir nicht zurückzugeben. Aber gib ihm nix für ein Stück Pappe.«

Das machte sie wirklich wütend; sie beugte sich zu mir, und ihre Augen funkelten. »Meinetwegen kann er geizig sein, Dee, regelrecht knickrig, aber ich und alle meine Freunde glauben an die Society. Wir finden gut, was sie tut und wie sie es tut. Und dann kommt er und sagt, das alles sei nichts weiter als ein Stück Pappe. Du kannst wahrscheinlich gar nicht verstehen, was das für mich bedeutet.« Sie sah mich an.

Doch ich verstand. Ich denke über Rassenfragen nicht oft nach, und damals tat ich das noch weniger, aber nächstes Jahr werde ich im Norden aufs College gehen wie Dewey, und dort wird es farbige Studenten geben, und irgendwie freue ich mich darauf, denn Dewey sagt, das ist eine Erfahrung ganz eigener Art. Aber das war nicht das, was Bethrah meinte. Sie war überrascht und gekränkt, weil er etwas, was ihr so wichtig war, ganz und gar ablehnte.

Der Mann, der den Dollar hätte kriegen sollen, sagte zu Tucker, diese Mitgliedskarte sei eben nicht bloß ein Stück Pappe, und die Society setze sich für Tuckers Rechte und überhaupt für die aller Farbigen ein.

Das war der Moment, in dem Tucker anfing, dummes Zeug zu reden. Er saß da, sah den von der Society an, lächelte anfangs vielleicht noch ein bisschen, dann aber gar nicht mehr, und sagte: »Die setzen sich aber nicht für meine Rechte ein. Für meine Rechte setzt sich keiner ein – das würde ich auch gar nicht zulassen.«

Der andere sagte, das täten sie eben doch, auch wenn Tucker es ihnen nicht erlaube, und die Gerichtsurteile, die sie erkämpft hätten, würden es seinen Kindern ermöglichen, zur Schule zu gehen und eine gute Ausbildung zu bekommen.

»Na und?«, war Tuckers Antwort. »Na und?«, sagte er mit seiner dünnen Altmännerstimme.

Bethrah bat mit Blicken um Entschuldigung, und einige wandten sich ab, nicht wütend, sondern eher peinlich berührt. Ein paar ihrer Freundinnen sahen sie mitleidig an, und das war am schmerzhaftesten.

Der andere sagte: »Willst du denn nicht, dass deine Kinder eine gute Ausbildung bekommen?«

»Ist mir egal«, sagte Tucker.

»Tja, ob es dir gefällt oder nicht, die Society kämpft vor Gericht auch für dich, und darum solltest du sie unterstützen.«

Tucker rührte sich nicht. »Für mich kämpft aber keiner vor Gericht. Ich kämpfe für mich selber.«

»Aber du kannst doch nicht immer allein kämpfen. Und was für Kämpfe sollen das auch sein?«

»Meine eigenen … meine ganz eigenen, und entweder ich gewinne oder ich verliere. So'n Stück Pappe macht da jedenfalls überhaupt keinen Unterschied.« Dann stand er auf und ging raus. Bethrah stand auch auf und entschuldigte sich für ihn, und am liebsten hätte sie geweint, aber das tat sie dann doch nicht, denn sie war so wütend, dass sie Tucker nicht die Genugtuung gönnte, sie weinen zu sehen.

Sie holte die Zigarette wieder hervor, und diesmal gelang es ihr, sie anzuzünden. »Er muss verrückt sein. Eine gute Ausbildung ist das Wichtigste überhaupt, Dymphna. Besonders für Neger. Und wenn er findet, dass mein Kind so ungebildet bleiben soll, wie er es ist, kann er was erleben. Meine Freunde müssen gedacht haben, er ist ein dummer Onkel Tom. Und was müssen sie von mir gedacht haben? Ich hab ihn ja schließlich geheiratet.« Sie klang traurig. »Warum erklärt er mir nie was? Mehr will ich doch gar nicht! Ist das vielleicht zu viel verlangt?«

»Nein, Bethrah«, sagte ich. Vielleicht hätte ich das nicht

sagen sollen, denn das war alles, was sie brauchte: jemand, der ihr rechtgab.

Sie sah mich ernst an. »Mir reicht's.«

Ich weiß nicht, ob sie geweint hat. Ich glaube, eher nicht, denn es dauerte keine Viertelstunde, da hatte sie alles eingepackt, was sie für sich und das Baby brauchte, und ging den Hügel hinunter zur Bushaltestelle, um zu ihrer Mutter nach New Marsails zu fahren. Nicht genug Zeit, um auch noch zu weinen.

Nach einer Woche war sie wieder da. Sie fehlte uns allen sehr, sogar Tucker fehlte sie. Er sagte zwar nichts, erst recht nicht zu mir, aber ich merkte es. Er wirkte angeschlagen und lief mit leerem Blick herum wie ein Zombie, und ich dachte: Geschieht ihm recht – ich hoffe, sie kommt nie zu ihm zurück.

Aber das dachte ich nur ihretwegen und weil er leiden sollte. Was mich betraf, war es schlimm, dass sie fort war.

Und dann trat ich in die Küche, und da stand sie am Herd. Ich muss sie vollkommen verständnislos angestarrt haben, denn sie sah mich lange ernst und unverwandt an und sagte dann: »Ich *weiß*, Dee. Aber er hatte recht. Und als ich gemerkt habe, dass ich unrecht hatte und warum ich unrecht hatte, hab ich ihn angerufen und gebeten, uns abzuholen, und das hat er getan.«

Ich sah sie noch immer verständnislos an, aber sie sagte nur: »Es ist alles noch so neu und schön, dass ich es für eine Weile ganz für mich allein haben möchte. Eines Tages werde ich es dir erzählen. Aber eigentlich ist es besser, wenn du selbst darauf kommst. Versuch's mal.« Sie lächelte, und dieses Lächeln war jetzt ein bisschen anders als sonst, als würde sie ein wunderbares Geheimnis kennen und wäre nicht nur froh, sondern auch zufrieden.

Sie wurde wieder schwanger. Das war wohl im Dezember, denn sie bekam gerade einen Bauch, als sie im April in die Küche kam und sagte: »Missus Willson, Tucker und ich müssen gehen. Es tut uns leid, aber wir müssen.«

Meine Mutter brach beinahe in Tränen aus. »Aber Bethrah –«

»Es tut mir leid, Missus Willson, aber Tucker will weg. Er will auf die Farm ziehen.«

Meine Mutter hatte feuchte Augen. »Aber Bethrah, Sie sind schwanger, und für Sie ist es hier doch viel besser als da draußen … oder?«

Ich stand mit offenem Mund da.

»Wir müssen gehen. Tucker will es so. Und ich muss mit ihm gehen.«

Ich rannte auf mein Zimmer und weinte stundenlang. Ich hatte wohl kein Recht dazu, aber ich fühlte mich verraten, denn nun würde ich mit meinen Eltern allein sein. Ich dachte sogar daran, ebenfalls auszuziehen, aber ich hätte nur nach New Marsails gekonnt, zu meiner Großmutter mütterlicherseits, und die lebt wirklich hinter dem Mond. In ihrem Kopf gibt es keinen einzigen modernen Gedanken. Bei ihr hätte ich am Samstagabend um neun zu Hause sein müssen. Also zog ich nicht aus. Wahrscheinlich hätte ich es sowieso nicht getan.

Am Abend bevor Bethrah ging, lag ich missmutig im Bett. Es war spät, aber ich tat mir sehr, sehr leid und konnte nicht schlafen. Es klopfte, und ich sagte mürrisch: »Herein.« Es war Bethrah. Ich glaube, das wusste ich schon, bevor ich sie sah.

»Kann ich kurz mit dir reden?«, fragte sie bittend. »Ich will dir was sagen.«

»Ja.« Ich war nicht sehr freundlich.

Sie setzte sich auf die Bettkante und starrte auf den Boden zwischen ihren Füßen. »Ich weiß, dass du das nicht gut findest. Es tut mir leid. Aber ich muss gehen, das weiß ich.« Sie sah mich an, und ich wandte mich langsam ab, denn möglicherweise fing ich an zu weinen. Ich erinnere mich nicht mehr.

»Weißt du noch, wie wir in der Küche gesessen haben, bevor ich zu meiner Mutter gegangen bin?«, fragte sie. Ich sagte nichts; sie wusste, dass ich es nicht vergessen hatte.

»Mein Problem war, dass ich eine Studentin war, verstehst du? Ich war zwar nicht auf dem College, aber ich dachte wie eine Studentin. Und Tucker hatte etwas an sich, das ich nicht verstand, und das ärgerte mich. Es war, als hätte ich eine Prüfung nicht bestanden.

Ich bin mir nicht sicher, aber vielleicht haben Leute, die studieren – Dewey, ich, deine Mutter nicht so sehr, aber dein Vater bestimmt –, etwas verloren, das Tucker hat. Vielleicht haben wir den Glauben an uns selbst verloren. Wenn wir etwas tun müssen, tun wir's nicht einfach, sondern denken darüber nach; wir denken an all die Leute, die sagen, dass man bestimmte Dinge nicht tun soll. Und wenn wir dann darüber nachgedacht haben, tun wir's nicht. Aber Tucker weiß einfach, was er zu tun hat. Er denkt nicht darüber nach, er weiß es einfach. Und jetzt will er gehen, und darum gehe ich auch. Ich werde ihm nicht sagen, dass er einen sicheren Job aufgibt und Leute verlässt, denen wirklich an ihm liegt. Ich gehe einfach mit ihm. Und zwar nicht, weil ich ihn liebe, sondern weil ich mich selbst liebe. Wenn ich tue, was er mir sagt, und nicht darüber nachdenke, wenn ich ihm und dem, was er in sich spürt, für eine Weile folge, kann ich vielleicht eines Tages etwas in mir spüren, von dem ich jetzt noch gar nichts weiß.

Ich will, dass du weißt, warum ich weggehe, weil es dir vielleicht hilft, mit der Situation hier besser zurechtzukommen. Wenn du verstehst, warum ich gehe, hilft dir das vielleicht, etwas in dir zu finden, das dir Kraft gibt, ganz gleich, was deine Eltern entscheiden. Und wenn du dir selbst hilfst, wenn du einen Trost in dir selbst findest, ist das viel besser als jeder Trost, den ich dir geben könnte. Das wollte ich dir sagen.« Sie stand auf und ging zur Tür. Ich sah sie noch immer nicht an.

Erst als sie die Hand auf den Türknauf legte, sprang ich auf, rief mit erstickter Stimme ihren Namen, rannte zu ihr und umarmte sie weinend. Sie weinte ebenfalls. Dann lösten wir uns voneinander und sahen uns an.

»Komm mich oft besuchen, ja?« Sie lächelte. Ich versprach es ihr.

Jetzt ist sie ganz weg, und ich weiß nicht mal, wo. Ich hoffe nur, dass sie mir mal schreibt.

Das ist alles, was ich weiß; es ist wohl nicht besonders viel. Was meine Eltern betrifft: Sie sind jetzt liebevoller zueinander, als ich sie je erlebt habe, und halten Händchen und so weiter. Vielleicht ist gestern irgendetwas passiert, aber ich habe keine Ahnung, was. Jedenfalls versuche ich, mir nicht den Kopf darüber zu zerbrechen. Ich finde nicht, dass ich hart bin oder so, aber es ist *ihr* Problem, und ich habe da nichts zu entscheiden. Entweder sie kriegen es hin und bleiben zusammen, oder sie kriegen es nicht hin und trennen sich. Ganz einfach – und das ist es wohl auch, was Bethrah gemeint hat, obwohl es mir schwerfällt, es zu akzeptieren. Ich meine, es kommt einem schrecklich vor, aber letztlich kann man für geliebte Menschen nichts weiter tun, als sie in Ruhe zu lassen.

DEWEY
WILLSON III.

Wir standen auf der Kuppe und sahen den steilen Hügel hin-
unter zu der Senke, die Harmon's Draw heißt. Der Gene-
ral stand einige Schritte von uns entfernt und war kaum alt
genug, um mein Vater zu sein. Er trug eine graue Hose mit
gelben Biesen und hatte die Hemdärmel bis über die Ellbogen
aufgekrempelt. Sein Haar war weiß und lang.

Wir sahen die Yankees in einer Staubwolke vorrücken. Sie
marschierten auf der asphaltierten Landstraße, vorbei am
Denkmal des Generals, die Hauptstraße von Sutton entlang,
an Mister Thomasons Laden vorbei und den Hügel hinauf auf
uns zu. Schwitzende Pferde zogen die Geschütze, die Männer
gingen in Reih und Glied, und selbst aus dieser Entfernung
konnte ich die Gesichter unter den blauen Mützenschirmen
erkennen. Der General stand ruhig da und beobachtete sie.
»Schießt erst, wenn ihr sicher seid, dass ihr trefft«, sagte er.

Die Yankees sahen uns und griffen an. Sie rannten schrei-
end den Hügel hinauf. Wir schossen, und sie zersprangen in
kleine Stücke, denn sie bestanden aus blauem Eis, und die
Stücke schmolzen, wobei sich das blaue Eis in rotes Blut ver-
wandelte, das in vielen Rinnsalen den Hügel hinabfloss.

Am Fuß des Hügels sammelte sich das Blut in Pfützen, ge-
rann und verfestigte sich, und dann wuchsen daraus Gestal-

ten: uniformierte, voll bewaffnete Männer, die ihre Füße aus der Erde rissen und aufs Neue den Hügel hinaufstürmten.

Wir feuerten auf die angreifenden Yankees, aber auch auf unserer Seite wurden viele Männer getroffen. Sie schmolzen ebenfalls, aber nur einmal, und diese Pfützen waren grau, es schwammen Haare und Stofffetzen darin, und sie stanken nach Abfall, Krankheit und Tod. Bald waren wir so wenige, dass wir die Yankees nicht mehr zurückschlagen konnten, und der General wandte sich zu mir, riss sich den Kopf von den Schultern – ich hörte die Knochen und Sehnen knirschen und knacken, es war ein Geräusch, als würde man ein Grasbüschel ausreißen – und warf ihn mir zu. Sein Körper blieb einfach stehen. Ich hielt den Kopf in den Armen, als wäre er ein kleines Kind, und er schrie mich an: »Lauf, Junge! Mach ihn! Mach einen Touchdown!« Und wie immer, wie jedes Mal, stand ich da und spürte Übelkeit in mir aufsteigen, und das Blut sickerte in mein Hemd und klebte an meiner Brust, und ich wusste, dass ich nicht imstande war, mich zu rühren. Ich wusste, noch bevor ich auch nur versuchte, den Fuß zu heben, dass ich von der Taille abwärts gelähmt war.

Es war das Erste, woran ich dachte, als die Kinder davonliefen: an diesen verdammten Albtraum. Ich glaube, ich habe seit etwa zwei Jahren nicht mehr daran gedacht, geschweige denn ihn geträumt. Ich hatte ihn oft, als ich jünger war und Angst vor meinem Vater hatte, und ich wusste auch, warum: Er wurde durch Schuldgefühle ausgelöst. Ich hatte bei einem Test schlecht abgeschnitten, und gleich kam der Traum. Ich hatte etwas vergessen, das mein Vater mir aufgetragen hatte, und gleich kam der Traum. Erst in meinem letzten Jahr auf der Highschool – das war etwa zu der Zeit, als er aufhörte, mit Mama zu sprechen, und immer kühl und abweisend war, ein echter Scheißkerl – hörte ich auf, Angst vor ihm zu haben, und begann ihn zu hassen.

Daran dachte ich jedenfalls, und der Gedanke verging schneller, als es dauert, ihn zu erzählen. Wahrscheinlich dachte ich daran, weil ich dieselbe Übelkeit verspürte, als ich inmitten der Trümmer stand und von den Kindern erfuhr, was geschehen war. Ich hatte Angst, weil ich nicht wusste und nicht verstand, was geschah, und wenn ich Angst habe, wird mir übel. Ein Kommilitone, der Medizin studiert, sagt, ich bin ein Bauchtyp. Manche kriegen Kopfschmerzen, anderen – mir zum Beispiel – wird übel.

Der Traum war nicht das Einzige, was mir durch den Kopf ging. Nach einer Weile versuchte ich, konstruktiver zu denken und bemühte mich, einen Grund zu finden, irgendeinen Grund, warum Tucker das getan hatte, irgendetwas, das in der Vergangenheit lag und über das er so lange gegrübelt hatte, bis er schließlich durchgedreht war, und das Einzige, was mir einfiel, war der Tag im vergangenen Sommer, als John gestorben war.

Aber was heißt das schon? Ein Mensch ist mehr als der Tag und die Umstände seines Todes. Davor liegt ein ganzes Leben, ganz gleich, wie eintönig und bedeutungslos es war. Ich bin zu jung, um von Johns Leben viel aus erster Hand berichten zu können, ich kannte ihn nur als alten Mann. Aber als ich klein war, stieß ich einmal auf die Fotoalben, die von den Frauen der Willsons seit jeher mit geradezu religiöser Inbrunst angelegt werden und in denen sie seit Gott weiß wann alle möglichen Sonntagsnachmittagsfotos, Schulzeugnisse und krakeligen Zeichnungen sorgsam gesammelt haben. Es sind auch Fotos der Calibans darin. So lernte ich John kennen, auch wenn ich mir die Bilder nicht seinetwegen ansah, sondern wegen der komischen altmodischen Kleider und der eckigen schwarzen Wagen, die er pflegte und fuhr – davor waren es Pferdegespanne gewesen. Auf dem ersten Foto von John sieht man ihn als etwa vierzehnjährigen Jungen vor einem nagelneuen Buggy stehen. Er trägt ein weißes, gestärktes Hemd, das sich steif vorwölbt, weil er die Brust rausstreckt. Wenn man es nicht besser wüsste, könnte man meinen, der Buggy gehöre ihm, aber das stimmt natürlich nicht. Der Buggy gehörte dem General. John saß oben auf dem Kutschbock und fuhr. Die Peitsche brauchte er nie, er lenkte das eingespielte Gespann mit leichter Hand. Er hatte gerade erst angefangen, als Kutscher für den General zu arbeiten, denn Johns Vater, First Caliban, war schon zu alt und fast blind, saß vor seiner Hütte auf der Willson Plantage, rauchte seine Pfeife und ruhte aus. Auf dem Foto ist John noch keine zwanzig, aber er versorgt die Pferde und die Wagen wie ein Erwachsener, und jetzt ist er der Kutscher. An seiner Brust blinkt die Krawattennadel mit dem Diamanten, die der General ihm gerade zum Geburtstag geschenkt hat; er trug sie auch am Tag seines Todes.

Später sieht man ihn vor anderen, neueren Buggys, dann vor Automobilen, und schließlich kommt man an ein Foto, auf dem er vor einem eckigen Packard mit großem, silbern schimmerndem Kühlergrill steht, neben ihm ein Junge, der schon jetzt eine Brille trägt und dessen Kopf zu groß ist für den schmalen, schmächtigen Körper. Die braunen Augen hinter den Brillengläsern sind groß und hart, und es ist mehr darin, als dort sein sollte. Das ist Tucker. Und bald steht Tucker allein vor den Wagen, denn John ist zu alt, um sich ans Steuer zu setzen oder unter den Wagen zu kriechen, und so sagt er dem Jungen, was er tun, welche Schraube er anziehen, welche er lockern, welche er einstellen soll. Im Übrigen kann John sich nur noch um die Blumen im Garten des Hauses in den Swells kümmern, und wenn sie blühen, ist er so stolz, als wären es seine.

Da erst kannte ich ihn.

Samstags legte John seinen besten Anzug, eine breite Krawatte und die Krawattennadel mit dem Diamanten an, die der General ihm vor so langer Zeit geschenkt hatte, setzte einen hellgrauen Hut auf, stieg vor Mister Thomasons Laden in den Bus und fuhr zum Busbahnhof in New Marsails und von dort weiter in die Northside, wo er sich in dunklen, gemütlichen Bars mit anderen alten Negern unterhielt, die, wie er, für alles andere zu alt waren.

An einem Samstag im Juni des vergangenen Jahrs ging ich ans Telefon. »Wir haben hier am Busbahnhof einen toten Nigger – ist einfach umgefallen. Was sollen wir mit dem jetzt machen?«

»Wir sind gleich da«, sagte ich.

Tucker, Missus Caliban, Bethrah und ich stiegen in den schwarzen Wagen. Tucker saß am Steuer, Bethrah neben ihm, ihre Schultern überragten die Sitzlehne, der Stoff ihres Umstandskleids spannte sich wie eine Kinderrutsche vom Hals bis zu den Knien. Missus Caliban und ich saßen hinten. Sie war klein, hatte schwarzes Haar, das mit dreiundfünfzig Jahren noch keine Spuren von Grau aufwies, und wirkte kein bisschen alt. Sie erinnerte mich an die schwarze Puppe, die Dymphna mal gehabt hatte. Es war seltsam, mit so vielen Negern in einem Wagen zu sitzen, auch wenn es meine Freunde waren.

Keiner sagte etwas, keiner weinte. Erst mussten wir Johns Leichnam sehen. Wir hofften noch immer, dass man sich geirrt, dass die Polizei im falschen Haus angerufen hatte, dass wir im Busbahnhof einen vollkommen Fremden vorfinden würden.

Wir gingen zum Polizeirevier im Busbahnhof. Der Busfahrer saß, eine Dose Bier in der Hand, in einem kleinen, mit Ventilatoren ausgestatteten Raum und wartete. Er war groß und hatte schütteres Haar. Fliegen umsummten seinen Kopf.

»Wir wollen den Leichnam von John Caliban abholen.«

»Klar.« Er stand auf und stellte die Dose genau auf den Kondenswasserring, den sie auf dem Tisch hinterlassen hatte. »Dann kommt mal mit.« Er ging hinaus, und wir folgten ihm.

»Ich kannte den alten John ganz gut«, sagte er zu mir. »Ist wie jeden Samstag bei Thomasons Laden eingestiegen. Danach hab ich nicht mehr groß auf ihn geachtet. Als wir hier waren und alle ausgestiegen sind, hab ich noch mal in den Spiegel gesehen, bevor ich die Tür geschlossen hab, und da saß er und war eingeschlafen – dachte ich jedenfalls. Sein Kopf lehnte an der Stange. Also bin ich nach hinten gegangen und hab ihn an der Schulter geschüttelt, aber er hat sich irgendwie kalt angefühlt. Da wusste ich Bescheid. Ich hab gedacht: Den alten Nig-«, er hielt inne und sah zu Missus Caliban, die ihn aber gar nicht gehört hatte. »Den alten Mann kriegst du nicht wach, und wenn du ihn tausend Jahre schüttelst – der ist tot.« Wir hatten den Bus fast erreicht. Ohne Passagiere wirkte er gespenstisch.

»Danach hab ich ihn nicht mehr angerührt. Ich bin zur

Polizei gegangen, und die haben in seinen Taschen nachgesehen und die Telefonnummer gefunden. Ich werd mal die Tür aufmachen.« Er ging zur anderen Seite des Busses und griff durchs Fenster. Seufzend öffnete sich die Tür.

Wir fanden ihn so, wie man ihn hatte liegen lassen, wie er gestorben war, seine Augen waren für immer geschlossen. Als wir die steilen, mit Gummistreifen belegten Stufen hinaufstiegen, sahen wir den hellgrauen Hut auf seinem Schoß und das krause weiße Haar auf dem Kopf, der schwer an dem verchromten Gitter zwischen dem hinteren und vorderen Teil des Busses lehnte. An dem Gitter hing ein weißes Schild mit großen schwarzen Lettern, das, wären Johns Augen geöffnet gewesen, hätte er noch gelebt und sich bloß ausgeruht, das Einzige gewesen wäre, das er gesehen hätte.

Es war John, und dennoch weinte niemand. Wir waren zu sehr damit beschäftigt, Protokolle zu unterschreiben und einen Bestatter von der Northside zu holen, einen Neger, der John gekannt hatte. Als er kam, sagte Missus Caliban: »Ich will, dass Sie das machen. Dann sieht er wenigstens aus, wie er aussah, als er gelebt hat, und nicht wie ausgestopft.« Dann fuhren wir zurück nach Sutton.

Am Abend setzte ich mich in die Küche und sah zu, wie Missus Caliban das Essen machte. Mir war schließlich bewusst geworden, dass John fort war und nie zurückkehren würde. Es war zu mir durchgedrungen, weil ich ihn nicht wie fast jeden Tag im Garten unter meinem Fenster hatte summen hören. Ich erinnerte mich an früher, als ich klein gewesen war, kleiner als Tucker (als er mit vierzehn aufgehört hatte zu wachsen, hatte ich ihn innerhalb eines Jahres eingeholt), und John uns auf den Schoß genommen hatte, einen auf jedes knochige Knie. Er hatte uns vorgesungen und gelacht. In meiner Erinnerung sang und lachte er immer.

Ich saß in der Küche und begann zu weinen, und ich schämte mich, weil ich doch beinahe erwachsen war – das glaubte ich jedenfalls –, und Missus Caliban kam vom Herd zu mir und versuchte sanft, mich zu trösten, aber es gelang ihr nicht, und so setzte sie sich mir gegenüber und nahm meine Hände, und dann weinten wir zusammen.

Die Beerdigung war zwei Tage später in der Northside. Die Kirche war ganz neu und wurde schon benutzt, obwohl sie noch gar nicht richtig fertig war – von innen sah man die grau gestrichenen Betonsteine. Auf einer kleinen Plakette am Eingang stand, das Kreuz sei von einer Frau zur Erinnerung an ihre Schwester gestiftet worden. Es war hellblau und mit Bronze eingefasst.

Es war eine kleine Trauergemeinde. Zum ersten Mal wurde mir bewusst, dass die Calibans unter ihren eigenen Leuten nicht besonders beliebt waren, dass unsere Zuneigung für sie und ihre Treue zu uns sie von anderen Negern unterschied, sodass es nicht sehr viele gab, die sie ihre Freunde genannt hätten. Meine Mutter und ich gingen hin, mein Vater und Dymphna nicht. Ich bezweifle, dass Dymphna zu irgendeiner Beerdigung gegangen wäre, ganz gleich, um wen es sich handelte, und mein Vater wäre vollkommen fehl am Platz gewesen. Bethrah, Tucker und Missus Caliban saßen in der ersten Reihe, dem Sarg am nächsten.

Der Gottesdienst war schlicht und würdevoll. Schließlich war der Augenblick gekommen, an dem ein Freund aufstand, um ein paar Worte zu sagen. Es war ein hochgewachsener Neger mit großem, kahlem Schädel und pockennarbiger Haut, die faltig über kräftigen Knochen hing. Er stand auf, wandte sich an die Gemeinde und begann zu sprechen.

»Liebe Freunde, wir sind hier zusammengekommen, um uns von unserem lieben Freund John Caliban zu verabschieden.

Die Fakten im Leben eines Menschen sind nicht besonders wichtig, aber anscheinend muss man sie doch erwähnen. Was also hat John getan? Er hat kein Geschäft aufgemacht, er hat sein ganzes Leben lang für eine Familie gearbeitet, und weil er darüber gesprochen hat, weiß ich, dass er sie gemocht hat und nie das Gefühl hatte, es wäre bloß ein Job – fast so, als hätte er es sowieso gemacht, auch wenn sie ihn nicht bezahlt hätten. Ich weiß, er würde wollen, dass ich das sage, weil er so schnell gestorben ist, dass er keine Zeit mehr hatte, es ihnen selber zu sagen.« Manche drehten sich zu uns um. Ich war verlegen, mir war heiß und kalt zugleich.

»Das ist alles. Wir können uns nicht hinstellen und über die großen Dinge reden, die er getan hat, denn er hat nie irgendwas Großes getan. Aber er hat immer *Gutes* getan. Wir werden uns an John erinnern, weil er, als er in unser Leben getreten ist, immer fröhlich war und gelächelt hat und weil wir uns immer gefreut haben, ihn zu sehen. Er war ein einfacher Mann, der nie irgendwas Großes getan hat; er war einfach da und hat einen froh gemacht.

Eins könnte man aber vielleicht noch sagen, und ich glaube, das würde er auch wollen, und zwar, dass er besser mit Pferden umgehen konnte als irgendwer sonst. Aber auch das sagt eigentlich nicht viel über ihn. Ich finde, das Beste, was man über John sagen kann, ist das Einfachste: John Caliban war einer der Menschen, die sich opfern, um anderen zu helfen. Er war ein guter Mann und hat auf alle möglichen Weisen gute Werke getan, er war eine gute Seele.«

Der Neger hielt inne, und vorn stand jemand auf. Ich nahm an, dass er diese Worte mit einem »Amen« bekräftigen wollte. Doch dann hörte ich eine hohe Männerstimme in ungläubigem Ton sagen: »Opfern? Ist *das* alles? Soll das wirklich alles sein? Scheiß auf Opfer!« Es dauerte einen Moment, bis ich den Mann ausgemacht hatte, bis ich die schmale Gestalt im schwarzen Anzug sah, das kurzgeschnittene Haar auf dem großen Kopf, die Nickelbrille, den Arm, der eine verächtliche, wegwerfende Bewegung machte, als wollte er die Worte des Redners wegwischen, bis ich erkannte, dass es Tucker war.

Es war ganz still, als er zum Mittelgang ging. Auch Bethrah war aufgestanden. »Tucker?«

Er ging hinaus, mit zusammengebissenen Zähnen, seine Augen blickten leer und hart. Bethrah entschuldigte sich und folgte ihm. Sie trug schwer an dem Gewicht ihres ungeborenen Kindes und machte ein bestürztes Gesicht. Und dann waren sie hinaus. Ein Murmeln ging durch die Gemeinde und erstarb.

Der Neger sprach zu Ende, doch er stolperte über seine Worte, seine Haltung und sein Selbstvertrauen waren erschüttert. Dann gingen wir alle hinaus, stiegen in die bereitstehenden Wagen und machten uns bereit, zum Friedhof zu fahren. Durch die Windschutzscheibe des Wagens, in dem meine Mutter und ich saßen, konnte ich Tucker und Bethrah in dem Wagen vor uns sehen. Wie es schien, sagten sie unterwegs kein Wort.

Wir begleiteten John zum Friedhof und begruben ihn. Als der Sarg ins Grab herabgelassen war, warf jeder eine Rose darauf. Der Bestatter sagte ein paar schöne Worte, die nicht ganz aufrichtig klangen, und dann fuhren wir zurück nach Sutton.

Ich hatte noch nicht mit Tucker gesprochen und ging am Abend zu ihm. Er saß auf einer alten Kiste in der Garage, wo er und sein Großvater so viel Zeit verbracht hatten. Ich ging hinein und sagte ihm, wie leid es mir tue. Er sah nicht auf. Seine Augen waren so trocken wie kleine heiße Steine. »Mir auch«, sagte er schließlich.

Ich wollte wieder gehen, hörte ihn aber murmeln: »Nicht noch mal. Das hört jetzt auf.«

»Was?«

»Nichts, Dewey. Ich hab bloß laut gedacht.«

Zwei Monate später kaufte er die Farm, ein Stück Land in der Südwestecke von Dewitt Willsons ehemaliger Plantage, auf der Tuckers Vorfahren erst als Sklaven und dann als bezahlte Arbeiter gelebt hatten, bis mein Großvater Demetrius das Land unterteilte und verpachtete, das Haus in den Swells kaufte und mit seiner Familie und den Calibans nach Sutton zog. Ich weiß bis heute nicht, wie er meinen Vater dazu gebracht hat, ihm dieses Stück Land zu verkaufen.

Das ging mir durch den Kopf, als die Kinder verschwunden waren. Aber es schien kein ausreichender Grund für das zu sein, was Tucker getan hatte. Ein alter Mann, den ich sehr geliebt hatte, war gestorben, und das Letzte, was er gesehen hatte, war das Schild mit der Aufschrift »Farbige« im Bus nach New Marsails gewesen, aber das war kaum mehr als eine Ironie. Ich kam zu dem Schluss, dass es einen anderen Grund geben musste, doch bevor ich darüber nachdenken konnte, hörte ich ein Motorengeräusch und sah den Wagen, eine neue, teure Limousine, am Steuer ein hellhäutiger Neger in Livree, der sich kerzengerade hielt wie ein West-Point-Kadett. Er hielt am rechten Fahrbahnrand, und ich sah auf dem Rücksitz, hinter grünem Glas, einen elegant gekleideten Neger. Der Chauffeur sprang heraus, lief um den Wagen herum und riss die Tür auf. Der Neger stieg aus. Er trug eine blaue Sonnenbrille, und an seiner Weste hing eine goldene Kette mit einem ebenfalls goldenen Kreuz.

»Gottes Segen, Mister Willson. Ich dachte mir, dass Sie diesen Ort vielleicht aufsuchen würden.« Er trug einen dunkelgrauen Anzug und schwarze, auf Hochglanz polierte Schuhe. Er lächelte. »Ich heiße Sie willkommen, Mister Willson.« Er klang beinahe britisch, und in seiner Stimme war etwas, das ich erkannte.

Er griff in die Brusttasche und zog eine Zigarettenspitze und eine Schachtel türkische Zigaretten hervor. »Rauchen Sie, Mister Willson? Falls nicht, stört es Sie, dass ich diesem harmlosen Laster fröne?«

»Nein, keineswegs«, stammelte ich.

Der Chauffeur gab ihm Feuer, und der Neger nahm einen tiefen Zug. »Warten Sie im Wagen, Clement«, sagte er zu ihm. »Ich bin sicher, Mister Willson wird so freundlich sein, mich ein wenig herumzuführen.«

Ich brachte kein Wort heraus. Er lachte. »Bitte, Mister Willson, kommen Sie zu sich.«

»Wer sind Sie?«, stieß ich hervor. »Wer sind Sie eigentlich?« Meine Stimme klang dünn und gepresst. »Und woher wissen Sie, wer ich bin?«

Er antwortete ohne zu zögern. »Ich habe es mir schon vor langer Zeit zur Gewohnheit gemacht, mich über den Werdegang junger Männer, die mir vielversprechend erscheinen, auf dem Laufenden zu halten. Was meinen Namen betrifft: Nennen Sie mich einfach Onkel Tom.« Er lachte. »In gewissen Kreisen ist das ein alter und geachteter Name. Aber wie ich sehe, gefällt er Ihnen nicht. Dann muss es wohl Bradshaw sein, Reverend Bennett T. Bradshaw. Aber kommen Sie, Mister Willson. Soviel ich weiß, kennen – oder sollte ich sagen ›kannten‹? – Sie Tucker Caliban recht gut. Ich wäre Ihnen sehr dankbar für jeden Einblick in seine gewiss ungewöhnliche Persönlichkeit.«

»Was wissen Sie denn davon?« Diese Begegnung hatte etwas wirklich Unheimliches.

»Ich würde mich nicht erkühnen zu behaupten, ich könnte diese Frage mit auch nur annähernder Gewissheit beantworten. Ich bin eigentlich kein Experte für die Mentalität des Südens, müssen Sie wissen, ganz gleich, ob es um Schwarze oder Weiße geht. Zugegebenermaßen gibt es bei uns im Norden dieselben Spannungen zwischen den Rassen, wenn auch nicht so unverhüllt, so primitiv und erfrischend barbarisch wie hier im Süden. Daher meine Bitte. Sie könnten als eine Art Dolmetscher fungieren, denn Sie haben einen kleinen Teil Ihrer Ausbildung im Norden genossen, sind aber gleichwohl hier heimisch. Vielleicht war meine Frage zu allgemein. Haben Sie nicht das Gefühl, an einem Ort zu stehen, wo ein bedeutsames Ereignis stattgefunden hat?« Er machte eine ausladende Geste. »Ist hier nicht etwas, das an etwas Episches gemahnt, an die Bibel oder die Ilias vielleicht?«

Ich nickte. Er wusste so viel über mich, er gab mir das Gefühl, im Nachteil zu sein, und das gefiel mir nicht.

»Da es mir anscheinend nicht gelingt, Sie zu einer artikulierten Antwort zu bewegen, schlage ich vor, wir sehen uns die Farm einmal an. Vielleicht entlockt Ihnen das eine jener geistreichen Äußerungen, für welche die Absolventen Ihres Colleges so berühmt sind.« Wir gingen umher und betrachteten die Überreste von Dewitt Willsons Standuhr und die verkohlten Trümmer des Farmhauses. Dann kehrten wir zu seinem Wagen zurück. »Nun, Mister Willson, was halten Sie davon?«

»Ich weiß nicht. Was halten *Sie* davon?« Ich kam mir ziemlich dumm vor.

»Sie enttäuschen mich, Mister Willson«, sagte er tadelnd. »Sie waren heute Nachmittag am Bahnhof. Was haben Sie dort gesehen?«

Ich konnte mich an nichts erinnern, nur daran, dass meine Eltern Händchen gehalten hatten. Ich schwieg.

Er runzelte die Stirn; vielleicht war er tatsächlich enttäuscht. Um ehrlich zu sein: Ich war ebenfalls enttäuscht von mir. »Neger, Mister Willson, Neger. Farbige. Bimbos. Briketts. Dunkle Gestalten. *Nigger*. Mehr Neger, wage ich zu behaupten, als je dort gewesen sind, und mehr, als es je wieder sein werden.«

Ich konnte mich nicht daran erinnern. »Na und?«

Er zeigte auf den Boden zu seinen Füßen. »Hier hat es begonnen, Mister Willson. Ihr Freund Tucker Caliban hat das alles in Gang gesetzt. Das ist sein Verdienst. Was mich betrifft, so muss ich gestehen, dass ich unrecht hatte; ich hätte nie gedacht, dass eine solche Bewegung von innen heraus entstehen kann, an der Basis, durch Selbstentzündung gewissermaßen.«

Ich war unglaublich begriffsstutzig. »Was für eine Bewegung?«

»Alle Neger gehen fort, Mister Willson.«

Ich sagte nichts, aber mein Gesicht verriet ihm wohl, dass ich ihm nicht glaubte.

»Bitte, kommen Sie. Wir fahren hin und sehen es uns an.« Er öffnete den Wagenschlag.

Ich war mir nicht sicher, ob ich mit ihm irgendwohin fahren wollte, doch ich wusste, dass ich es tun würde. »Was ist mit meinem Fahrrad?«, fragte ich.

»Das legen wir in den Kofferraum.«

Der Kofferraum war groß genug für mein Fahrrad und womöglich noch ein zweites. Mit Hilfe des Chauffeurs band ich es so fest, dass es nicht verrutschen und irgendetwas beschädigen konnte. Dann setzte ich mich neben Reverend Bradshaw, und wir fuhren nach New Marsails.

»Erzählen Sie mir doch, was Sie von Tucker und seiner Auflehnung gegen die Welt wissen.« Er lehnte sich zurück und sah mich an.

»Was denn?« Ich war das, was ich über Tucker wusste, im Geiste schon durchgegangen, aber vielleicht konnte dieser Mann mich auf eine Spur bringen.

»Nun, irgendetwas. Sonderbare Vorfälle im Haushalt vielleicht. Ein gerecktes Kinn, ein entschlossener Gang. Irgendetwas.«

»Er hat mir einen Brief geschrieben, aber ich verstehe ihn nicht.« Ich zog den Brief aus der Tasche und las ihn ihm vor. Dann erzählte ich ihm, an was ich mich von meinem zehnten Geburtstag erinnere. Und vielleicht weil ich wusste, dass er ein Ohr besaß, das derlei hörte, und einen Verstand, der über derlei nachdachte, begann ich zu spekulieren: »Wissen Sie, wenn er schreibt: ›Aber Du hättest es sowieso gelernt, weil Du es so sehr wolltest‹, dann … ja, dann weiß ich nicht, ob ich es wirklich gelernt hätte. Ich weiß nicht, ob ich es ohne ihn hätte lernen können. Vielleicht wollte er auch nur sagen, dass ich alles schaffen kann, wenn ich es wirklich will. Aber das heißt nicht viel, oder? Ich meine, das ist das, was jeder sagt. Ich glaube, das wäre zu einfach.«

Er wurde lebhaft. »Aber nein, das glaube ich nicht. Sie vergessen, mit wem Sie es zu tun haben, Mister Willson. Wir sprechen hier nicht von einem gebildeten Menschen, der sich von Plato inspirieren lässt, sondern von einem ungebildeten Südstaaten-Neger. Wir sprechen nicht von neuen, komplexen Ideen, von einzigartigen Geistesblitzen, wie geniale Männer sie haben. Wir sprechen von den alten Ideen, den einfachen, den fundamentalen Ideen, die wir vielleicht übersehen, mit denen wir uns nie befasst haben. Tucker Caliban jedoch kann sie gar nicht übersehen – er hat sie gerade erst entdeckt. Ihre Analyse gefällt mir, Mister Willson. Was fällt Ihnen sonst noch ein? Ich sehe ihn vor mir, wie er aufbegehrt gegen unsagbares Unrecht und unzählige Demütigungen; Wut wallt in seiner Seele auf, in seinen Augen glimmt Rachedurst.«

»Nein, da liegen Sie falsch. Das stimmt nicht. Tucker hat keine Wut in sich. Er hat immer alles hingenommen, als ob er wüsste, dass es passiert und dass er nichts dagegen tun kann.«

»Mag sein. Fahren Sie fort.«

Ich dachte wieder an den vergangenen Sommer und versuchte, mich auf die wichtigen Szenen zu konzentrieren. Eine Weile sagte ich nichts. Wir fuhren durch Sutton, vorbei an Mister Thomasons Veranda, die verlassen war, vermutlich weil es Mittagszeit war, vielleicht aber auch wegen dieser Bewegung, von der Reverend Bradshaw gesprochen hatte. »Irgendwas hat diese Faulenzer aufgeschreckt«, sagte ich.

»Und warum sollten sie nicht aufgeschreckt sein? Wegen Tucker Caliban sind wir kreuz und quer in der Gegend herumgefahren, um herauszufinden, was ihn treibt.« Er schüttelte den Kopf. »Es ist wirklich bemerkenswert, ein Wunder.«

Wir fuhren den Hügel hinauf und über die Kuppe und konnten im orangeroten Abendlicht weit unter uns und jenseits des Flusses die Stadt erkennen, die aus dieser Entfernung aussah wie immer: glücklich und unbeschwert.

Ich hatte den vergangenen Sommer jetzt rekapituliert und erzählte Reverend Bradshaw davon. Zum Schluss sagte ich, wie überrascht ich gewesen sei, dass mein Vater Tucker das Land und das Farmhaus verkauft habe.

Reverend Bradshaw lächelte in sich hinein. »Manchmal tun Männer seltsame Dinge, Mister Willson, besonders die Männer der Generation, der Ihr Vater und ich angehören. Vergessen Sie nicht, dass wir in eine Zeit geboren wurden, in der die Menschen wirklich idealistisch waren, in der die Unzufriedenheit mit der bestehenden Gesellschaftsordnung uns dazu trieb, die Strukturen unseres Lebens aufzubrechen – Strukturen, die unsere Vorfahren, unsere Eltern, geschaffen und uns hinterlassen hatten.«

Ich musste lachen. »Mein Vater? So was sagen Sie nur, weil Sie ihn nicht kennen.«

»Ich kenne ihn«, sagte er knapp.

Ich sah ihn entgeistert an. »Sie kennen ihn?«

Jetzt lächelte er. »Kein Grund zur Sorge, Mister Willson. Ich kenne ihn so gut wie alle anderen. All die Jungen, die in der Zeit der Weltwirtschaftskrise aufgewachsen und im Spanischen Bürgerkrieg zu Männern geworden sind. Die mit der Dame Kommunismus geflirtet haben. Einige haben sie sogar geheiratet. Andere haben sie geheiratet und sich später scheiden lassen, konnten aber keine andere mehr lieben.« Sein Blick war leer und in die Ferne gerichtet, als könnte er sich an jene Zeiten nicht nur erinnern, sondern sie auch sehen und spüren.

»Mein Vater nicht!«, unterbrach ich seinen Gedankengang.

Er wandte sich zu mir. »Ich bleibe dabei: Männer, die in seltsamen Zeiten aufgewachsen sind, tun seltsame Dinge.«

»Mein Vater nicht«, wiederholte ich, weniger heftig diesmal, und musste lachen, weil es wie ein Echo klang.

Reverend Bradshaw lachte nicht. »Sie werden viele seltsame Dinge über Ihren Vater herausfinden, wenn Sie älter werden.« Jetzt lächelte er wieder, wenn auch eher anzüglich.

Wir hatten uns New Marsails genähert, waren zwischen leeren, sich verdunkelnden Feldern hindurchgefahren, wo bereits grüne Mais- oder Baumwolltriebe in langen Reihen aus der Erde brachen, und überquerten die schwarze Brücke zur Northside. Auf den Straßen lag allerlei Abfall: zerrissene Kleidungsstücke, Matratzen, kaputtes Spielzeug, Bilderrahmen, zerbrochene Möbel – all das Zeug, das die

Neger nicht in Koffern, Taschen oder auf dem Rücken hatten davontragen können. Es waren nicht viele Menschen zu sehen, nur ein paar Nachzügler, die in Packpapier gewickelte und mit Bindfaden verschnürte Bündel trugen. Ein alter Mann mit Krückstock humpelte vorbei und wollte wahrscheinlich zum Bahnhof. Er trug einen mexikanischen Sombrero und hatte einen zotteligen weißen Bart. Eine Frau fuhr in einem Rollstuhl dahin, auf dem Schoß ein Köfferchen. Sie war ursprünglich wohl sehr dunkel gewesen, doch jetzt war ihr Gesicht von einem fahlen Grau, als wäre sie jahrelang nicht in der Sonne gewesen.

Wir fuhren in Richtung Bahnhof, aber als wir noch drei Blocks entfernt waren, kamen wir an eine Straßensperre und wurden von Staatspolizisten mit Cowboyhüten und stahlblauen Wickelgamaschen und Beamten aus New Marsails in hellblauen Uniformen gestoppt. Jenseits der Sperre strömten die Neger dicht gedrängt zum Bahnhof, helle und dunkle, große und schmächtige – es waren Tausende. Einige sangen Kirchenlieder und Spirituals, doch die meisten schlurften schweigend, in Gedanken versunken und innerlich jubilierend, weil sie wussten, dass man sie nicht aufhalten konnte. Sie schoben sich beständig vorwärts und blickten in Richtung Bahnhof, von dem nur die Spitze der weißen Kuppel zu sehen war.

»Clement, wir steigen hier aus«, sagte Bradshaw in ein Mikrophon zu seiner Linken. »Warten Sie hier auf uns.«

»Ja, Sir.« Clements Stimme aus dem Lautsprecher klang blechern. »Ich fahre rechts ran und parke, Sir.«

»Kommen Sie, Mister Willson, und mit Gottes Hilfe werden wir ein paar Antworten finden.«

Ich nickte. Wir stiegen aus, umgingen die Sperre und

wurden beinahe sofort von der Menge verschluckt. Neben uns war eine siebenköpfige Familie – zwei Erwachsene und fünf Kinder, das älteste war etwa zehn, das kleinste war auf dem Arm der Frau. Der Vater hielt das Geld für die Fahrkarten abgezählt in der Hand. Er war sehr groß, so dünn und stark und schwarz wie ein verwitterter Zaunpfosten. Sein Haar war glatt. Die Frau war so groß wie ich und eher hellbraun. Die Kinder zockelten müde und mit starrem Blick hinter ihnen her wie kleine Zombies.

»Elwood, ich bin so müde«, sagte ein kleines Mädchen, das gerade erst laufen konnte, zu seinem nur wenig älteren Bruder.

»Sei still. Mom sagt, wir sind gleich da.«

»Aber ich bin so müde.«

Reverend Bradshaw legte dem Vater die Hand auf den Arm. »Gott segne Sie, Bruder. Ich bin Reverend Bennett Bradshaw von den Schwarzen Jesuiten. Darf ich Ihnen ein paar Fragen stellen?« Ich war überrascht: Darum also interessierte er sich für das, was hier geschah.

»Elwood, ich bin so müde.«

»Ruhe da hinten, Lucille, sonst gibt's eins hinter die Ohren.« Er sah Reverend Bradshaw an. »Schießen Sie los.«

»Elwood, ich bin so müde.«

Der Vater wandte sich zu seiner Frau. »Kannst du nicht dafür sorgen, dass dieses Kind endlich den Mund hält? Also los, Reverend … wie war noch Ihr Name?«

»Bradshaw. Ich würde Sie gern fragen, wohin Sie gehen.«

»Nach Boston, würd' ich sagen. Ich hab 'n paar Verwandte in Roxbury.«

»Und ich sag immer noch, es ist verrückt, alles zusammenzupacken und in den Norden zu gehen. Was soll'n wir machen, wenn wir da sind?« Die Frau beugte sich vor und sprach sowohl zum Reverend als auch zu ihrem Mann.

»Still jetzt. Ich hab dir doch gesagt: Wir gehen, weil's richtig ist.« Der Mann sah seine Frau finster an.

»Ja, genau das wollte ich Sie als Nächstes fragen«, sagte der Reverend. »Warum glauben Sie, dass es richtig ist? Wie kommen Sie auf diesen Gedanken?« Während der Mann überlegte, bewegten wir uns weiter. Von Zeit zu Zeit sah ich Grüppchen weißer Männer, die, die Hände in den Hosentaschen, am Rand der Menge standen. Sie sahen nicht aus wie Städter; sie mussten aus den umliegenden Orten gekommen sein. Sie wirkten wie vor den Kopf geschlagen, wahrscheinlich kamen sie gerade zu der Erkenntnis, dass sie nichts tun konnten, um die Neger aufzuhalten. Sie wagten nicht, es zu versuchen, denn das wäre von der stummen, sich beständig vorwärtsbewegenden Menge wohl sogleich mit Gewalt beantwortet worden.

Schließlich sagte der Mann, den der Reverend gefragt hatte: »Tja, ich weiß selbst nicht so genau, wie ich drauf gekommen bin. Als ich gestern nach Hause gekommen bin – ich bin Kehrer in der Markthalle –, hab ich einen Cousin von mir getroffen. ›Hallo, Hilton‹, sag ich.

›Hallo, Elton‹, sagt er. ›Und wann gehst du?‹

›Wohin soll ich denn gehen, Mann?‹, sag ich.

›Hast du's noch nicht gehört?‹, sagt er.

›Was gehört?‹, sag ich.

›Mann‹, sagt er, ›weißt du nicht, was los ist? Wir Schwarzen gehen weg. Wir alle. Im ganzen Staat packen alle die Sachen und und hauen ab.‹

Ich denke, er will mich auf'n Arm nehmen, und seh ihn an, aber er fängt nicht an zu lachen, er ist so ernst wie'n nackter Mann in 'nem Fass voll Rasierklingen, also sag ich: ›Na, dann erzähl mal.‹

Und er sagt: ›Das hat am Mittwoch oder Donnerstag angefangen, weiß nicht so genau, aber jedenfalls haben die Schwarzen in Sutton beschlossen, dass sie die Schnauze voll haben und dass es sich nicht lohnt zu kämpfen, weil's für uns ja doch nie besser wird. Sogar die in Mississippi haben's besser als wir, und das will was heißen. Wenn dieser Staat hier im Bürgerkrieg richtig was abgekriegt hätte, dann wären wir Schwarzen besser dran, aber er war der einzige in der ganzen Konföderation, in dem die Yankees sich nicht ausgetobt haben.‹ Das sagt jedenfalls dieser farbige Mann da oben in Sutton, sagt mein Cousin. Er – also Hilton – sagt, in Sutton gibt's einen Schwarzen, der den Negern von Geschichte und dem ganzen Kram erzählt. Und außerdem sagt er, es gibt nur eine einzige Möglichkeit, dass es besser wird, nämlich wenn alle Farbigen weggehen und alles, was sie kennen, hinter sich lassen und irgendwo anders neu anfangen.«

Reverend Bradshaw sah mich von der Seite an. »Die Geburt einer Legende, Mister Willson.«

Ich verstand.

»Jedenfalls, nachdem ich mit Hilton geredet hab, bin ich nach Hause gerannt und hab meiner Frau gesagt, sie soll packen, wir fahren morgen – also heute –, und ich will kein Palaver.« Er wandte sich zu seiner Frau und schien uns vollkommen vergessen zu haben. »Verstehst du nicht, Baby? Wir müssen gehen. Das ist die einzige Möglichkeit, sonst …«

»Wir haben genug gesehen, Mister Willson.« Reverend Bradshaw nahm meinen Arm, und wir schoben uns durch die Menge, bis wir den Bürgersteig erreicht hatten. Auf dem Weg zum Wagen kamen wir an einer Gruppe Weißer vorbei. Sie tuschelten über mich. »Der Blonde muss ein Mischling sein – warum gibt er sich sonst mit einem Nigger ab? Aber ich muss sagen: Mich hätte er getäuscht.« Ich errötete, aber dann war ich seltsamerweise ein bisschen stolz.

Als wir die Sperre erreicht hatten, an der noch immer Neger vorbeiströmten, sagte Reverend Bradshaw: »Tja, Mister Willson – unglaublich, aber wahr.« Er schüttelte unaufhörlich den Kopf. »Ich hätte nie ...« Er sprach den Satz nicht zu Ende. Wir waren am Wagen und stiegen ein. Reverend Bradshaw beugte sich zum Mikrophon. »Clement, fahren Sie uns zurück nach Sutton.«

Der Chauffeur ließ den Wagen an, setzte ihn langsam in Bewegung, bog in eine schmale Seitenstraße ab und fuhr vorsichtig an Mülltonnen und Abfall vorbei, bis wir am anderen Ende den Abendhimmel sehen konnten. Durch kleine Straßen ging es weiter nach Norden, bis wir in der Northside waren, wo wir auf die Landstraße und dann über die schwarze Brücke fuhren.

Als wir nun an den gesichtslosen, schindelgedeckten, zweifenstrigen Häusern vorbeikamen, die wir schon auf dem Hinweg gesehen hatten und die jetzt von den Scheinwerfern des Wagens beleuchtet wurden, lehnte ich mich zurück und fühlte mich gut. »Ist Ihnen eigentlich klar, Reverend Bradshaw, wie erstaunlich das alles ist? Tucker Caliban, der mir das Fahrradfahren beigebracht hat! Donnerwetter! Ich sehe meine Schwester vor mir. Als Bethrah gesagt hat, dass sie Tucker heiratet, konnte meine Schwester es nicht verstehen. Sie fand, dass Bethrah viel zu gut für ihn war. Was für ein Coup!« Ich lächelte und schüttelte den Kopf. Als ich Reverend Bradshaw ansah, stellte ich zu meiner Überraschung fest, dass er den Kopf hängen ließ und mit düsterem, traurigen Gesicht vor sich hin starrte. »Meinen Sie nicht auch?«

»Ja, Mister Willson, ein Coup. Wunderbar.« Er meinte es keineswegs so. »Sie sind noch nicht alt genug, um Ihr Leben einer Sache gewidmet zu haben und dann zu erleben, dass ein anderer triumphiert, wo Sie versagt haben.«

»Aber was macht es denn schon, wem es gelungen ist? Es lag in der Luft, es wäre vielleicht ohnehin passiert. Die Leute brauchten Tucker eigentlich gar nicht. Vielleicht wären sie eines Tages von selbst einfach aufgestanden und gegangen. Es macht doch keinen Unterschied.« Wir fuhren hinauf nach Harmon's Draw.

»Ich werde Ihnen sagen, was der Unterschied ist.« Er beugte sich langsam vor und sah sehr müde aus; als er sprach, war ich überrascht von der Trauer und dem Zorn in seiner Stimme. »Sie haben gesagt, Menschen wie Tucker brauchen niemanden, sie brauchen keine Anführer. Haben Sie je daran gedacht, dass ein Mann wie ich, ein sogenannter religiöser Führer, Menschen wie Tucker braucht, um seine Existenz zu rechtfertigen? Es kommt der Tag, Mister Willson, und er kommt bald, da werden die Menschen begreifen, dass sie Leute wie mich nicht brauchen. Vielleicht ist dieser Tag für mich bereits gekommen. Die Tuckers werden aufstehen und sagen: Ich kann tun, was ich will, ich brauche nicht auf jemanden zu warten, der mir die Freiheit *gibt* – ich kann sie mir selbst nehmen. Ich brauche keinen Anführer, keinen Boss, keinen Präsidenten, keinen Pfarrer, keinen Prediger, keinen Reverend Bradshaw. Ich brauche niemanden. Ich kann tun, was ich will, und ich kann es selbst tun.«

Ich war noch immer zu fasziniert von dem ganzen Geschehen, um zu merken, dass es mir niemals gelingen würde, ihn zu überzeugen. »Aber das ist es doch, was Sie wollten und für das die farbigen Führer sich immer eingesetzt haben! Es sind Ihre Leute, und sie befreien sich selbst!«

»Ja, und damit haben sie mich überflüssig gemacht. Wie würde es Ihnen gefallen, eines Tages aufzuwachen und überflüssig zu sein? Es ist nicht schön und erhebend, Mister Willson. Ganz und gar nicht schön.«

Ich konnte ihn nur anstarren, seine traurigen Augen im Widerschein der Scheinwerfer, seine geballte Faust.

Und dann konnte ich ihn nicht mehr ansehen. Ich wandte mich ab und stellte fest, dass wir Sutton erreicht hatten und dass die Scheinwerfer bereits die Ladenfronten auf der Westseite der Straße beleuchteten. Die Glühbirne in Mister Thomasons Laden legte ein gelbes Band über die Straße.

Als ich einige Sekunden später wieder zu Reverend Bradshaw sah, war er womöglich noch trauriger; seine Augen starrten trüb ins Leere.

CAMILLE
WILLSON

Gestern Nacht war es fast wie vor zwanzig Jahren. Wir hatten nicht diese wunderbare Offenheit wie damals, aber wir haben geredet, und das haben wir lange nicht getan. Und heute, auf dem Bahnsteig, als wir auf Deweys Zug gewartet haben, spürte ich seine Hand an meinem Ellbogen, und dann glitt sie hinunter, und er nahm meine Hand. Er war fast wie der David, den ich so sehr geliebt habe, natürlich nicht so jung – wir werden die verlorenen Jahre nicht wettmachen können –, aber so, wie der zwanzigjährige David, den ich geheiratet habe, jetzt wäre. Und ich spürte etwas von dem, was ich gespürt habe, als wir frisch verheiratet waren und ich es kaum erwarten konnte, mit ihm ins Bett zu gehen. Wenn er auch nur in meine Nähe kam, umarmte ich ihn und rieb mich an ihm, sodass nur die Spitzen meiner Brüste ihn berührten. Und dann ließ ich ihn los und tat, als wäre gar nichts geschehen, als wüsste ich gar nicht, was ich getan hatte. Ich glaube, das war albern, aber ich war so verliebt in ihn, dass ich nicht genug von ihm bekommen konnte.

Manchmal, mitten am Nachmittag, wurde ich noch kühner und schrieb ihm ein Briefchen:

Lieber David –
Du hast zehn Minuten, das, was Du gerade tust, zu
beenden. Dann komme ich und hole Dich. Ich liebe Dich.
Camille

Dann ging ich in das Zimmer, wo er Zeitung las oder schrieb, und sagte: »Das ist gerade für dich abgegeben worden.«

»Ach ja?«, sagte er.

»Ja. Und sie war *sehr* hübsch.« Ich drehte mich um und ging hinaus und hörte ihn lachen und mir nachrufen: »Was soll ich bloß mit dir machen?«

Und ich sagte: »Das weißt du doch. In zehn Minuten.« Dann stellte ich die Herdflamme klein, damit ich mir keine Sorgen machen musste, das Essen könnte anbrennen, deckte den Tisch, rannte ins Schlafzimmer, zog mich aus und stäubte Parfüm über mich und das Bett. Wenn die zehn Minuten um waren, kam er herein, knöpfte sich das Hemd auf und sagte: »Wo ist jetzt die Frau, die diesen Brief abgegeben hat?«

Ich lag, die Decke bis zum Kinn hochgezogen, im Bett und sagte leise: »Hier, David.«

Er setzte sich auf die Bettkante und sah mich so zärtlich an, dass ich manchmal zu weinen begann. Wie ein kleines Mädchen. Er richtete mich auf, nahm mich in die Arme und küsste mich – er war so liebevoll, dass ich dachte, ich würde zerfließen. Und dann sagte er: »Ich liebe dich, Camille.«

»Ach, David, ich liebe dich so sehr.« Und dann zog er sich aus, und wir liebten uns stundenlang.

Aber nicht dass Sie denken, das war das einzige, was

schön war. Und es lag nicht nur daran, dass wir frisch verheiratet waren. Manchmal benahmen wir uns wie Leute, die seit fünfzig Jahren verheiratet sind. Ich glaube, das Geheimnis war zum größten Teil, dass wir uns so gut verstanden – David jedenfalls verstand mich, und ich vertraute ihm, und darum brauchte ich ihn eigentlich nicht zu verstehen.

So war es, als wir heirateten. Wir lebten damals in New Marsails, und David arbeitete für den *AT*, das ist der *New Marsails Evening Almanac-Telegraph*.

Ich hatte ihn auf einer Party in der Northside kennengelernt. Mein Vater hatte mich auf eine Schule in Atlanta geschickt, wo ich zur Dame werden und einen netten jungen Herrn aus dem Süden kennenlernen sollte, doch es war mir gelungen, das zu überstehen und ohne Ehemann nach New Marsails zurückzukehren.

Ich stellte fest, dass einige meiner Freundinnen mit einer Gruppe von Bohemiens verkehrten, die schrieben oder Kunst studierten, auf dem Boden saßen und über Marx diskutierten. Sie nahmen mich mit auf eine der Partys. Nach meinem Exil in Atlanta brannte ich darauf, sie zu begleiten. Und dort lernte ich David kennen.

Wir gingen oft miteinander aus. Es war nicht gerade das, was meine Mutter als *Brautwerbung* bezeichnet hätte, denn wir hatten keine Verabredungen im landläufigen Sinne – ich begleitete ihn, wenn er einen Auftrag hatte. Es war mir egal, wo es hinging, solange ich nur bei ihm war.

Aber manchmal rief er an und sagte: »Camille, ich kann dich nicht abholen, wir können uns heute Abend nicht sehen, ich muss noch etwas erledigen.« Natürlich fragte ich mich, was so wichtig war und warum er das so barsch sagte. Ich wusste, dass er mich liebte. Trotzdem gab es diese Anrufe und diesen seltsamen Ton in seiner Stimme – distanziert, ausweichend und knapp. Ich durfte ihn nicht mal besuchen und mich zu ihm setzen.

Sie können sich vorstellen, was ich dachte: dass er eine andere hatte. Ich wurde traurig, und wider besseres Wissen redete ich mir ein, dass er nur mit mir spielte. Dabei war das gar nicht der Grund. Vom den wahren Grund bekam ich erst eine Ahnung, als ich seinen Vater kennenlernte.

Eines Sonntags holte David mich ab, und wir fuhren nach Norden in Richtung Sutton. Er sagte nicht viel und war tief in Gedanken versunken. Als wir in Sutton ankamen, fuhr er nicht geradeaus weiter, sondern bog links ab, und bevor mir klar war, dass ich ein bisschen nervös sein sollte, stand ich auch schon vor seinem Vater Demetrius, einem dünnen, hart wirkenden Mann mit weißem Haar. David ging, um etwas zu trinken zu holen. Mister Willson musterte mich lange. »Sie lieben ihn, stimmt's?«, sagte er.

»Ja, Sir.«

»Er liebt Sie auch. Wird Sie wohl bald heiraten wollen. Wollen Sie ihn heiraten?«

»Ja, Mister Willson«, sagte ich.

»Einverstanden. Aber Sie sollten wissen, auf was Sie sich einlassen. Sie werden ihn nicht verlassen können. Eines Tages wird er Sie brauchen, vielleicht mehr, als Sie sich vorstellen können. Er hat sich mehr auf den Teller geladen, als er essen kann. Er denkt, ich weiß es nicht. Aber ich weiß es.« In diesem Augenblick kam David zurück, und Mister Willson verstummte, aber ich glaube, er hätte ohnehin nicht mehr gesagt.

Ich weiß nicht, ob das, was Mister Willson zu mir ge-

sagt hatte, meine Gefühle für David hätten ändern können, denn ich liebte ihn sehr, und hätte mir jemand etwas Schlechtes über ihn erzählt, dann hätte ich es einfach
nicht geglaubt, und bei etwas Gutem hätte ich mich nur
darin bestätigt gesehen, dass er wunderbar war.

Jedenfalls dauerte es nicht lange, bis David mich bat,
seine Frau zu werden. Wir heirateten und waren sehr
glücklich. Wir wohnten in New Marsails und gingen auf
Partys in der Northside, und wenn David einen Auftrag
hatte, begleitete ich ihn. Wenn wir nach Hause kamen,
gingen wir miteinander ins Bett und lachten und freuten
uns, dass wir zusammen waren. Aber es gab Abende, da
wollte er mich nicht um sich haben und schickte mich ins
Kino. Das machte mir jetzt nicht mehr so viele Sorgen wie
vor unserer Hochzeit, und selbst wenn es so gewesen wäre,
hätte ich nichts gesagt, denn ich vertraute ihm und wollte
nicht an ihm herumnörgeln. Manchmal sagte er: »Danke,
Camille, dass du mich nicht fragst, was ich da tue. Je weniger du davon weißt, desto besser.«

Dann wurde ich mit Dewey schwanger, David wurde
gefeuert, und alles kam ans Licht.

Außer für den *AT* hatte David auch für ein paar kom-
munistische Zeitschriften in New York geschrieben. Er
hatte natürlich ein Pseudonym benutzt, aber die vom *AT*
hatten es herausgefunden und ihn entlassen, hauptsächlich
weil er in Rassendingen einen sehr radikalen Standpunkt
vertrat. Mehr als das habe ich davon nicht verstanden, aber
wenn er fand, er tue das Richtige, war es mir egal, was er
tat. Ich sagte ihm, es sei gut, und wenn er nach New York
gehen wolle, um für diese Zeitschriften zu arbeiten, dann
würden wir eben nach New York ziehen. Aber als ich ihm

von unserem Kind erzählte – ich konnte es ja nicht vor ihm verbergen –, sagte er, nein, wir würden nicht nach New York ziehen, denn die Zeitungsarbeit sei zu unsicher, und es bestehe die Gefahr, dass wir dort strandeten. Er tat alles, um eine neue Stelle zu bekommen, fand aber keine und geriet in Panik, und ich konnte nichts tun. Mit jedem Tag veränderte er sich mehr.

Das hatte vielleicht etwas mit den Briefen aus dem Norden zu tun, die er bekam. Ich las sie nie, und er sagte mir nicht, was darin stand, aber jedes Mal, wenn einer kam, wurde David ein bisschen distanzierter. Es waren ganz normale Umschläge, abgestempelt in New York. Mit der Zeit erkannte ich sie am Schriftbild, denn das I der Schreibmaschine hatte einen Defekt: Nach jedem I machte die Maschine einen Leerschritt. Wenn ich die Post aus dem Briefkasten nahm und mein Blick auf einen Brief an »Mr Davi d Wi llson« fiel, wusste ich, dass sein Inhalt David unglücklicher und abweisender machen würde, als er es ohnehin schon war. Irgendwann, als wieder einmal ein solcher Brief kam, wünschte ich, den Absender aufsuchen und ihn mit bloßen Händen töten zu können. Das war natürlich nur ein Tagtraum, und nichts dergleichen geschah. Wer immer es war, der diese Briefe schrieb und dem David spätnachts antwortete, ließ sich nie blicken. Ich begegnete ihm nie. Und als keine Briefe mehr kamen, war es zu spät. Da war der Schaden bereits angerichtet.

Der letzte Brief kam eines Morgens, als David nicht da war. Er war länger als die anderen, denn er steckte nicht in einem normalen Kuvert, sondern in einem großen Umschlag und war schwerer, aber der Absender war derselbe – ich erkannte die Schreibmaschine. Ich brachte ihn hinauf in unsere Wohnung und überlegte lange, ob ich ihn öffnen sollte, doch ich tat es nicht. Ich saß den halben Vormittag auf dem Bett, wog ihn in der Hand, spürte, wie schwer er war, und fragte mich, ob er, da er so lang war, noch schlimmer sein würde als die anderen. Und dann kam ich zu einem Entschluss: Wenn David mir davon erzählen wollte, dann würde er es tun, und wenn ich ihm helfen konnte, denn würde ich es tun, und wenn nicht, dann würde ich ihn trotzdem lieben. Ich legte den Brief auf die Schlafzimmerkommode und ging hinaus.

David kam sehr spät heim. Ich lag schon im Bett und las, als er eintrat und die Tür hinter sich schloss. Er lächelte mich an, dann sah er den Brief auf der Kommode. Er wusste ebenso gut wie ich, was für ein Brief es war. Lange stand er da und sah mich an. Dann riss er den Umschlag entlang der Seitenkante auf, anstatt ihn oben aufzuschlitzen, zog den Brief hervor, setzte sich auf die Bettkante und las ihn. Es schien Stunden zu dauern. Ich saß da und sah ihm zu, während er eine Seite nach der anderen las und hinter die ungelesenen schob. Als er fertig war, ließ er den Brief sinken und starrte auf den Boden. Dann faltete er die Bogen wieder zusammen, steckte sie in den Umschlag und sagte: »Gut, das ist der Letzte. Er hat es versprochen. Vielleicht habe ich jetzt endlich Ruhe.«

Eine Sekunde lang fühlte ich mich gut und beruhigt, denn ich hörte nur seine Worte und achtete nicht auf die Art, wie er sie aussprach.

Ich sah ihm schweigend zu, während er sich auszog. Dann machte ich das Licht aus, und wir lagen lange da, ohne uns zu berühren. Ich wusste, dass er wach war, denn er lag auf dem Rücken, und auf dem Rücken kann er nicht einschlafen. Schließlich seufzte er, und obwohl ich fürchtete, er könnte es als Einmischung verstehen, fragte ich ihn: »David, kann ich irgendwas tun? Irgendwas?«

Er schwieg lange, dann seufzte er wieder. »Du hast großes Vertrauen zu mir.«

»Ja, David.«

»Wie konntest du jemals Vertrauen zu mir haben?« Er wollte damit nicht sagen, dass ich ihm niemals hätte vertrauen sollen – es war vielmehr eine ernst gemeinte Frage. Immer sollte ich meine Gefühle in Worte fassen, und immer fiel es mir schwer, aber ich versuchte es.

»Ich weiß nicht. Ich habe es eben. Und du hast nie irgendetwas getan, das mein Vertrauen erschüttert hätte. Du hast mir gefallen, und dann habe ich mich in dich verliebt, und ich hatte nie das Gefühl, dass du mich absichtlich kränken oder verletzen würdest.«

»Aber stell dir vor, ich würde das tun. Stell dir vor, ich würde morgens aus dem Haus gehen, angeblich, um Arbeit zu suchen, und abends würdest du in der Zeitung lesen, dass David Willson und eine verheiratete Frau nackt im Bett von ihrem Ehemann erschossen worden sind. Stell dir vor, in dem Artikel würde stehen, dass das Verhältnis schon zwei, drei Jahre bestanden hat. Würdest du mir dann noch immer vertrauen, würdest du mich noch immer lieben?«

Als er das sagte, überlief es mich, doch dann begriff ich, dass es nur ein ausgedachtes Beispiel war, dass es um nichts dergleichen ging und seine Frage in Wirklichkeit etwas ganz anderem galt. »David, sag so etwas nicht.«

»Warum?« Er fuhr hoch. »Dann würdest du mir nicht mehr vertrauen, oder?«

»Darum geht es nicht, David.« Ich legte ihm die Hand auf den Arm, und er schüttelte sie nicht ab. »Darum geht es mir nicht. Ich würde nicht wollen, dass du tot bist, ganz gleich, was du getan hast. Aber es geht nicht darum, ob ich das Vertrauen zu dir verlieren würde. Vielleicht tust du solche Dinge – aber der Grund, warum ich Vertrauen zu dir habe, ist, dass ich nicht *glaube*, dass du sie tust. Und wenn das, was du gesagt hast, tatsächlich geschehen würde, dann würde ich nach dem ersten Schmerz wohl annehmen, dass du einen guten Grund hattest. Vielleicht würde ich dich erst einmal hassen. Aber dann würde ich mir sagen, dass du es tun musstest wegen etwas, von dem ich nichts weiß oder bei dem ich dir nicht helfen konnte, oder vielleicht sogar, weil du bei der anderen etwas gefunden hast, das du bei mir nicht haben konntest. Ich glaube, ich würde darauf vertrauen, dass du nach bestem Wissen und Gewissen gehandelt hast.«

Darauf ging er nicht ein. »Und wenn ich dir nun sagen würde, dass ich so etwas getan und dann gemerkt habe, dass es unrecht war, und dass ich das Gefühl habe, schuldig zu sein und dich und vor allem mich selbst verraten zu haben? Wer könnte mich dazu bringen, wieder an mich selbst zu glauben?« Er hielt inne. »Könntest du das? Könntest du etwas sagen, was mein Bild von mir selbst verändert?«

»Ich weiß es nicht, David. Ich würde es versuchen. Ich würde hinnehmen, dass du es getan hast, und versuchen, dich dazu zu bringen, es auch hinzunehmen.« Ich konnte ihn jetzt besser erkennen: Er saß im Bett, leicht vorgebeugt und mit geballten Fäusten.

»Und was, wenn ich etwas nicht getan hätte, was ich

hätte tun sollen? Wenn ich feige gewesen wäre, wo ich mutig hätte sein müssen, wo ich mutig hätte sein *können*? Denn das bin ich, Camille. Ich bin feige, obwohl ich es nicht sein müsste. Und das ist noch schlimmer, als feige zu sein, wenn man es sein muss, wenn einem gar nichts anderes übrig bleibt.«

Ich wünschte mir so sehr, dass er mit mir darüber sprach. »Wovon sprichst du?«

»Das ist nicht von Bedeutung.«

»Ist es eben doch.«

»Nicht die Einzelheiten. Nur dass ich angeblich sehr stark an etwas geglaubt habe, aber als die Zeit kam, dafür einzutreten, habe ich es nicht getan. Ich bin zurückgewichen.«

Ich hätte besser überlegen sollen, was ich als Nächstes sagte. »Vielleicht hättest du nicht daran glauben sollen. Vielleicht war es gar nicht gut.«

Er sah mich an – ich hatte ihn verletzt. »Aber es war gut! Es ist noch immer gut!«

»Aber vielleicht nicht für dich. Vielleicht ist es ganz und gar nicht gut für dich.« Ich hätte ihn nicht so bedrängen sollen.

»Ach, Herrgott, du verstehst es einfach nicht.« Er ließ sich zurücksinken und starrte an die Decke.

»Ich versuche es, David. Ich will dich verstehen. Es tut mir leid, wenn es mir nicht gelingt.« Und … ach, ich wollte es gar nicht, ich wollte es unterdrücken und schämte mich sehr, aber ich begann zu weinen. Nicht sehr – nur ein paar Tränen, die über meine Wangen rannen.

»Camille? Camille, bitte nicht. Es ist nicht deine Schuld. Ganz und gar nichts davon ist deine Schuld.« Er streckte unter der Decke die Hand aus und legte sie auf meinen Arm, und als ich mich ihm zuwendete, schloss er mich in die Arme und küsste meine Augen.

»Ach, David, ich wollte, ich könnte dir helfen. Ich wollte, ich könnte irgendetwas tun, aber ich … ich bin so dumm.« Wieder küsste er mich, und ich spürte, dass unsere Körper begannen, nach einander zu verlangen, und drückte mich ganz fest an ihn, und er zog den Saum meines Nachthemds hoch. Dann hörte er auf, mich zu küssen, und ich schmiegte mich noch enger an ihn, denn ihn zu lieben war das Einzige, was ich wirklich gut konnte, doch mit einem Mal spürte ich Tränen auf meiner Wange. Zuerst dachte ich, es seien meine, doch es waren Davids Tränen. Er wandte sich ab. »Es hat keinen Zweck. Ich fühle mich nicht mal mehr wie ein Mensch.«

Das war das letzte Mal, dass wir uns in Liebe nahekamen; danach wurde es nicht besser zwischen uns. Schließlich zogen wir nach Sutton, und David stieg bei seinem Vater ins Familiengeschäft ein. Seine Familie war sehr nett zu uns, aber ich wusste, dass David es hasste, dort zu sein; ich wusste, es war das Letzte, was er tun wollte, denn es war ihm zuwider, dass Menschen Geld verdienten, nur weil sie zufällig Land besaßen, das andere, ärmere Menschen zum Leben brauchten. Es war ihm zuwider, Pachten zu kassieren und all die anderen Dinge zu tun, die Grundbesitzer tun. Weil er so unglücklich war, hatten wir uns immer weniger zu sagen. Wir besuchten die Leute in der Northside von New Marsails nicht mehr. Wenn ich ihn danach fragte, sagte er, wir müssten endlich erwachsen werden; mit diesen kindischen Sachen sei es nun vorbei. Hin und wieder schliefen wir miteinander, und ich wurde mit Dymphna schwanger. David schien sich zu freuen, aber ich glaube, der Hauptgrund für seine Freude war, dass er nun nicht mehr mit mir zu schlafen brauchte.

Als wir nach Sutton zogen, sah ich Tucker zum ersten Mal. Er war noch klein, etwa zwei Jahre alt, ganz dünn und sehr dunkel, mit einem kindlichen Kugelbauch und einem riesigen Kopf. Er saß inmitten von Bauklötzen in seinem Laufstall. Er stellte die Bauklötze aufeinander; einmal stapelte er sie so hoch auf, dass der Turm ihn überragte. Er hatte noch einen einzigen Stein übrig, den legte er auf die Spitze, und dann stand er, den Rücken ans Gitter gelehnt, da und musterte sein Werk lange und genau. Schließlich kroch er zu seinem Turm, schlug mit der Faust dagegen und zerstörte ihn. Danach tat ihm die Hand weh, doch er weinte nicht. Wenn man ihn so sah, hatte man das Gefühl, dass es kein Spiel war.

Der Krieg begann, und David wurde an die Westküste versetzt. Er brauchte nicht mal das Land zu verlassen. Ich weiß, es klingt sicher seltsam, aber mir tat das leid. Ich wollte, man hätte ihn in den wirklichen Krieg geschickt, denn es wäre vielleicht besser gewesen, er hätte ein Gewehr abfeuern oder irgendetwas anderes tun können, das ihm nützlich erschien. Stattdessen saß er in einem Büro in San Diego; es war, als würde er jeden Tag zur Arbeit gehen und Pachten kassieren.

Ich hoffte, es würde ihm gut tun, für eine Weile fort zu sein, weit weg von seiner Familie, von mir und den Kindern, aber als er zurückkehrte, war es nur noch schlimmer. Wenn er im Haus war, blieb er meist in seinem Arbeitszimmer.

Das war die Zeit, in der die Einsamkeit mir zu schaffen

machte. Ich merkte nicht nur, dass meine Ehe erkaltete –
ich glaube, damit hatte ich gerechnet, jedenfalls nahm ich
es hin –, sondern stellte auch fest, dass ich mich in Sutton
wie eine Außenseiterin fühlte. Es gab niemanden, mit dem
ich hätte reden können. Ich hatte das Gefühl, dass jeder,
mit dem ich zu tun hatte, ein Fremder war, ein Willson,
und ich war die einzige Nicht-Willson. Auch meine Kinder waren Willsons, und außerdem wollte ich so lange wie
möglich vor ihnen verbergen, wie es um uns stand. Sie
merkten es ohnehin recht bald. Selbst die Calibans waren
Willsons, denn sie waren der Familie schon so lange ver-
bunden. Ich war eine Fremde in einem Haus, das angeblich
mein Zuhause war.

Und so tat ich etwas, für das ich mich bis vor kurzem
sehr geschämt habe.

Als Dewey klein war, liebte er Tucker über alles und
bestand darauf, dass Tucker in seinem – Deweys – Zimmer
schlief. Wir stellten ein zweites Kinderbett auf, und fortan
schlief Tucker jede Nacht dort. Zur Zubettgehzeit erzählte
ich den beiden immer eine Geschichte.

Einmal, nach einem sehr deprimierenden Tag, brachte
ich sie zu Bett und begann meine Geschichte: »Es war einmal eine Prinzessin, die –«

»War sie schön, Mama?«, fragte Dewey. Er lag auf dem
Rücken.

»Na klar war sie schön. Prinzessinnen sind immer
schön.« Tucker hatte sich aufgesetzt, sah ihn an und verzog das Gesicht.

»Tja, ich weiß es nicht. Eigentlich ist das gar nicht so
wichtig. Sie lernte jedenfalls einen Prinzen kennen, und
zwar auf einem Ball der Maler – damit meine ich Leute,

die Bilder malen.« Ich weiß noch, dass ich dachte, ich könnte mir schriftstellerische Freiheit nehmen und aus meinem eigenen Leben schöpfen.

»Was für Bilder haben die denn gemalt, Mama?«

»Sie haben Menschen gemalt und Landschaften und so.« Es war dunkel, nur der Mond schien, und ich sah Tuckers Silhouette; er saß im Bett. Dewey hatte sich bis zum Hals zugedeckt.

»Die Prinzessin verliebte sich in den Prinzen, und nicht viel später waren sie verheiratet.«

»Ist das etwa schon das Ende?« Dewey war enttäuscht.

»Nein, Schatz, noch nicht. Es ist eine Geschichte, die nach dem Ende weitergeht.« In diesem Augenblick wurde mir bewusst, was ich da tat, aber ich konnte nicht aufhören.

»Wie denn?« Dewey verstand nicht.

Tucker rückte hin und her, und das Mondlicht blitzte auf seinen kleinen Brillengläsern. »Hör einfach zu«, sagte er, »dann wirst du schon sehen.«

»Aber wie kann eine Geschichte nach dem Ende weitergehen?«

»Es ist eine Geschichte von deiner Mama, und die kann sie erzählen, wie sie will.«

»Aha«, sagte Dewey.

Ich fuhr fort: »Sie heirateten also, und der Prinz brachte sie auf das schönste Schloss, das man sich nur vorstellen kann, hoch oben auf einem Hügel. Sie waren sehr glücklich, doch eines Tages musste der Prinz in den Krieg ziehen und kehrte schwer verwundet zurück.«

Dewey atmete jetzt tiefer, und daran erkannte ich, dass er dabei war einzuschlafen. Aber Tucker hörte noch zu.

Und auch wenn er ebenfalls eingeschlafen wäre, hätte ich die Geschichte wohl weiter erzählt, einfach um diese Worte einmal auszusprechen, und sei es auf diese Weise.

»Der Prinz war sehr traurig, weil er die Schlacht verloren hatte, und das wiederum machte die Prinzessin traurig, aber sie musste feststellen, dass sie nichts für ihn tun konnte. Nach einer Weile hörte er sogar auf, mit ihr zu sprechen, und dabei hatten sie früher immer sehr viel miteinander gesprochen. Die Prinzessin fühlte sich sehr einsam in dem Schloss, denn sie hatte sonst niemanden, mit dem sie sich unterhalten konnte.« Wenn ich heute daran denke, schäme ich mich dafür. Ich, eine erwachsene Frau, tarnte meine eigene Geschichte als Märchen, das ich einem kleinen Jungen erzählte. Ich beichtete, ich zog ihn ins Vertrauen. Aber das war noch nicht das Schlimmste. »Sie hatte niemanden, mit dem sie sich unterhalten oder über irgendetwas freuen konnte, und so war sie sehr einsam. Hin und wieder dachte sie daran, einfach davonzulaufen und zum Schloss ihres Vaters zurückzukehren, aber das wollte sie eigentlich nicht, denn sie liebte den Prinzen wirklich sehr und wollte ihn nicht verlassen. Einmal erzählte sie dem Prinzen sogar von diesen Gedanken, aber es schien ihm gleichgültig zu sein. Er sagte: ›Cam-‹« Um ein Haar hätte ich meinen eigenen Namen gesagt. Ich errötete – zum Glück war es dunkel. Ich hörte auf zu erzählen, denn ich merkte, dass ich etwas Falsches tat. Ich dachte, ich würde meine Geschichte nur noch mir selbst erzählen, doch als ich den Kopf hob, sah ich Tuckers Brillengläser blitzen. Er saß noch immer aufrecht im Bett. Ich spürte von tief in mir Tränen aufsteigen. »So, Tucker, du solltest jetzt auch schlafen.«

»Wollen Sie nicht zu Ende erzählen, Missus Willson?«

»Es ist keine besonders gute Geschichte. Ohne aufregende Abenteuer oder Raketen. Das willst du doch gar nicht hören.«

»Doch, Ma'am, will ich. Mir gefällt sie.«

»Ach ja? Warum?«

»Weil's um wirkliche Menschen geht, so welche, wie ich kenne.«

»Würde dir eine Geschichte mit Krieg und Drachen nicht besser gefallen?«

»Nein, Ma'am. An die glaub ich nicht.«

»Tja, mein Lieber, aber diese Geschichte hat kein Ende. Du musst sie selbst zu Ende erzählen. Was würdest du tun?«

»Ich?«

»Ja. Erzähl die Geschichte weiter. Was soll die Prinzessin tun?« Ich dachte, es sei ein Spiel. Ich konnte ihn das nicht wirklich fragen. Er war erst neun.

Ich wandte mich zu ihm. Ich sah, dass er nachdachte, vom Mond beschienen, die Decke um die Hüfte gelegt, so dass es war, als stünde er in weißem Wasser. Er sah zum Fenster und dann zu mir. »Ich finde, die Prinzessin sollte warten. Sie sollte nicht weglaufen.«

»Warum?« Jetzt war es kein Spiel mehr.

Er sah mich an, als wäre er ein alter Freund, der über David und mich Bescheid wusste und mir einen Rat gab. »Weil der Prinz eines Tages aufwacht und alles wiedergutmacht.«

Ich wurde nervös und kam mir dumm und ein bisschen verrückt vor. Er konnte nichts wissen – er war erst neun. Trotzdem wurde ich nervös.

Und ich wartete tatsächlich, von einem Tag zum nächsten. Jeden Morgen nahm ich mir vor, dass ich, wenn heute nichts geschah, zu meinem Bruder – er ist Anwalt – gehen und die Scheidung einreichen würde. Und jeden Nachmittag überredete ich mich, noch einen Tag zu warten.

So wartete ich jahrelang, bis zum vergangenen März, als ich beschloss, dass es nicht so weitergehen konnte. Ich fand, ich hatte etwas mehr verdient als das, was ich bekam. Zwanzig Jahre in einer solchen Ehe waren genug.

An einem Montagabend sagte ich zu Tucker, er solle mich am nächsten Morgen um zehn nach New Marsails fahren. Ich zog etwas Dunkles an – so fühlte ich mich, als würde ich zu einer Beerdigung gehen –, trank eine Tasse Kaffee, nahm meine Tasche, ging hinaus und setzte mich in den Wagen. Dann begann ich zu weinen, und ich weinte die ganze Zeit, während wir hinunter nach Sutton und dann über die Hügel und durch Harmon's Draw fuhren. Von den Hügeln konnte ich in der Ferne, dunstig und verschwommen, New Marsails sehen. Wir fuhren in die Stadt, und Tucker parkte vor der Kanzlei meines Bruders. Ich sagte ihm, wenn etwas sein sollte, könne man mich über die Kanzlei R. W. DeVillet kontaktieren.

Da sagte er es. Er stieg aus, ging um den Wagen herum und öffnete die hintere Tür, und als ich mich hinausschob, sah er mich durch seine Nickelbrille an und sagte es, so leise, dass ich es unter dem Verkehrslärm und dem Trappeln der Passanten beinahe nicht verstanden hätte, und ich bat ihn, es zu wiederholen. Oder vielleicht hatte ich es sehr wohl verstanden, traute aber meinen Ohren nicht, denn er konnte sich doch unmöglich erinnern, er konnte es doch damals, als ich ihm das Märchen erzählt hatte, auf keinen Fall schon gewusst haben, und so sah ich ihn verblüfft an und sagte: »Wie bitte?«

Er sagte es noch einmal: »Ich finde, die Prinzessin sollte warten. Besonders jetzt, wo das Warten fast vorbei ist.«

Ich sagte ihm, er solle mich zum nächsten Kino fahren. Dort verbrachte ich den Rest des Tages.

Seither bin ich jeden Morgen aufgestanden und habe versucht mir einzureden, dies sei der Tag, an dem das Warten ein Ende hat, und am Abend werde alles vorbei sein. Aber nichts ist geschehen – bis gestern. Und ich bin nicht mal sicher, *ob* etwas geschehen ist. Gestern Abend kam David in mein Schlafzimmer, blieb am Fußende des Betts stehen, sah mich lange und mit einem ganz seltsamen Blick an und sagte: »Camille, ich habe eine Million Fehler gemacht. Wie hast du das nur so lange ausgehalten?« Ich brachte kein Wort heraus. »Camille …?« Aber dann kam nichts. Mehr hat er nicht gesagt. Nicht, dass er mich liebt oder dass er hofft, dass ich ihn noch immer lieben kann. Mehr hat er nicht gesagt. Aber es war etwas.

DAVID
WILLSON

Freitag, 31. Mai 1957

Der heutige Tag begann wie so viele andere, doch er entwickelte sich für mich zu einem Triumph. Ich fühle mich beinahe, als könnte ich noch einmal von vorn anfangen, als würden mir all die verschwendeten Jahre (und mir ist plötzlich bewusst geworden, wie gründlich ich sie verschwendet habe) zurückgegeben, damit ich sie aufs Neue leben kann. Was ich vor zwanzig Jahren am meisten gebraucht hätte, waren Mut und Glauben, und beides hatte ich nicht. Nicht das kleinste bisschen. Natürlich hatte ich Ausreden: Ich konnte immer sagen, ich hätte verantwortlich gehandelt. Nur mich selbst konnte ich keinen Augenblick täuschen.

Manchmal wünschte ich (vergeblich, wie ich dachte), jemand würde mir helfen, mir den Glauben an mich selbst zurückgeben und mir den Mut verleihen zu tun, was ich so sehr wollte. Andererseits habe ich immer geglaubt, dass niemand einem anderen Mut verleihen kann; Revolutionsführer helfen ihren Anhängern lediglich, den Mut zu finden, den sie bereits in sich tragen – wenn sie keinen besäßen, wären alle Reden und Aufrufe umsonst. Mut kann man nicht verleihen wie einen Orden. Aber wie es scheint, habe ich unrecht – und dafür bin ich so dankbar! –, denn heute ist mir ein Mut verliehen worden, wie ich ihn ganz sicher noch nie besessen habe. Oder vielleicht habe ich ihn tatsächlich besessen – aber in welchem tiefen Abgrund meiner Seele hat er sich so lange verborgen? Ich habe ihn verzweifelt gesucht. Aber nun habe ich ihn gefunden, oder er ist mir verliehen worden oder was auch immer.

Ich bin wie gewöhnlich zu Thomasons Laden gegangen, um mir den *AT* zu holen (ich weiß nicht, warum ich ausgerechnet diese Zeitung jeden Tag lese – vielleicht weil es Erinnerungen an bessere Zeiten heraufbeschwört. Ich lese sie gern, achte auf Irrtümer und Druckfehler und freue mich, wenn ich hin und wieder auf die Namen von Männern stoße, die etwa zur selben Zeit dort angefangen haben wie ich; ich glaube, ich lese sie darum so gern, weil sie die beste Zeitung in New Marsails ist und ich dort immer wieder Geschichten finde, die als winzige Spaltenfüller beginnen und sich dann langsam zur Titelseite vorarbeiten, bis sie große Schlagzeilen machen.)

Ich ging den Hügel hinunter und quer über den Platz zum Laden. (Auf der Veranda waren zwei, drei Männer und ein Junge – ungewöhnlich für diese Zeit: Es war erst halb acht. Natürlich unterhielt ich mich nicht mit ihnen. Ich kenne keinen von ihnen, keiner ist mein Pächter.)

Zu Hause ging ich wie gewöhnlich in mein Arbeitszimmer und begann, die Zeitung zu lesen, und plötzlich war es da, das, worauf ich, wie mir jetzt bewusst wird, all die Jahre gewartet hatte (und ich muss hinzufügen, dass ich nicht geglaubt hatte, es je zu Gesicht zu bekommen, geschweige denn gewusst hatte, wie es aussehen würde, doch jetzt, da ich es vor mir sah, erkannte ich es sofort). Es stand hoch oben auf Seite 20, über einer Reklame für Sommerkleider und Hüfthalter, für den Redakteur kaum mehr als ein Füller, aber für mich, hätte ich die heutige Ausgabe zu verantworten gehabt, wichtig genug für die Titelseite, mit einer Schlagzeile über sämtliche Spalten und in einer Type so groß wie beim Überfall auf Pearl Harbor. Ich habe den Artikel ausgeschnitten und hier eingeklebt:

FEUER ZERSTÖRT FARM
Vom Eigentümer angezündet?

Sutton, 30. Mai 1957 – Ein Brand hat das Haus des Farmers Tucker Caliban drei Kilometer nördlich von Sutton zerstört, und keiner der etwa dreißig Schaulustigen machte Anstalten, ihn zu löschen. Zeugen sagten aus, das Feuer sei von Tucker Caliban, einem Neger, selbst gelegt worden.

Sie berichteten, sie hätten Caliban bereits während des größten Teils des Tages dabei zugesehen, wie er Salz auf sein eigenes Land streute, seine Tiere erschoss und verschiedene Möbelstücke zerstörte. Um acht Uhr abends sei er ins Haus gegangen und habe es in Brand gesteckt. Dann sei er ohne ein Wort der Erklärung weggegangen. Caliban stand nicht für einen Kommentar zur Verfügung.

Ich bin sicher, für jeden anderen war dieser Artikel ziemlich bedeutungslos, doch angesichts dessen, was Tucker zu mir gesagt hat, angesichts der Gefühle, die er mir dabei gezeigt hat, ist diese Sache für ihn wie auch für mich überaus bedeutungsvoll. Er hat sich *selbst* befreit; das war ihm sehr wichtig. Aber irgendwie hat er auch mich befreit. Er ist nur ein Einziger, und seine Tat lässt all das, was ich mir vor zwanzig Jahren erträumt habe, natürlich nicht Wirklichkeit werden, aber sie *ist* eine Tat. Und ich habe einen Anteil daran. Ich habe ihm das Land und das Haus verkauft. Ich bezweifle, dass er an dem Abend im Sommer, als er es kaufte, schon wusste, was er damit machen würde, aber das spielt keine Rolle. Sein gestriger Akt der Entsagung war der erste Schlag gegen meine verschwendeten zwanzig Jahre – zwanzig Jahre, die ich mit Selbstmitleid vertan habe. Wer hätte gedacht, dass eine derart schlichte, primitive Tat einen so gebildeten Menschen wie mich etwas lehren kann?

Jeder, jeder kann seine Ketten abstreifen. Der nötige Mut, ganz gleich, wie tief er begraben ist, wartet nur darauf, gerufen zu werden. Es braucht nur die rechte Ermunterung, die richtige ermunternde Stimme, dann springt er hervor, brüllend wie ein Tiger.

Dienstag, 22. September 1931

Dies ist der erste Eintrag in diesem Tagebuch, obwohl mein Vater es mir schon zu meinem letzten Geburtstag am 17. Juli geschenkt hat. Damals hat er gesagt, es sei jetzt an der Zeit, Sohn, ein Tagebuch darüber zu führen, was du gesehen und gelernt hast, besonders da du ja im September nach Massachusetts gehen wirst. Ich verschwendete keinen Gedanken daran, denn ich war der Ansicht, dass man die wirklich wichtigen Dinge ohnehin behält und den Rest einfach vergisst. Aber inzwischen habe ich darüber nachgedacht, und vielleicht hat er ja recht. Es ist möglich, dass einem irgendwas begegnet, das man in dem jeweiligen Augenblick für belanglos hält, das aber nach einem Jahr wie eine Zeitbombe explodiert und überaus wichtig wird.

Also ist es vielleicht ganz gut, ein Tagebuch zu führen.

Ich habe beschlossen, heute damit anzufangen, denn morgen werde ich nach Massachusetts fahren, um (wenn ich nicht durchfalle) vier Jahre zu studieren. Es ist der richtige Moment, um etwas zu beginnen. Ich bin mir nicht ganz sicher, warum, oder vielmehr: Ich weiß nicht, wie ich es in Worte fassen soll, und vielleicht wird das Schreiben mir dabei helfen, aber nach Cambridge zu gehen, ist mir sehr wichtig. Nicht wegen des Namens und des Rufs der Universität, sondern weil mir alles, was mein Vater (der ebenfalls dort war) mir davon erzählt hat und was ich darüber gehört oder gelesen habe, den Eindruck vermittelt hat, dass es ein Ort ist, wo ich einige der Dinge, die ich mir vorgenommen habe, in Angriff nehmen kann.

Wohin ich im Süden auch sehe – nichts als Armut, Elend, Ungleichheit und Unglück. Ich liebe den Süden so sehr, und obwohl das verdammt sentimental klingt, könnte ich heulen, wenn ich das, was er ist, mit dem vergleiche, was er in meiner Vorstellung sein könnte. In Zeiten des Börsencrashs und der Weltwirtschaftskrise geht es dem Süden, der schon vorher in einem miserableren Zustand als der Rest des Landes war, noch schlechter als zuvor. Aber was sein *könnte*, kann nur Wirklichkeit werden, wenn die Leute hier ein neues Lebenskonzept finden und ausprobieren. Wir müssen aus den alten Mustern ausbrechen, wir müssen aufhören, der Vergangenheit zu huldigen, und uns der Zukunft zuwenden. (Herrgott, das klingt wie eine schlechte Rede!) Ich hoffe, dass ich in Cambridge ein paar Ideen oder Prinzipien finde, mit denen ich in vier Jahren zurückkehren kann, um zu helfen, den Süden in Schwung zu bringen und ins zwanzigste Jahrhundert zu befördern. Ich weiß gar nicht, wonach ich eigentlich suche, und kann nur hoffen, dass ich es erkenne, wenn es mir begegnet.

Das ist alles. Ich muss jetzt packen.

Freitag, 23. Oktober 1931

Heute Abend habe ich einen erstaunlichen Mann kennengelernt, einen Neger – Bennett Bradshaw. Es war das erste Mal in meinem Leben, dass ich ein anspruchsvolles Gespräch mit einem Neger geführt habe, und das erste Mal, dass ich mich einem Neger unterlegen gefühlt habe. Ich könnte mich darüber ärgern, wenn ich nicht so viel gelernt hätte.

Ich ging zu einer sozialistischen Versammlung, in der Hoffnung, irgendetwas von Bedeutung zu hören; ich hatte sogar erwogen, Mitglied zu werden – das war allerdings, bevor ich dorthin ging! Ich fand bloß ein paar Kerle, die einander damit beeindrucken wollten, wie viel Marx sie gelesen hatten.

Als ich gerade angekommen war und mich gesetzt hatte, kam ein Neger herein und setzte sich neben mich. Das ist etwas, was ich irgendwann mal länger behandeln will: das Fehlen der Rassentrennung hier im Norden. Anfangs hat es mich irritiert, auch wenn ich gar nichts dagegen einzuwenden habe. Normalerweise nimmt man kaum Notiz von seinem Nachbarn. Wenn ich zum Beispiel mit der Straßenbahn fahre und sich jemand neben mich setzt, sehe ich vielleicht kurz zur Seite, beachte den anderen dann aber nicht weiter, sofern er nicht gerade auf meinem Rockschoß sitzt. Aber wenn es ein Neger ist, kann ich mich nicht mehr auf meine Lektüre oder die Aussicht konzentrieren, denn ich bin es nicht gewöhnt, einem Neger in der Öffentlichkeit so nahe zu kommen. Als er sich neben mich setzte, war mir also bewusst, dass ich neben einem Neger saß, und es blieb mir bewusst. Er war korpulent, wirkte schon etwas gesetzt und trug einen dunklen Anzug.

Als die Versammlung eröffnet war, bemühte ich mich, ihn nicht anzustarren. (Ich versuche mir abzugewöhnen, große Augen zu machen, wenn ein Neger in meine Nähe kommt.) Es wurden Reden gehalten, und jeder versuchte, alle anderen zu beeindrucken. Ich begann, auf meinem Stuhl hin und her zu rutschen und wäre am liebsten gegangen, aber diese Art von Mut ist mir nicht gegeben. Er muss es bemerkt haben, er muss mich beobachtet haben, denn er beugte sich zu mir und sagte mit deutlich britischem Akzent (später erzählte er mir, seine Familie stamme aus Westindien): »Diese Burschen haben nichts zu sagen. Sollen wir eine Tasse Tee trinken?«

Ich sah ihn an; er lächelte leicht, und seine Augen blitzten.

Ich weiß noch immer nicht, warum ich mit ihm hinausging und das beleidigte Schweigen ertrug, das unseren Abgang begleitete, und nehme an, es war ein Zusammenwirken von drei Gründen: Erstens hatte er offenbar wie ich den Eindruck gewonnen, diese Veranstaltung sei sinnlos, zweitens hatte er, ein Neger, mich so kühn, so offen und freundlich angesprochen, und drittens war er mit seinem britischen Akzent eine so (das Wort trifft es nicht ganz) exotische Gestalt. Jedenfalls verließ ich mit ihm die Versammlung.

Wir gingen schweigend und nebeneinander durch den Yard zum Harvard Square. Er holte eine Zigarette hervor, steckte sie in eine Spitze und zündete sie an, wobei er die Flamme mit fleischigen Händen gegen den Wind abschirmte. Er ging mit schwingenden Armen, als würde er eine Marschmusik hören. Wir fanden ein Restaurant. Er bestellte Tee, ich Kaffee.

Als wir uns gesetzt hatten, reichte er mir die Hand. »Bennett Bradshaw.« Ich nahm sie und nannte ihm meinen Namen; es waren die ersten Worte, die ich sagte.

Er lachte. »Na so was! Ein Südstaatler. Eine verwandte Seele und doch ein Südstaatler.«

Das machte mich etwas verlegen, doch weil er damit nur die Eigenartigkeit der Situation und der Umstände kommentierte, entspannte ich mich und lachte ebenfalls. Er fragte mich, aus welchem Teil des Südens ich stammte. Ich sagte es ihm, und sein Intellekt, der mich im Laufe unseres Gesprächs immer mehr beeindruckte, zog einen raschen Schluss. »Dann sind Sie sicher mit General Dewey verwandt.«

Für einen Augenblick wollte ich gestehen, doch dann beschloss ich, ihn auf die Probe zu stellen. »Wie kommen Sie darauf?«

»Nun, Sie stammen aus seinem Bundesstaat und tragen seinen Namen.«

»Aber nach dem Bürgerkrieg haben viele diesen Namen angenommen. Und die sind nicht mit ihm verwandt.«

»Ja, aber die können es sich nicht leisten, hier zu studieren. Die haben nicht seine Intelligenz geerbt, meinen Sie nicht? Außerdem –«

»Sie haben gewonnen – ich bin überführt. Er war mein Urgroßvater.« Ich schmunzelte und schüttelte den Kopf.

»Erlauben Sie mir zu sagen: Auch wenn ich nicht *ganz* mit dem übereinstimme, für was er gekämpft hat, muss ich doch sagen, dass er es auf bewundernswerte Weise getan hat. Aber sagen Sie mir, David – ich darf Sie doch David nennen?« Ich hätte es ihm erlaubt, doch er wartete meine Antwort nicht ab. »Warum geht jemand wie Sie zu einer solchen Versammlung?«

Ich sagte ihm, wie ich mich fühlte, wenn ich an meinen armen, verlorenen Süden dachte, und was ich hoffte, für meine Heimat tun zu können, und dann erzählte ich ihm von einigen Dingen, mit denen ich mich beschäftigt hatte. Er schien erfreut, und als ich geendet hatte, erzählte er mir von seinen eigenen Gründen. Dabei rauchte er eine Zigarette nach der anderen.

»Auch meine Leute brauchen etwas Neues, etwas grundlegend Neues. In meinen Augen sind die schwarzen Führer bloß die Nachfolger der Vorarbeiter auf den Plantagen. Jeder ist auf seinen eigenen Vorteil aus, und es geht nur ums Geld. Seit meinem Highschool-Abschluss habe ich viel gelesen.« (Wie sich herausstellte, ist er einundzwanzig, hat vier Jahre gearbeitet, um die Studiengebühren bezahlen zu können, und verdient das Geld für die laufenden Kosten in einer Reinigung in Boston.) »Aber ich habe nichts gefunden. Ich hatte gehofft, hier etwas zu finden. Vielleicht haben der Sozialismus oder der Kommunismus eine Antwort, aber sicher nicht die idiotischen

Spielarten, die wir heute kennengelernt haben – eine ganz neue Sorte. Das und Gewerkschaften und anderes.«

Wir sprachen weiter – ich trank sieben Tassen Kaffee – und tauschten Gedanken aus. Er empfahl mir viele Bücher, meine Taschen sind voller Notizzettel.

Er stammt aus New York, der älteste von vielen Geschwistern.

Morgen treffe ich mich mit ihm zum Mittagessen in der Cafeteria.

Montag, 26. Oktober 1931

Abendessen mit Bennett. Wir haben bis um drei Uhr morgens geredet. Gott, was er alles weiß! Ich lerne so viel von ihm. Sogar Dinge über meinen Süden, von denen ich noch gar nichts wusste.

Mittwoch, 28. Oktober 1931

Abends um neun kam Bennett. Wir haben bis spät in die Nacht geredet.

Samstag, 31. Oktober 1931

Ich war zu einer Halloween-Party im Hasty Pudding Club eingeladen und habe eine sehr nett aussehende Frau namens Elaine Howe kennengelernt. Sie ist aus Roanoke, Virginia, eins fünfundsechzig groß und schlank. Ich finde sie sehr attraktiv und sehr nett. Sie hat eine wunderbar ziellose Art zu gehen – man könnte es als Mäandern bezeichnen. Aber ich glaube, es ist vor allem ihre Stimme, die mich bezaubert: Sie klingt nach »Daheim«, wie ein Spatz mit rauer Kehle – nicht wirklich hoch, aber ein bisschen brüchig, außerdem leise und aristokratisch. Sie hat langes hellbraunes Haar und schöne Augen. Ich kann nicht anders, ich muss es sagen: Die Frauen aus dem Süden sind die besten der Welt!

Montag, 2. November 1931

Bennett und ich haben zu Mittag gegessen und den ganzen Nachmittag geredet. Er sagt – und das ist so ziemlich das Einzige, was er bisher von sich selbst erzählt hat –, dass er nach seinem Abschluss für die National Society for Colored Affairs arbeiten will. Er findet zwar, dass sie nicht so viel für den farbigen Teil der Bevölkerung tut, wie sie könnte, aber es ist ein guter Anfang. Und ich? Was zum Teufel werde ich sein? Oder tun? Wie und wo werde ich das wenige tun, was ich tun kann? Eines jedenfalls weiß ich: Ich werde nicht nach Hause gehen und für meinen Vater Pachten kassieren.

Dienstag, 3. November 1931

Ich denke noch immer über einen Beruf nach. Der *Harvard Crimson* schreibt demnächst einen Wettbewerb aus – vielleicht werde ich mich beteiligen. Heute Abend habe ich Bennett nur kurz gesehen. Wir haben beide viel zu tun.

Samstag, 14. November 1931

Ich war mit Elaine auf einer Party, oder vielmehr: Sie hat
mich mitgenommen. Alle waren von »daheim«. Es war
herrlich, endlich wieder den vertrauten Dialekt zu hören. Ich habe viele nette Leute kennengelernt, vor allem
Frauen.

Montag, 16. November 1931

Manchmal kommt es mir so vor, als wären Bennett und
ich gar keine Freunde, denn wir sprechen so gut wie nie
über Persönliches: über Kleidung, Frauen (die werden nur
erwähnt, wenn sie in irgendwelchen Zukunftsplänen vor-
kommen) oder andere Themen, über die Freunde eben
reden. Es geht immer um Politik und Regierungsformen,
um Kapitalismus und Kommunismus, um das Rassenproblem. Andererseits sind das genau die Dinge, die uns interessieren, also warum nicht?

Die Zweifel sind mir gekommen, weil wir nie zusammen
ausgehen, mit anderen, meine ich, oder auf eine Party. Ich
muss gestehen, dass ich trotz meiner liberalen Einstellung
ein Clubmensch bin und außerdem ein Südstaatler. Um das
herauszufinden, musste ich erst ins kalte, trostlose Neueng-
land kommen. Ich gehe über den Square und ertappe mich
beim Vergleichen: »Die Leute hier sind trauriger als die daheim.« Oder: »Die Häuser sind nicht so schön.« Oder – und
darauf will ich eigentlich hinaus –: »Die Frauen hier sind
nicht so nett.« Das sage ich dann auch, und mehr als alles
andere ist es wohl diese Haltung, die Bennett und mich in
gesellschaftlicher Hinsicht trennt. Denn obwohl wir hier

Frauen kennenlernen, die sich in liberalen Clubs und Organisationen engagieren, habe ich dort noch keine gefunden, mit der ich würde ausgehen wollen.

Ich komme darauf, weil ich Bennett gefragt habe, ob wir mal auf ein Double Date ins Game gehen sollten. Er sah mich entsetzt an. »Mein lieber Freund, bist du vollkommen verrückt geworden?«

»Warum?«

»Ja, warum? Denk an die Frauen, mit denen du ausgehst. Mensch, es ist, als hättest du den Süden nie verlassen. Was glaubst du, wie die sich in meiner Gesellschaft fühlen? Wie Katzen, die man ins Wasser geworfen hat. Du könntest mich unmöglich auf eine Party deiner Freunde mitnehmen.«

Ich verteidigte meine Idee, auch wenn ich inzwischen einsah, dass sie schlecht war. »Es muss ja keine Party sein – nur wir und zwei nette Frauen. Das ist sowieso schöner. Partys sind immer so laut und die Leute so ausgelassen.«

Er legte mir die Hand auf die Schulter und lächelte traurig. »David, es ist besser so, wie es ist. Wir können unsere Freundschaft nicht dorthin tragen, wo sie nicht willkommen ist. Sie muss auch nicht allumfassend sein, sie braucht nicht all die kleinen, trivialen Dinge einzuschließen, aus denen das Leben besteht. In unserem Herzen glauben wir an dasselbe, und wir arbeiten beide dafür, dass der Tag kommt, an dem wir zusammen in den Hasty Pudding Club gehen können. Meinst du nicht auch? Mach dir um mich keine Gedanken. Meine Partys und meine Freunde sind in Boston. Wenn wir versuchen, es zu forcieren, werden wir am Ende gar nichts haben.«

Ich weiß, dass er recht hat, aber … verdammt!

Dienstag, 9. Februar 1932

Bennett und ich haben beschlossen, dass wir uns im nächsten Studienjahr ein Zimmer teilen werden. Wir hoffen, was im Adams House zu kriegen. Das ist an der Goldküste, erbaut für Millionäre und viktorianisch wie nur was.

Donnerstag, 10. März 1932

Heute haben wir (in letzter Minute) unsere Bewerbungen für ein gemeinsames Zimmer im Adams, Winthrop oder Lowell House (in dieser Reihenfolge der Präferenz) abgegeben. Ich finde gar nichts Besonderes mehr dabei, dass er Neger ist, aber meine Familie weiß noch nichts davon. Natürlich habe ich ihnen von ihm erzählt (wie hätte ich das auch vermeiden können?), auch von seiner Erscheinung und seiner korpulenten Statur, aber seine Hautfarbe habe ich nie erwähnt. Ich weiß, dass ich es ihnen sagen muss, denn früher oder später werden sie es ohnehin erfahren, und ich will nicht, dass sie denken, ich hätte es aus Scham verschwiegen. Ich will es ihnen aber nicht in einem Brief schreiben. Vielleicht sage ich es ihnen, wenn ich in den Frühjahrsferien zu Hause bin. Ich hoffe, sie machen keine große Sache daraus, denn ich bin entschlossen, nicht nachzugeben, aber um ehrlich zu sein (dieses Tagebuch wird nie jemand anders lesen), brauche ich sie, jedenfalls bis ich mein Studium abgeschlossen habe. Ich bin nicht so strebsam und gewissenhaft wie Bennett, der dreißig Stunden pro Woche in der Reinigung arbeitet und dessen Leistungen trotzdem so gut sind, dass er zum oberen Fünftel unseres Jahrgangs gehört.

Ich habe vergessen, das Tagebuch mitzunehmen, als ich heimgefahren bin, und nach meiner Rückkehr hatte ich keine Zeit, etwas zu schreiben. Ich will versuchen, es nachzuholen.

Das Wichtigste, was zu Hause passiert ist: Ich habe meinen Eltern von Bennett erzählt.

Ich wartete bis zum späten Abend, als sie zu Bett gehen wollten und in ihrem Schlafzimmer waren. Die Calibans waren nicht mehr im Haus und konnten uns nicht hören. (Das war für den Fall, dass meine Eltern sich aufregten und womöglich abfällige Dinge über Neger sagten, die sie sonst nicht gesagt hätten.)

Mutter saß im Bett und sah in ihrem Nachthemd sehr hübsch und weiblich aus. Das warme Licht beschien ihr graues Haar und ließ es schimmern. Vater saß im Sessel und überflog die Zeitung.

Ich beschloss, nicht lange herumzureden. »Bennett ist ein Neger«, sagte ich. »Das ist der Kommilitone, mit dem ich −«

»Er ist *was*?« Ich war sicher gewesen, dass Vater das sagen würde, doch er sah mich nur über seine Brille und den Rand der Zeitung hinweg an. Es war Mutter, die es gesagt hatte. Sie stemmte beide Hände auf die Matratze und saß ganz aufrecht. Die Beine unter der Decke bewegten sich erregt.

»Er ist ein Neger, Mutter. Der Kommilitone, mit dem −«

»Und du willst tatsächlich drei Jahre lang mit ihm *leben*? Das … das … das muss ein Witz sein, David.«

»Nein, ganz und gar nicht, Mama.« So hatte ich sie

schon lange nicht mehr genannt. »Er ist mein bester Freund und –«

»Mir ist egal, was er ist! Du wirst nicht mit ihm zusammenleben. Du wirst nicht mal mehr mit ihm sprechen. Hast du mich verstanden?« Ihre Stimme war seltsam: Sie hätte schreien müssen, doch stattdessen flüsterte sie.

Ich nickte, um zu bestätigen, dass ich sie gehört hatte, und wandte mich zu Vater, der mich noch immer über die Zeitung hinweg ansah. Sein Gesicht wirkte völlig leblos; ich hatte nicht die leiseste Ahnung, was er dachte.

»David!« Das war wieder Mutter. »Ist dir eigentlich klar, was du da tust? Ist dir das klar? Ich wäre nicht überrascht, wenn du nie mehr zu einem Ball eingeladen würdest. Sich ein Zimmer mit einem Neger teilen – das ist das Verrückteste, was ich je gehört habe.«

»Und du bist unglaublich bigott.« Ich hatte ruhig bleiben wollen, aber nun war es mir herausgerutscht. Sie lief rot an, ihr Mund stand offen. Sie schnappte nach Luft.

»Selbst wenn du so etwas denkst, solltest du mit deiner Mutter nicht so respektlos reden, Sohn.« Endlich sagte Vater etwas. Er faltete die Zeitung zusammen und beugte sich vor.

Aber ich konnte meine Worte nicht zurücknehmen, und obwohl mein Kopf nicht ganz klar war – ich hatte ein beständiges Summen in den Ohren, Bilder und Wörter prasselten auf mich ein –, bin ich mir gar nicht sicher, ob ich sie hätte zurücknehmen *wollen*. Stattdessen ging ich auch auf Vater los.

»Ihr könnt mich doch nicht dorthin schicken und allen Ernstes erwarten, dass ich ein braver, aristokratischer, durch und durch weißer Junge aus dem Süden bleibe!«

(Nur dass ich diesen Satz nicht ganz so klar formulierte.) »Es gibt dort Leute, die nicht mal an Gott glauben! Und ihr erwartet –«

»Ich erwarte gar nichts.« Mutter hatte sich gefangen. Sie sah Vater an, der ihren Blick erwiderte. »Demetrius, habe ich nicht schon *immer* gesagt, der Junge ist auf der State University besser aufgehoben? Schon *immer* habe ich das gesagt. Und *das* hier überschreitet jede Grenze. Ab September geht David auf die State University in Willson City.«

Vater sagte nichts. Ich konnte sein Gesicht nicht genau erkennen und glaubte, ihn nicken zu sehen, als stimmte er ihr zu, und das war zu viel. Das Summen in den Ohren wurde lauter, und ich begann zu weinen. Ich hatte so lange nicht mehr geweint, dass ich gar nicht mehr wusste, wie es sich anfühlt: als würde man sich erbrechen. Man schluchzt und sieht nichts und hat ein mieses Gefühl im Bauch. Gott, es war schlimm. Sie starrten mich an, ich konnte es nicht ertragen. »Ach, Scheiße!«, sagte ich, drehte mich um und griff nach dem Türknauf, verfehlte ihn ein-, zweimal, bekam die Tür aber schließlich auf, stürzte hinaus und schloss mich im Badezimmer ein. Ich kam mir vor wie ein siebenjähriges Mädchen.

Ich ließ das Wasser laufen, wusch mir das Gesicht und hörte auf zu weinen. Schniefend saß ich auf dem Rand der Badewanne, als es klopfte und ich Vaters Stimme hörte: »David? Mach auf, Sohn.«

Ich sagte ihm, er solle gehen, nicht so sehr, weil ich wütend auf ihn war, sondern eher, weil ich nicht wollte, dass mich irgendjemand so sah, am allerwenigsten er. Er ist ein harter kleiner Mann. Ich meine, ich habe ihn nie wegen irgendwas in Rage geraten sehen. Er redete durch die Tür auf mich ein, und schließlich ließ ich ihn herein.

Er ist wirklich klein, mindestens einen halben Kopf kleiner als ich, und hat eisengraues Haar und klare graue Augen. Ich stand da, sah schluchzend auf ihn hinab und kam mir idiotisch vor. Er sagte nichts und sah mich nicht an, sondern ging zur Toilette und setzte sich auf den Deckel.

Ich saß wieder auf dem Badewannenrand, bespritzte mein Gesicht mit kaltem Wasser und trank etwas. Dann stellte ich mich (das Schniefen) und das Wasser ab.

Wir saßen eine Weile da und schwiegen, dann sah er mich an. »Du hast recht, Junge. Man kann nicht erwarten, dass du zurückkommst und so bist, wie du immer warst. Du musst dich ja verändern. Zu meiner Zeit hätte es so was nicht gegeben, denn man war auf sich allein gestellt und musste sich ein eigenes Zimmer mieten, und je mehr Geld man hatte, desto besser war man untergebracht und lebte in Gesellschaft von Jungs aus derselben Gesellschaftsschicht wie man selbst. Das waren dann die Studienfreunde. Aber in diesem neuen System spielt das Geld keine so große Rolle mehr, und darum hat man mehr Vermischung, nicht?«

Ich nickte.

Er lächelte und musterte die Kacheln. »Harvard hat dich gepackt und wird dich nicht so schnell loslassen, stimmt's?«

»Nein, Sir.«

»Na, mach dir keine Gedanken. Du wirst Harvard erst verlassen, wenn du deinen Abschluss hast oder sie dich rausschmeißen, dafür sorge ich schon.« Er sah mich an – ich hätte tausend Kilometer weit laufen können, und er hätte mich nicht aus den Augen verloren. »Und jetzt sag mir: Warum willst du dir ein Zimmer mit einem farbigen Jungen teilen?«

Ich dachte nach, wusste aber nicht, was ich sagen sollte, und murmelte schließlich: »Weil ich ihn mag und unheimlich viel von ihm lerne. Aber hauptsächlich, glaube ich, weil ich ihn mag.«

Er lehnte sich zurück und steckte die Hände in die Taschen des Bademantels. »Das wollte ich hören. Wenn du irgendwas Albernes gesagt hättest – dass alle Menschen gleich sind und dass du die Welt ein Stück besser machen willst –, hätte ich dir gesagt, du machst einen Fehler. Man freundet sich nicht mit jemandem an, weil es richtig ist, sondern weil man ihn mag, ob man will oder nicht.« Er hielt inne. »Keine Sorge. Ich werde das mit deiner Mutter besprechen.« Er stand auf und ging, bevor ich mich bedanken konnte, hinaus.

So also war das. Gott, was für ein Theater!

Bevor ich aufbrach, entschuldigte ich mich bei Mutter. Sie sah mich nicht an.

Sonntag, 1. Mai 1932

Elaine Howe hat sich verlobt, ausgerechnet mit einem Burschen aus Bangor, Maine.

Samstag, 28. Mai 1932

Bennett hatte gestern sein letztes Examen und ist heute Morgen abgereist. Er muss am Montag seine Stelle in New York antreten. Er weiß, was er will, und wird lange keinen

Urlaub haben. Was mich betrifft, so habe ich gebüffelt wie ein Verrückter und bin ganz erledigt. Die Gespräche mit ihm werden mir fehlen, aber wir werden uns den Sommer über schreiben, und im nächsten Studienjahr wohnen wir ja zusammen im Adams House.

Freitag, 23. November 1934

Als ich gegen Mittag vom Seminar nach Hause kam, lagen zwei Telegramme für Bennett unter der Tür. Ich wollte mich um eins in der Mensa mit ihm treffen und nahm sie mit.

Ich saß an den Fenstern mit Blick auf die alten grauen Häuser gegenüber und trank vor dem Essen eine Tasse Kaffee, als er hereinkam, den Mantel auszog und die Bücher ablegte. Ich winkte ihm, und nachdem er sich etwas zu essen geholt hatte, setzte er sich an meinen Tisch. »Die sind vorhin für dich gekommen«, sagte ich und gab ihm die gelben Umschläge. »Ich hasse diese Dinger. Es steht immer was Beunruhigendes drin, und dann auch noch so verdammt unpersönlich.« Ich lachte.

»Stimmt.« Er lächelte, nahm sein Messer und schlitzte den ersten Umschlag auf.

Ich beobachtete ihn und hoffte, dass es eine gute Nachricht war, konnte seinem Gesicht aber nichts entnehmen. Er reichte mir das Telegramm.

MUTTER UM 10:20 GESTORBEN
AMELIA

Ich wusste nicht, was ich sagen sollte. Er las das andere Telegramm, merkte aber, dass ich ihn ansah, und murmelte: »Amelia ist meine Schwester.« Dann gab er mir das zweite Telegramm.

MUTTER PLÖTZLICH KRANK KOMM SCHNELL
AMELIA

Als ich den Blick hob, sah er mich an.

»Oh Gott, Bennett, ich weiß nicht, was ich –«

»Sie war noch ziemlich jung – gerade mal achtunddreißig. Es war die harte Arbeit.« Er sah auf seinen Teller.

Beinahe hätte ich ihn gefragt, was er damit meinte, doch dann begriff ich, dass er, hätte er den Satz zu Ende gesprochen, gesagt hätte: »… die sie umgebracht hat.« Ich sagte nichts, sondern sah ihn unverwandt an und war mir für einen Augenblick gar nicht bewusst, dass ich in seinem Gesicht geradezu sadistisch nach einer Gefühlsregung suchte. Ich erwartete nicht, dass er vor meinen Augen in Tränen ausbrechen würde, war aber gespannt, was er tun würde. Ich ertappte mich bei dem Gedanken: *Na gut, Bennett Bradshaw, du kommst mit allem zurecht, und nichts kann dich aus der Bahn werfen – dann wollen wir doch mal sehen, was du jetzt machst und ob auch das an dir abperlt.* Als ich merkte, was ich da dachte, schämte ich mich.

Aber er machte keine Anstalten zusammenzubrechen, und ich war froh. Ich glaube, ich wollte nur sehen, ob er menschlich war (das ist er, sehr sogar, aber ich meine es bezogen auf diese Situation), und hoffte, dass er es sein würde. Ich habe hier so oft über ihn geschrieben, dass ziemlich offensichtlich sein dürfte, wie sehr ich ihn idealisiere.

Er sah mich an. Ich hoffte, dass er nicht meine Gedanken lesen konnte. »Ich muss noch heute nach New York.« Er stand auf. »Ich muss sofort zu ihnen. Hast du einen Fahrplan?«

Ich schüttelte den Kopf.

»Macht nichts, dann rufe ich eben im Bahnhof an.« Und dann war er fort und ging mit großen Schritten zum anderen Ende des Saals, wo er seine Sachen abgelegt hatte.

Ich sah ihn noch für ein paar Minuten in unserem Zimmer, aber er war in Eile, und wir konnten nicht miteinander reden.

Dienstag, 27. November 1934

Bennett ist heute Morgen aus New York zurückgekehrt, mit sehr schlechten Nachrichten. Sein Vater lebt nicht mehr, und so muss er sich jetzt um drei Schwestern und zwei Brüder kümmern, allesamt unter achtzehn. Er könnte sie bei verschiedenen Verwandten unterbringen, aber er will die Familie zusammenhalten, und das heißt, dass er mehr oder weniger sofort die Uni verlassen und sich eine Vollzeitstelle suchen muss. Er will das Semester noch abschließen, ist aber nicht sicher, ob ihm das gelingen wird. Ich wollte ihm sagen, ich könne meinem Vater telegrafieren und ihn um so viel Geld bitten, dass es bis Februar reichen würde, aber ich glaube, er hätte das Angebot abgelehnt und wäre vielleicht sogar gekränkt gewesen. Herrgott, nur noch ein knappes halbes Jahr – ausgerechnet jetzt muss das passieren! Dabei hätte er

sein Diplom so sehr verdient und könnte damit so viel
bewirken.

Ich schreibe dies im Zug, denn ich fahre über Weihnachten nach Hause. Bennett und ich haben mit einem Lastwagen seines Onkels, der eine Art Schrotthändler ist, seinen
ganzen Kram und besonders die Bücher (die zu verkaufen
er nicht über sich bringt) von Cambridge nach New York
gebracht, und dort hat er mich an der Penn Station abge-
setzt.

Unterwegs versuchten wir nicht daran zu denken, dass
wir uns lange nicht sehen werden, und sprachen lieber über
Dinge, die uns geistig verbinden, auch wenn wir räumlich
getrennt sein werden: über unser gemeinsames Streben
nach Verbesserung der sozialen Verhältnisse, über unseren
gemeinsamen Hass auf Unwissenheit, Armut, Krankheit
und Elend und das, was wir dagegen unternehmen wollen.
Die meiste Zeit redete Bennett, so schön und eloquent, als
würde er zu tausend Menschen sprechen. Wenn wir durch
eine Ortschaft fuhren oder es in Kurven durch Wald ging,
setzte er nur seine Stimme ein, und die hat mich schon immer gefesselt, aber wenn die von Schnee gesäumte Straße
schnurgerade verlief, fuchtelte er mit den Armen. »Wenn
du deinen Abschluss gemacht hast, gehst du in den Süden
und siehst zu, dass du einen Zeitungsjob kriegst. Wir brauchen deine Artikel – du wirst unser ›Agent‹ sein. Du wirst
uns berichten, was da unten geschieht. Du kannst über die
Situation schreiben, und ich werde dafür sorgen, dass die
Artikel in New York erscheinen. Wir werden sie so lange

beschämen, auf sie einreden, sie mit Artikeln bombardieren, bis die Dinge sich bessern. Und alle werden was davon haben. Stell dir vor, was wir beide bewirken können, wenn wir uns ins Zeug legen!«

In dem ungeheizten Lastwagen näherten wir uns der Stadt und merkten gar nicht, wie sehr wir froren, denn wir wollten keine Zeit mit Gedanken an die Kälte verschwenden.

Am frühen Abend waren wir in New York und fuhren zur Pennsylvania Station.

Bennett parkte in einer Seitenstraße, und ich kletterte aus dem Fahrerhaus, schlug die steife graue Plane zurück und nahm meinen Koffer von der Ladefläche.

»Gepäckträger, Sir?« Bennett stand neben mir und lächelte. Ein Taxi pflügte durch den Schneematsch und bespritzte seine Hosenbeine.

»Nein, danke, den kann ich selbst tragen.« Ich nahm den Koffer in die rechte Hand. Er war schwer von Büchern. (Ich hoffe, diesmal schaffe ich es, zu Hause zu lernen.)

Er sah mich an. »Nein, lass mich das machen. Dafür sind Freunde da.«

Also gab ich ihm den Koffer. Wir stiegen über den niedrigen Wall aus schmutzigem Schnee und gingen in Richtung Avenue, wo rote und grüne Lichter blinkten und wir die hohen Säulen des Bahnhofs sahen.

»Wirst du es schaffen? Das Studium, meine ich.« Ich sah ihn nicht an.

»Ich glaube schon. Amelia ist im Juni mit der Highschool fertig und will nicht aufs College; vielleicht wäre sie damit auch überfordert. Sie wird sich Arbeit suchen und die anderen über Wasser halten, bis ich mein Diplom habe.«

An der Ecke blieben wir, obwohl die Ampel umgesprungen war, für einen Augenblick stehen und betrachteten die Taxis, die bunt lackierten Lieferwagen und die Menschen, die – viele mit Koffern – in Richtung Bahnhof gingen. Dann überquerten wir die Straße.

»Meinst du, du findest einen anständigen Job?« Es war die einzige Möglichkeit, meine Sorge um ihn auszudrücken. Ich hätte gern noch viel mehr gesagt. Ich wollte ihn nicht in Verlegenheit bringen oder sentimental werden, ihm aber trotzdem sagen, wie leid es mir tat, dass er sein Studium nicht sofort abschließen konnte. Ich weiß, dass zerplatzte oder jedenfalls weit aufgeschobene Träume bei Negern als beinahe normal gelten, dass sie zum Leben eines Negers zu gehören scheinen, dass Neger im Grunde fast nichts anderes erwarten; ich wollte ihn wissen lassen, dass ich diesen Aufschub bedauerte, nicht nur aus Mitgefühl mit allen, denen etwas vorenthalten wurde, sondern weil ich dadurch um Bennetts Gesellschaft gebracht wurde.

»Ich hab an die Society geschrieben, und die haben gesagt, sie können mir wahrscheinlich einen Job verschaffen.« Wir waren auf den Stufen zu der marmornen Eingangshalle mit ihrem festungsartigen Informationsschalter.

»Es wird nicht lange dauern, und sie werden dich mit wichtigen Aufgaben betrauen.«

»Das hoffe ich. Vierzig Jahre sind relativ kurz, wenn man Wunder bewirken will.« Wir lachten über unseren Idealismus. Jetzt wird mir bewusst, dass wir unbedingt lachen *wollten*.

Träger – die meisten ohne Uniform oder Plakette – schleppten Koffer oder schoben Metallkarren über den halbdunklen Bahnsteig. Hier und da sahen wir Grüppchen von Mechanikern in Arbeitskleidung; Schaffner in blauen Uniformen mit Sternen an den Ärmeln überprüften Formulare oder standen wie Gastgeber wartend an den Türen. Und dann waren da noch die anderen Menschen. Eine Familie verabschiedete sich rufend von einer alten Frau, die sie durch das Fenster des Abteils ansah. Bennett und ich gingen weiter, bis wir am Ende des Bahnsteigs ein leeres Abteil fanden. Bennett gab mir den Koffer. »Schreib mir, ja?« Er hielt inne und fügte dann hinzu: »Ich werde auf deine Berichte warten.«

»Die kann ich erst schreiben, wenn ich nach dem Studium in den Süden zurückkehre. Aber ich werde es dich wissen lassen, wenn in Cambridge irgendwas Interessantes passiert.«

»Tja.« Bennett streckte mir die Hand hin. Ich nahm sie nicht, ich wollte mich noch nicht von ihm verabschieden und sagte das Erstbeste, das mit einfiel: »Schreib mir, was du von den Bundesmitteln hältst, von denen ich dir erzählt habe.«

»Ja, das werde ich. Aber so viel kann ich schon sagen: Ich glaube nicht, dass es funktionieren würde. Zum einen … ach, na ja …« Wieder streckte er mir die Hand hin, und diesmal musste ich sie ergreifen.

»Pass auf dich auf, Bennett.«

»Bestimmt.« Wir schüttelten uns die Hand. »Auf Wiedersehen, David.«

Von der Unterseite des Waggons stieg Dampf auf und hüllte uns ein. Ein Schaffner näherte sich, schlug Abteiltüren zu und legte Schalter um.

»Auf Wiedersehen, Bennett.« Er wandte sich ab, als der

Schaffner die untere Hälfte der Tür schloss. Ich blickte mich im Abteil um und spähte dann aus dem Fenster, doch Bennett war hinter einer Gruppe von Menschen verschwunden. Dann sah ich ihn wieder: Er ging in Richtung Ausgang, klein, dicklich und entschlossen, die Arme schwenkend, als würde er marschieren. Dann verschwand er wieder, und der Zug setzte sich langsam in Bewegung.

Mittwoch, 2. Januar 1935

Gegen halb zehn am Abend kam ich in Cambridge an. Ein Brief von Bennett erwartete mich. Er hat am Montag bei der National Society of Colored Affairs angefangen. Es scheint ihm zu gefallen, und er schreibt, es ist keine rein geistliche Tätigkeit. Ich habe zu Hause nicht gelernt (wer tut das denn auch?) und muss mich ranhalten.

Dienstag, 8. Januar 1935

Heute kam ein Brief von Bennett. Er will sich bemühen, einmal pro Woche zu schreiben. Jetzt, da er fort ist, stelle ich fest, dass ich kaum Freunde habe. Umso besser kann ich lernen.

Donnerstag, 20. Juni 1935

Ich hab's geschafft! Heute hab ich mein Diplom gekriegt! Die vergangene Woche war sehr hektisch, und ich hatte keine Gelegenheit zu schreiben. Meine Eltern sind da, alles scheint ihnen gut zu gefallen. Bennett konnte nicht kommen. Ich dachte, er könnte es vielleicht schaffen, und hatte mich schon sehr gefreut, denn ich habe ihn seit kurz vor Weihnachten nicht mehr gesehen. Die wöchentlichen Briefe haben mir die Trennung ein wenig leichter gemacht. Vielleicht besuche ich ihn im August in New York.

Morgen fahren wir nach Hause, und kommenden Montag fange ich als Nachwuchsreporter beim *Almanac-Telegraph* an. Ich hoffe, es gefällt mir, bin aber ganz zuversichtlich. In den vier Jahren beim *Crimson* habe ich viele schöne und aufregende Dinge erlebt und eine Menge gelernt.

Montag, 26. August 1935

Ich bin vergangene Woche nicht wie geplant nach New York gefahren. Ich musste nach Willson und einen langen Artikel über den Gouverneur schreiben.

Ich habe Bennett heute einen Artikel geschickt: *Die Gewerkschaftsbewegung und die Neger in den Südstaaten.* Er will versuchen, ihn dort oben irgendwo unterzubringen. Auf seinen Rat hin habe ich ein Pseudonym gewählt: Warren Dennis. Ich habe Ideen für weitere Artikel, aber jetzt wollen wir erst einmal sehen, wie dieser ankommt.

Montag, 2. September 1935

Heute kam ein Brief von Bennett. Der Artikel gefällt ihm »sehr gut«. Er schreibt: »Er enthält großartige Erkenntnisse. Mehr davon, lieber Freund.« Er hat vierzig Dollar für mich rausgeschlagen, dabei bin ich einfach nur froh, dass ihn jemand gedruckt hat. Ich habe ihm geschrieben, er soll das Honorar als Spende an die Society betrachten. Ich werde jetzt mit den anderen Artikeln anfangen. Beiträge zu schreiben, ist wahrscheinlich nichts Besonderes, aber immerhin tue ich, was ich kann, um zu helfen – und es ist weit besser, als für Vater Pachten zu kassieren.

Freitag, 10. Juli 1936

Heute Abend habe ich auf einer Party in der Northside die allernetteste, allerhübscheste Frau kennengelernt – nein, eigentlich nicht kennengelernt, denn ich weiß ihren Namen nicht, aber den werde ich irgendwie herausfinden. Sie hat dunkelbraune Augen und braunes Haar und trug ein blaues Kleid, das für diese wilde Bande ein bisschen zu schick war. Sie machte nicht den Eindruck, als würde sie dorthin gehören, aber sie trank Alkohol wie alle anderen – ich sah sie zuerst an der Spüle, wo sie einen Drink mixte. Sie war gar nicht wie die anderen dort, gar nicht laut und bohemienhaft. Sie hat kaum den Mund aufgemacht. Sie hat mir ein paar Drinks gemixt und sich neben mich gesetzt, als ich sie darum bat, aber als alle nach Hause gingen, war sie schon fort. Den Mann, mit dem sie gekommen ist, habe ich nicht gesehen. Ich hoffe, sie ist nicht verheiratet. Ich werde es jedenfalls bald herausfinden.

Donnerstag, 20. August 1936

Ich weiß jetzt ihren Namen: Camille DeVillet. Als Howard ihn mir gesagt hat, war es schon zu spät, um anzurufen. Ich werde es morgen nach der Arbeit versuchen.

Sonntag, 7. Februar 1937

Heute habe ich geheiratet. Was soll ich noch sagen?

Montag, 7. Februar 1938

Heute ist unser erster Hochzeitstag – es war ein gutes, glückliches, wunderbares Jahr. Wenn mir vor eindreiviertel Jahren jemand gesagt hätte: ›Willson, es wird in deinem Leben ein Jahr geben, in dem du nichts als Glück erlebst; du wirst nicht mehr so nervös sein, du wirst weniger rauchen, gesund essen, gut und warm schlafen, und du wirst in diesem Jahr nicht ein einziges Mal einsam sein‹, dann hätte ich es nicht nur nicht geglaubt, sondern ihn auch für unheilbar verrückt gehalten. Aber Wunder über Wunder – es ist alles wahr. Das vergangene Jahr war das glücklichste meines Lebens. Und das Wunderbare, das Herrliche ist, dass die nächsten fünfzig Jahre ebenso schön, ebenso gut und glücklich sein werden.

Es ist keine Bilderbuchehe, kein Wirklichkeit gewordenes Märchen. Wir haben unsere kleinen Kämpfe. Sie räumt meinen Schreibtisch auf, sodass ich nichts mehr finde, und dann schimpfe ich mit ihr. Wenn ich mich mit einem Artikel abmühe, bin ich gereizt und kurz angebunden. Sie kriegt alle achtundzwanzig Tage Rückenschmerzen und gibt mir die Schuld, als könnte ich irgendwas dafür. Aber das sind Kleinigkeiten, gar nichts im Vergleich zu den Tagen und Wochen, in denen wir es einfach nur genießen, zusammen zu sein. Ich liebe sie mit jedem Tag mehr; jeden Tag lerne ich etwas an ihr kennen, das ich lieben kann. Und das ist noch nicht alles: Ich mag sie. Wäre sie keine Frau (und was für eine Frau), sondern ein Mann, dann wäre sie mit Sicherheit mein bester Freund.

Das Einzige, was uns fehlt, ist ein Kind, und das liegt daran, dass wir im Augenblick jeden Cent umdrehen müssen. Ich müsste bald eine Gehaltserhöhung kriegen, und dann können wir uns daran machen, »den Braten in den Ofen zu schieben«.

Heute kam ein Brief von Bennett. Er schreibt, dass er meinen Artikel *Die zersetzende Wirkung der Rassentrennung im Süden* verkauft hat. Die Zeitschrift, schreibt er, steht sehr weit links, aber wenn das die Leute sind, die lesen wollen, was ich zu sagen habe, soll es mir recht sein.

Samstag, 5. März 1938

Camille sagt, dass ihre Periode seit zwei Wochen ausgeblieben ist. Sie hat es vorher nicht erwähnt, weil sie dachte, es könnte an dem Tennismatch liegen, das wir am vergangenen Sonntag gespielt haben.

Sie hat es nicht von sich aus gesagt; ich habe es ihr abgepresst. Im Wandschrank gibt es ein hohes Regalbrett, auf dem allerlei Zeug steht, unter anderem Kartons mit Sommerkleidern. Die sind ziemlich schwer, das habe ich gemerkt, als ich sie im letzten Herbst dort hinaufgestellt habe. Als ich gestern Abend nach Hause kam, stand Camille auf einem Stuhl und wollte die Kartons herunterholen. Ich fragte sie, was sie da tue.

»Ich suche was.«

Ich zog den Mantel aus. »Lass mich das machen. Die sind schwer.«

Sie sah auf mich herab. »Nicht nötig, das kriege ich schon hin. Setz dich und ruh dich aus.«

»Was soll das heißen: ›Das kriege ich schon hin‹? Ich hab's kaum geschafft, die Dinger da oben hinzustellen. Also runter vom Stuhl.«

Ihre braunen Augen veränderten sich; wenn sie wütend wird, sehen sie so stumpf und hart aus wie ein Stück Borke. »Du brauchst mir nicht zu helfen. Ich schaffe das schon.«

Zuerst wollte ich einen Witz darüber machen, aber dann beschloss ich, sie in Ruhe zu lassen. Ich vergaß die ganze Sache (gestern habe ich es hier gar nicht erwähnt). Aber heute Morgen bin ich ein bisschen später aufgestanden und hörte den Wasserkessel in der Küche pfeifen, und als ich hineinging, um Camille einen guten Morgen zu wünschen, lag sie rücklings auf dem Boden und hatte die ausgestreckten Beine etwa zehn Zentimeter angehoben. Ihr Gesicht war vor Anstrengung gerötet, ihr ganzer Körper bebte, und sie stieß ein »Komm, komm, komm, komm!« hervor. Sie ließ die Beine auf den Boden plumpsen, wartete ein paar Sekunden, hob sie abermals an, spreizte sie und führte sie zusammen und wiederholte das Ganze.

Ich stand hinter ihr, sie konnte mich nicht sehen. Der Kessel pfiff schrill, und ich trug keine Schuhe, darum hatte sie mich nicht gehört. Schließlich sagte ich: »Die Olympischen Spiele sind erst 1940, wenn sie überhaupt stattfinden, so, wie es in Europa zugeht. Was machst du da?«

Erschrocken setzte sie sich auf und sah mich ängstlich an.

»Was machst du da?«

Und dann sagte sie, ihre Periode sei seit zwei Wochen überfällig. »Und das ist seltsam, denn wenn es keine Uhren gäbe, könnte ich damit die Zeit messen, und zwar, seit ich dreizehn war. Erst die Rückenschmerzen, dann die Kopfschmerzen, dann die Krämpfe und dann der Rest. So pünktlich wie der Nachtexpress oder die Mondphasen.«

Ich sagte, sie solle sich keine Sorgen machen, ihre Periode werde schon noch kommen. Und wenn nicht – na und? Vielleicht ist es falsch, mit dem Kinderkriegen zu warten, weil es dann sein kann, dass man zu lange wartet. Natürlich ist es nicht so, dass wir keine Kinder wollen; wir wollen viele, viele Kinder, wir wollen ein ganzes Haus mit ihnen füllen. Aber wir wollen damit warten, bis wir etwas Geld auf der Bank haben. Ich werde ohnehin bald eine Gehaltserhöhung bekommen, also brauchen wir uns keine Gedanken zu machen. Es ist natürlich noch nicht sicher, dass Camille schwanger ist, aber die Vorstellung, Vater zu werden, erscheint mir gar nicht übel. Wenn es tatsächlich passiert, werde ich wohl mit der Willson-Tradition brechen und dem Kind keinen Namen geben, der mit einem D beginnt. Wenn es ein Junge ist, soll er Bennett Bradshaw Willson heißen.

Samstag, 12. März 1938

Noch immer nichts, und Camille hat ihre albernen Übungen aufgegeben. Wie es aussieht, werde ich Vater. Mein Gott! Wie kann ich so ruhig sein? Ich werde tatsächlich Vater!

Montag, 14. März 1938

Als ich heute in die Redaktion gegangen bin, habe ich damit gerechnet, eine Gehaltserhöhung zu bekommen – stattdessen wurde ich gefeuert. Irgendjemand (ich weiß nicht, wer) hat meinen Artikel über die zersetzende Wirkung der Rassentrennung gelesen und herausgefunden (ich weiß nicht, wie), wer ihn geschrieben hat, und nun bin ich entlassen. Ach, was soll's! Ich bin froh, dass es endlich heraus ist. Jetzt kann ich diese Artikel unter meinem eigenen Namen veröffentlichen. Für die Wahrheit braucht man sich nicht zu schämen. Morgen frage ich bei den anderen Zeitungen nach. Ich bin ein guter Journalist, das ist bekannt. Es dürfte nicht allzu schwer sein, eine neue Stelle zu finden.

Montag, 21. März 1938

Camille war beim Arzt. Es ist noch ein bisschen zu früh, um es genau sagen zu können, aber er ist ziemlich sicher, dass sie schwanger ist. In zwei, drei Wochen weiß er mehr.

Ich war bei drei der sieben Zeitungen hier. Nichts. Die sind noch konservativer als der *AT*.

Donnerstag, 14. April 1938

Camille ist eindeutig schwanger.

Dienstag, 26. April 1938

Keine Zeitung in New Marsails lässt mich eine einzige Zeile schreiben. Ich stehe auf der schwarzen Liste. Was zum Teufel soll ich jetzt tun?

Es kam ein Brief von Bennett. Ich hatte ihm geschrieben, dass es so aussieht, als würde ich hier keine Arbeit finden. Er antwortet, dass ich nach New York kommen soll. Aber ich kann Camille jetzt nicht einfach einpacken und nach New York ziehen. Mal angenommen, ich finde auch dort keine Stelle – dann wären wir noch schlimmer dran. Nein, ich muss hier etwas finden. Vielleicht gibt mir jemand eine Chance, wenn erst einmal etwas Gras über die Sache gewachsen ist. Verdammt! Ich bin ein guter Journalist.

Donnerstag, 5. Mai 1938

Nichts! Nichts!

Ich habe einen Brief von Bennett gekriegt. »Nur Mut, mein Freund. Komm nach New York. Deine Artikel haben hier Eindruck gemacht. Ich verspreche dir, du wirst Arbeit finden. Und wenn nicht, dann weißt du ja, dass ich Arbeit habe, und damit auch du.«

Ich habe Camille gefragt. Sie hat keine Sekunde gezögert. »Ich kann in … warte mal … vier Tagen alles gepackt haben.«

Aber ich habe den Verdacht, das ist einfach ihre Vorstellung davon, wie eine stoische, weltfremde Frau aus dem Süden zu sein hat. Ich glaube nicht, dass sie nach New York ziehen will. Ich glaube, der Gedanke macht ihr noch mehr Angst als mir – sofern das überhaupt möglich ist.

So sehr ich mich auch dagegen sträube: Es könnte sein, dass wir nach Sutton ziehen müssen, zurück in die Swells, in den Schoß der Familie, zum Kassieren von Pachten.

Aber ich bin noch nicht bereit zu kapitulieren. Vielleicht ergibt sich doch noch was.

Mittwoch, 1. Juni 1938

Ich habe mit Camille gesprochen. Sie behauptet noch immer, dass sie nach New York ziehen will. »Ich liebe dich, David. Wir gehen nach New York. Und weil ich gehe, kommt das Baby mit.« Sie lachte. »Ich will nach New York, weil du dahin willst. Wenn du zurück nach Sutton gehst, wirst du dir das nie verzeihen. Es wird nie mehr so sein wie früher. Lass uns also nach New York ziehen. Ich werde dir folgen, wohin du auch gehst.«

Ich glaube ihr nicht. Sie gibt sich solche Mühe, das Richtige zu tun, aber sie will nicht weg von hier. Das sehe ich ganz deutlich.

Ich habe Bennett geschrieben, dass ich definitiv zurück zu meiner Familie gehen werde.

Dienstag, 7. Juni 1938

Ich habe Bennetts Antwort erhalten: »Jetzt, da Du Deine Entscheidung getroffen hast, werde ich mit allen fairen und unfairen Mitteln versuchen, Dich dazu zu bringen, sie zu überdenken und nach New York zu kommen.«

Ich fürchte, es hat keinen Sinn, Bennett. Was ich gegen deine Argumente vorbringen kann, wird dich niemals überzeugen – mich selbst übrigens auch nicht. Ich sehe einer Parade zu und weiß, ich sollte stolz mitmarschieren, aber ich bin an den Rinnstein gekettet. Ich muss tun, was meine erste Pflicht mir gebietet. Ich kann nicht anders.

Mittwoch, 29. Juni 1938

Gestern habe ich einen langen Brief von Bennett bekommen. Es ist sein letzter Versuch, mich umzustimmen. Er endet mit den Worten:

Gemeinsam haben wir viele Pläne gemacht und sind zu bemerkenswerten Schlussfolgerungen gelangt – ich danke Dir für Deinen Anteil daran –, und ich hatte gehofft, mit ihrer Hilfe könnten wir unseren jeweiligen Leuten zu dem verhelfen, was sie unserer Meinung nach brauchen, aber nun wirst Du nicht an meiner Seite sein. Wir haben uns gemeinsam für die Zukunft begeistert, aber damit ist es nun vorbei. Ein Grundpfeiler unserer Freundschaft ist weggebrochen! All das soll heißen: Ich sehe keinen Grund mehr, unsere Kommunikation fortzusetzen. Das tut mir sehr leid.

Natürlich werde ich Dich nie ganz vergessen. Du wirst kein Teil meiner Zukunft sein, aber Du bleibst für immer ein Teil meiner Vergangenheit.

Alles Gute, David, und viel Glück,

Bennett

Montag, 15. August 1938

Wir sind in die Swells gezogen. Meine Familie ist voller Verständnis. Aber ich weiß, dass sie auf mich herabsehen. Alle! Auch Camille.

Donnerstag, 1. September 1938

Ich habe Pachten für meinen Vater kassiert.

Mittwoch, 20. Oktober 1954

Diesen Artikel habe ich heute in einer Zeitschrift gefunden:

RELIGION

»Jesus ist schwarz!«

Im Licht der Fackeln schimmert das fünfzehn Zentimeter große, an einer goldenen Kette hängende Kruzifix. Als im brechend vollen Saal die Rufe »Jesus ist schwarz!« verstummen, hämmert Reverend Bennett T. Bradshaw, Gründer der Auferstandenen Kirche des schwarzen Jesus Christus von Amerika GmbH, seiner Gemeinde mit nicht ganz authentischem britischem Akzent ein: »Wir haben dem weißen Mann den Krieg erklärt! Der weißen Welt und allem, wofür sie steht, schwören wir den Tod!«

Die Gruppe, auch bekannt als Schwarze Jesuiten, wurde 1951 von dem in New York geborenen, an einer Eliteuniversität ausgebildeten und dunkelrot angehauchten

Bradshaw gegründet und hat angeblich 20 000 Mitglieder. (»Und es werden immer mehr.«)

DER MANN ...

Schon in seiner Studentenzeit (das Studium brach er allerdings nach dreieinhalb Jahren ab) infizierte sich Bradshaw mit dem roten Virus. 1935 wurde er Funktionär der National Society for Colored Affairs, 1950 jedoch von dieser Organisation ausgeschlossen, nachdem er wegen seiner kommunistischen Verbindungen mehrmals vor diverse Kongressausschüsse zitiert worden war.

Nachdem die NSCA ihn hinausgeworfen hatte und er alle anderen Türen verschlossen fand, beschloss Bradshaw, die Rassenfrage durch die Hintertür anzugehen: Religion. »Es stimmt«, sagt er, »ich habe meine Berufung kurz nach meinem Ausschluss aus der Society erhalten, aber ich versichere Ihnen: Das eine hat mit dem anderen nicht das Geringste zu tun.«

Bradshaw ist Junggeselle, lebt allein in der obersten Etage des Harlemer Hauses, in dem sich auch seine Kirche befindet, und lässt sich von seinem Chauffeur in einer nagelneuen schwarzen Limousine im Viertel herumfahren, die ihm ein ergebener Jünger – ein Maurer – geschenkt hat. (»Ich konnte das Geschenk nicht ablehnen – der Mann hatte drei Jahre darauf gespart.«)

... UND DIE BEWEGUNG

Die Schwarzen Jesuiten sind so straff organisiert wie die Marines, und ihre Doktrin ist eine bunte Mischung aus *Mein Kampf, Das Kapital* und der Bibel. Die Gruppe ist antisemitisch. (»Die Juden sind diejenigen, die für die Weißen das Ausbeuten erledigen – sehen Sie sich doch nur mal an, wem die Mietskasernen in Harlem gehören.«) Die Schwarzen Jesuiten erkennen nur die Teile der Bibel an, die die Behauptung der Überlegenheit der schwarzen Rasse stützen, und glauben, Jesus sei schwarz gewesen. (»Der ganze Rest wurde hinzugefügt, um dunkelhäutige Menschen zu unterdrücken. Schon die Römer hatten ein Rassenproblem.«) Aber auch das ist nicht in Stein gemeißelt. Die Schwarzen Jesuiten glauben, was Bradshaw ihnen predigt. Und obwohl seine Glaubenssätze mitunter widersprüchlich sind, behauptet Bradshaw, es seien neue, direkt vom Himmel gesandte Offenbarungen.

Während man sich in New York zunehmend Sorgen über den schädlichen Einfluss der Schwarzen Jesuiten auf das Zusammenleben der Rassen macht, sagt Bradshaw im besten Predigerstil: »Wir haben sie in Angst und Schrecken versetzt. Sie wissen jetzt: Wenn sie uns unsere Rechte nicht freiwillig geben, werden wir sie uns nehmen.«

Ach, Bennett, Bennett ... jetzt sind wir beide verloren.

Samstag, 23. Juni 1956

John Caliban, der über fünfzig Jahre für unsere Familie gearbeitet hat, ist heute im Bus nach New Marsails gestorben.

Ich habe nicht geschlafen und bin vorhin erst mit Tucker Caliban von einer Fahrt mit dem Wagen zurückgekehrt. Wir haben uns ein Stück meines Besitzes nördlich der Stadt angesehen, wo die Willsons vor vielen Jahren, bevor ich geboren war, ihre Plantage hatten. Ich habe Tucker sieben Morgen in der Südwestecke verkauft.

Es war ein seltsamer Abend. Ich weiß nicht, warum, aber ich habe das Gefühl, dass etwas Besonderes geschehen ist. Allerdings könnte ich mir vorstellen, dass dieses Gefühl nur die Dramatisierung eines Erlebnisses ist, das niemand außer mir besonders bedeutsam finden würde. (Wahrscheinlich wünsche ich mir, es wäre anders.) Ich will versuchen, es zu schildern, so gut ich kann:

Ich war allein in meinem Arbeitszimmer und las. Es war ein warmer, stiller Abend, und ich hatte das Fenster gerade etwas weiter geöffnet, als es klopfte. Es war ein leises, fast zaghaftes Klopfen, als wollte die Person dort draußen, um jede Aggression zu vermeiden, nicht einmal die Faust ballen und hätte mit dem Handrücken geklopft – ein leises, streichendes Geräusch. Ich rief: »Wer ist denn da?«

»Tucker, Mister Willson.« Diese hohe, nasale Stimme!

Ich ging wieder zum Schreibtisch. »Was ist denn, Tucker?«

»Ich will Sie kurz sprechen, Sir.«

»Dann komm rein.«

Die Tür wurde geöffnet, und er trat ein: klein, dunkel, im Chauffeursanzug, mit weißem Hemd und schwarzer Krawatte. Er sah aus wie ein Junge, der spielt, er wäre Bestatter. Er hielt seine Mütze mit beiden Händen. Die

Schreibtischlampe spiegelte sich in seinen Brillengläsern, sodass seine Augen wie große, runde, goldene Scheiben aussahen.

Ich griff bereits zur Brieftasche, denn ich nahm an, dass er Geld für Benzin oder Öl oder sonst etwas wollte, was die Wagen seiner Meinung nach benötigten; gewöhnlich frage ich nicht lange – er sagt mir einfach, wie viel er braucht. »Ja, Tucker, um was geht es?« Ich klappte die Brieftasche auf und zählte mit dem Daumen die Dollarscheine.

»Ich will sieben Morgen von Ihrem Land.« Er war beinahe ungehobelt, aber das ist seine Art. Er war gerade so weit hereingekommen, dass er die Tür hinter sich schließen konnte, stand da und sah mich durch diese leuchtenden Scheiben an, die den Ausdruck seiner Augen verbargen. »Sieben Morgen von der alten Plantage.«

Ich sah überrascht auf. »Wozu in aller Welt?« Ich steckte die Brieftasche wieder ein, lehnte mich zurück, starrte auf die zwei kleinen Sonnen in seinem Gesicht und versuchte, die Augen dahinter zu erkennen.

Tucker rührte sich nicht; er sah aus wie eine etwas zu klein geratene schwarze Statue. »Bisschen Landwirtschaft.« Ich wusste gleich, dass das nicht stimmte, aber irgendwie spielte das keine Rolle. Es erschien mir nicht richtig, ihm auf den Kopf zuzusagen, dass er mich anlog, aber trotzdem wollte ich wissen, was er vorhatte.

Ich beschloss, mich darüber lustig zu machen – vielleicht würde er dann mit der Wahrheit herausrücken. »Du und Landwirtschaft? Aber du hast doch in deinem ganzen Leben noch nie Landwirtschaft betrieben. Du hast keine Ahnung von Landwirtschaft.«

Er nickte einmal. »Ich will's jedenfalls versuchen.« Er

hatte sich nicht gerührt und stand so reglos und hoch aufgerichtet da, als wäre kaum Leben in ihm.

Mit Spott war ihm nichts zu entlocken, und so versuchte ich es mit Väterlichkeit. »Komm, Tucker, setz dich.«

Er zögerte keinen Moment, ging – nein, marschierte – zu mir und setzte sich, noch immer hoch aufgerichtet, auf den Stuhl neben dem Schreibtisch.

»Woher hast du so viel Geld?« Ich stützte die Ellbogen auf, verschränkte die Finger und legte das Kinn darauf.

»Gespart. Mein Grandpap hat mir was vererbt.« Die Frage ärgerte ihn, er wollte nicht väterlich behandelt werden. »Wollen Sie mir das Land verkaufen?«

»Ich weiß nicht.« Ich hätte gleich antworten können – ja oder nein –, aber mit einem Mal hatte ich das Gefühl, in einem Stück zu spielen: Ich hatte, ebenso wie er, bestimmte Sätze zu sagen, damit die Handlung sich wie vorgesehen entwickeln konnte. »Das ist das Land, das Dewitt Willson damals abgesteckt hat. Kein Quadratmeter davon hat jemals einem anderem gehört. Und ich bin nicht sicher, ob du der Richtige bist, um der Erste zu sein.«

Er nickte und wollte aufstehen, aber auch das gehörte zur Handlung. »Na gut, Sir.«

Es war jetzt meine Aufgabe, ihn zurückzuhalten, und das tat ich auch. »Warte, Tucker. Vielleicht bin ich zu übereilt. Wie sieht dein Plan aus?« Wieder lehnte ich mich zurück und beobachtete ihn. Seine Augen konnte ich jetzt erkennen, aber sie waren ebenso ausdruckslos wie zuvor die leuchtenden Scheiben.

»Plan? Versteh ich nicht, Sir.«

»Na ja, dein Plan eben. Was genau willst du mit dem

Land? Warum willst du *unser* Land? Warum kaufst du nicht einem anderen ein Stück Land ab?«

»Ich will bloß 'n bisschen Landwirtschaft.«

»Was für Landwirtschaft?«

»Landwirtschaft eben. Mais, Baumwolle. So was.«

»Aber warum kommst du zu mir?« Ich beugte mich vor und ballte die Fäuste. Es war seltsam. Ich stellte fest, dass dieses Spiel mich fesselte und stark in Anspruch nahm. »Du musst doch wissen, dass wir noch nie etwas von diesem Land verkauft haben. Warum sollten wir jetzt damit anfangen?« Er starrte mich nur an. »Und warum ein Stück von der alten Plantage? Wir haben auch Land südlich der Stadt, und das ist obendrein besser.«

Seine Lippen bewegten sich kaum. »Das Land will ich nicht. Also, wollen Sie mir jetzt 'n Stück von der Plantage verkaufen oder nicht?« Er klang verärgert, beinahe wütend.

Vielleicht bin ich doch ein echter Südstaatler, denn seine Barschheit ärgerte mich, und ich fuhr ihn an: »So solltest du nicht reden, Tucker. Das kann dich in ernste Schwierigkeiten bringen.«

Seine Antwort kam ohne Zögern und bewirkte, dass ich mich schämte. »Wir sind hier nicht weiß und schwarz, Mister Willson. Darum geht's hier nicht.«

Ich fühlte mich müde und gab den Widerstand auf. »Aber verstehst du nicht, Tucker? Wenn ich dir das Land verkaufen soll, muss es einen konkreten Grund dafür geben. Du weißt, dass ich es dir nicht einfach geben kann. Ich habe den Verdacht, wenn ich das täte, würdest du es gar nicht annehmen. Du willst dafür bezahlen.« Jetzt brachte ich das Finanzielle ins Spiel und fügte hinzu:

»Und ich muss wissen, ob du imstande sein wirst, es abzuzahlen.«

»Ich brauch nicht abzuzahlen. Ich hab genug Geld.«

»Wie willst du das wissen? Ich habe doch noch gar keinen Preis genannt.«

»Ich hab genug Geld, um zwanzig Morgen zu kaufen,
und außerdem wissen Sie, dass jedes Angebot, das ich mache, gut genug ist.« Wir sahen einander an, lange, wie mir
schien.

»Ich weiß, aber sprich es aus, damit ich es hören kann,
Tucker. Es ist wichtig, dass ich es höre.« In meiner Stimme
war beinahe etwas Bittendes.

Er nickte. »Ich will das Stück Land auf der alten Plantage, weil der erste Caliban da gearbeitet hat und weil's an
der Zeit ist, dass es uns gehört.«

»Was noch?« Ich beugte mich gespannt vor.

Doch er enttäuschte mich. »Ich weiß nicht. Wenn ich
dort bin, werd ich's wissen. Bis dahin kann ich nur sagen,
mein Sohn wird nicht für Sie arbeiten. Er wird sein eigener Boss sein. Wir haben lang genug für Sie gearbeitet,
Mister Willson. Sie haben versucht, uns zu befreien, aber
wir wollten nicht gehen, und jetzt müssen wir uns selbst
befreien.«

Ich richtete mich auf und sah auf meine Papiere. »Wie
viel willst du bezahlen, Tucker?«

Und so sprachen wir über den Kaufpreis. Tucker sagte
mir, wie viel er hatte – es hätte tatsächlich für zwanzig
Morgen gereicht. Ich holte eine Karte hervor und zeigte
ihm, wo die sieben Morgen waren.

Tucker nickte. »Das ist genau das Stück, das ich will.«

»Warum?« Wir waren einander so nahe wie noch nie

zuvor. Wir waren zu einer sehr seltsamen Übereinkunft gekommen, die ich noch immer nicht ganz verstehe. Es war etwas, was ich, wie mir jetzt bewusst wird, schon immer habe tun wollen, es war fast wie das, wofür ich vor zwanzig Jahren eingetreten bin. Tucker hatte festgestellt, dass mit seinem Leben etwas nicht in Ordnung war, und beschlossen, das zu ändern. Jeder von uns wollte etwas, und wir halfen einander dabei, es zu tun.

»Da ist irgendwas Besonderes«, sagte er. »Hat mein Grandpap gesagt.« Er sprach nicht weiter.

»Tja, jetzt gehört es dir. Ich lasse morgen einen Vertrag aufsetzen.«

Er fuhr fort, mich zu überraschen. »Schreiben Sie's auf und legen Sie's zu Ihren Papieren. Ich brauch keinen Vertrag. Es gehört mir, und Sie wollen's nicht so sehr, dass Sie mich darum betrügen würden.« Als er das sagte, war ein Lächeln in seiner Stimme, wenn auch nicht auf seinem Gesicht.

Es war ein schöner Augenblick, einer jener Momente gegenseitigen Verständnisses, wie ich sie nur selten erlebt hatte, und ich wollte ihn ausdehnen. Ich fragte ihn, ob er seinen neuen Besitz besichtigen wolle. »Ich meine, jetzt. Ich würde dich gern hinfahren.«

Er antwortete nicht, sondern stand auf und ging zur Tür. Ich folgte ihm, und dann fiel mir etwas ein, was mein Vater mir gegeben hatte, als ich wieder hierhin zurückgekehrt war. Er hatte die Schreibtischschublade geöffnet, es hervorgeholt und mir überreicht. »Das gehört nicht dir«, hatte er gesagt, »sondern den Calibans. Aber sie sind noch nicht reif dafür. Gib es ihnen, wenn du glaubst, dass sie so weit sind.« Er hatte mir nicht gesagt, was es war, aber ich hatte es sofort gewusst, denn ich kannte die alte Legende, jeder kannte sie und lachte darüber, und ich nehme an, dass alle dachten, die ganze Geschichte sei nichts weiter als ein Lügenmärchen. Als mein Vater es mir übergab, war ich mir nicht mehr so sicher. Jetzt ging ich zum Schreibtisch, zog die Schublade auf und fand es, leicht verstaubt, unter einigen Papieren. Ich polierte es im Licht der einzigen brennenden Lampe mit meinem Taschentuch und überreichte es Tucker.

Er nahm es, und ich beobachtete seine Augen und sah, dass sie sich ein wenig trübten. Ich hatte noch nie erlebt, dass er den Tränen nahe gewesen wäre, ich hatte überhaupt noch nie eine Regung auf seinem Gesicht gesehen. Er steckte den weißen Stein in die Tasche, drehte sich abrupt um und ging zur Tür.

Unterwegs saß Tucker neben mir auf dem Vordersitz, und mir wurde bewusst, dass ich zum ersten Mal seit beinahe zwanzig Jahren auf engem Raum mit einem Neger allein war, zum ersten Mal seit dem Beginn der Weihnachtsferien in meinem letzten Studienjahr. Damals saß Bennett am Steuer und redete und redete, und ich saß neben ihm und fürchtete, dass er nicht auf die Straße achtete und mit der Sonnenbrille, die er seit neuestem ohne ersichtlichen Grund immer trug, womöglich nicht mal einen Elefanten sehen würde; ich hatte Angst, wir würden einen Unfall haben und nichts von dem, was wir uns vorgenommen hatten, in die Tat umsetzen können. Wir schlotterten wie nasse Katzen in dem unbeheizten Fahrerhaus. So nahe bin ich keinem Neger gewesen, ja! In mehr als nur einer Hinsicht.

Vielleicht wäre es besser gewesen, wenn ich diese Fahrt

nicht überlebt hätte. Wie sich zeigt, habe ich nichts zustande gebracht. Damit will ich natürlich nicht sagen, dass ich mir wünsche, augenblicklich zu sterben. Das wäre dann doch etwas zu melodramatisch. Nein, was ich meine, ist: Ich habe so viele Menschen, die ich geliebt habe, sehr unglücklich gemacht, weil ich nicht den Mut hatte, meine Pläne umzusetzen. Indem ich ein Feigling war, habe ich ihre aussichtslose Lage nur noch verschlimmert.

Besonders Camille, die geduldig wartende, treue Camille. Sie hat so viel mehr Haltung gezeigt als ich. Sie hat gesagt, sie würde nach New York gehen, wenn es mich glücklich machen würde. Ich sehe jetzt, dass es ihr ernst war, aber damals habe ich ihr nicht geglaubt. Sie hatte den Glauben an mich, den ich brauchte, aber ich habe ihn zurückgewiesen, und darum hat sie den Glauben an ihren Glauben verloren – ich habe ihn entwertet. Als mir endlich klar wurde, dass sie nicht bloß eine Sklavin, ein Schoßhündchen oder eine Frau aus dem Süden, sondern ein denkfähiger Mensch ist, war es zu spät. Ich habe uns beide verraten.

Das war eine der Fragen, die ich Tucker gestern Nacht gestellt habe: Ich wandte mich zu ihm – er starrte in die Ferne, so tief in seine Gedanken versunken wie ich in die meinen – und fragte ihn, was Bethrah davon halte, dass er dieses Stück Land kaufen wolle.

»Sie macht sich Sorgen, Mister Willson. Ich glaube, sie denkt, dass ich verrückt geworden bin.« Er hat es nicht so leicht, wie ich es hatte: Bethrah ist ein gutes Stück selbständiger, als Camille es je war.

»Und das macht dir nichts aus? Das hält dich nicht ab von deinem Plan?«

»Nein, Sir. Es ist was, das ich tun muss.«

»Und sie will nicht, dass du es dir überlegst? Eine Farm zu kaufen, ist ein großer Schritt, besonders wenn man noch nie Landwirtschaft betrieben hat. Will sie, dass du das tust?«

»Nein, Sir.«

»Wie kannst du es dann tun? Findest du nicht, dass sie da etwas mitzureden hat? Du weißt, sie ist eine sehr intelligente Frau. Und vielleicht hat sie recht.«

»Es ist egal, ob sie recht hat. Es ist sogar egal, ob ich unrecht hab. Ich muss es tun, auch wenn's ganz falsch ist. Wenn ich's nicht tue, geht das immer weiter. Dann arbeiten wir für immer für euch. Und das muss aufhören.«

»Das muss es.«

»Ja, Sir.«

Wir fuhren. Zu unserer Rechten, über den Hügeln im Osten, färbte sich der Himmel grau, die Schwärze wich, und die Landschaft bekam den bläulichen Schimmer eines Buntglasfensters, das aus sich selbst heraus zu leuchten scheint. Es war nicht mehr weit bis zu seiner Farm. Wieder wandte ich mich zu ihm. »Könnte dich irgendwas dazu bewegen, diesen Plan aufzugeben?«

Seine Antwort kam ohne Zögern. »Nein, Sir.«

»Das kann ich mir auch nicht vorstellen – wenn dir die Farm so viel bedeutet.«

Er sah mich an. »Man hat nur eine einzige Chance: wenn man kann und wenn man will. Wenn eins davon fehlt, braucht man's gar nicht erst zu versuchen. Wenn man kann, aber nicht will – warum soll man's dann tun? Und wenn man will, aber keine Möglichkeit hat, kann man sich genauso gut vor einen Wagen schmeißen, der mit hundert

Sachen ankommt. Können und wollen – wenn eins von beiden fehlt, braucht man gar nicht erst drüber nachzudenken. Und wenn beides da ist und man's vermasselt, kann man's ein für alle Mal vergessen. Man kriegt nur eine einzige Chance, und das war's dann.«

Ich nickte. Das wusste ich nur zu gut.

DIE MÄNNER
AUF DER VERANDA

Sie waren nicht nach Hause gegangen.

Am Samstagabend um neun, als die letzten Wagen voller Neger an Mister Thomasons Veranda vorbei in Richtung Norden fuhren, saßen sie noch immer da. Den ganzen Nachmittag war eine Kolonne vorbeigezogen, die Wagen so dicht hintereinander wie bei einem Beerdigungszug. Jetzt versiegte der Strom langsam, sie kamen nicht mehr in Rudeln über den Hügel, sondern nur noch einzeln wie Familien unterwegs in den Urlaub. Es herrschte mehr Verkehr als sonst, aber nicht mehr so viel wie zuvor. Jeder der Männer auf der Veranda fragte sich im Stillen, ob die Tatsache, dass man jetzt immer weniger mit Erwachsenen, Kindern, Alten, Babys, Matratzen, Decken und Koffern beladene Wagen sah, bedeutete, dass es in New Marsails keine Neger mehr gab.

Dass es in Sutton keine mehr gab, wussten sie, denn nach zwei Uhr hatten sich nur noch ein paar Nachzügler vor Thomasons Veranda gestellt und auf den Bus gewartet, und von dort, wo die Männer saßen, konnten sie keine Wagen mehr sehen, die aus dem Negerviertel im Norden kamen. Als Mister Harper um sechs abgeholt wurde, gingen einige zum Abendessen nach Hause, aber die meisten kauften sich bei Thomason etwas, blieben dort sitzen und aßen Kekse, Erdnüsse, Süßigkeiten oder Äpfel. Sie zerknüllten die leeren Tüten und warfen sie auf die Straße, und dann beschlossen einige, mal einen Gang durch das Negerviertel zu machen.

Sie fanden nichts. Die Häuser waren dunkel. Die Neger hatten es nicht für nötig befunden, irgendwelche Lichter brennen zu lassen, wie man es tut, um Einbrecher abzuschrecken, denn sie hatten ja alles, was ihnen wirklich wichtig war, mitgenommen und den Rest für die Einbrecher dagelassen, denen sie es leicht gemacht hatten: Die Türen standen offen, in manchen steckte sogar der Schlüssel – eine Einladung an jeden, es sich gemütlich zu machen. Die Männer von der Veranda brachten es nicht über sich hineinzugehen, sie besaßen jenen Respekt vor Haus und Besitz, der eine Eigenart der Menschen im Süden ist und sie am Donnerstag daran gehindert hatte, einen Fuß auf Tucker Calibans Land zu setzen, doch sie spähten hinein ins Dunkel und sahen einen Haufen Zeug: Stühle, Tische, Sofas, Teppiche, Besen, Betten und Abfall. An den meisten Wänden hingen keine Kruzifixe und keine Bilder von strengen Großeltern, uniformierten Söhnen oder verheirateten Töchtern mehr – Dinge, die viele Menschen unbedingt in ihr neues Zuhause hätten mitnehmen wollen. Wären die Männer hineingegangen und hätten unter den Betten nachgesehen, dann hätten sie die staubfreien Rechtecke gesehen, wo vor wenigen Tagen noch Koffer gelegen hatten. Es war kein einziger Neger mehr da.

Also kehrten sie zur Veranda zurück. Sie sprachen nicht über das, was sie gesehen hatten. Schweigend saßen sie da und dachten darüber nach, was das alles mit jedem Einzelnen von ihnen zu tun hatte und wie sich der nächste Tag, die nächste Woche, der nächste Monat vom vergangenen Tag, der vergangenen Woche, dem vergangenen Monat, von ihrem ganzen bisherigen Leben unterscheiden würde. Keiner war imstande, es zu Ende zu denken. Es war, als würde man versuchen, sich das Nichts vorzustellen, etwas zu erfassen, das noch nie jemand gedacht hatte. Keiner von ihnen verfügte über einen Bezugspunkt, an dem er das Konzept einer Welt ohne Neger hätte festmachen können.

Dann kam Stewart mit seinem Fuhrwerk, und auf dem Kutschbock neben ihm stand ein Krug, so gedrungen und bauchig wie er selbst. Sie ließen ihn herumgehen, und jeder wischte, bevor er trank, mit dem Jackenärmel über den Rand – eine ebenso alte wie sinnlose Geste der Reinigung.

Und dann wurden sie wütend, sie kochten still vor sich hin wie eine Braut, die allein vor dem Altar steht und Rache will, aber keinen hat, an dem sie sich rächen könnte, was sie nur umso wütender macht. Sie tarnten den Verlust, indem sie, wie am Morgen der Gouverneur, so taten, als wäre es keiner.

Stewart nahm noch einen ordentlichen Schluck. »Klar! Wofür brauchen wir die überhaupt? Seht euch doch an, was in Mississippi oder Alabama los ist. Gut, dass wir die von der Backe haben. Wie er gesagt hat: Wir machen einen neuen Anfang. Jetzt können wir so leben, wie wir immer gelebt haben, und brauchen keine Sorge zu haben, dass irgendein Nigger klopft und sich zu uns an den Tisch setzen will.« Er saß auf der Treppe, neben Bobby-Joe, der sehr wenig gesagt hatte, seit Mister Harper nach Hause gegangen war.

»Mann, es wird jede Menge Arbeit geben und jede Menge Land – alles, was bis jetzt die Nigger hatten. Sobald das alles geregelt ist, wird's uns prima gehen.« Stewart schwitzte wie immer, ob er trank oder nicht, ob es warm war oder nicht. Er zog sein Taschentuch hervor.

»Vielleicht zu viel Arbeit und zu viel Land.« Loomis zog den Hut in die Stirn und kippte den Stuhl nach hinten an die Wand. »Dafür haben wir vielleicht gar nicht genug Leute. Das hab ich in Wirtschaftskunde gelernt. Das heißt, wir werden nicht genug zu essen haben. Ein großer Teil des Landes kann gar nicht bewirtschaftet werden. Es war immer genug Land für alle da, jedenfalls genug, um sich krumm zu arbeiten. Das hier ist nicht Japan, hier legt keiner ein Feld an einem Steilhang an, wo er sich anseilen muss, damit er nicht abstürzt.«

»Trotzdem werden wir besser dran sein.« Stewart drehte sich um und sah mit zusammengekniffenen Augen zu Loomis, der im Schatten saß. »Zum Beispiel Thomason hier. Er hat jetzt den einzigen Laden in ganz Sutton. Vorher gab's zwei – der Nigger da oben hatte auch einen. Jetzt macht Thomason das ganze Geschäft.«

Loomis schüttelte den Kopf. »Ja, aber seine Kundschaft ist nur noch halb so groß.«

Stewart ließ sich nicht beirren. »Oder denk an Hagaman, den Bestatter. Er ist jetzt der einzige, und eines Tages muss jeder unter die Erde. Ich hab gehört, dass sogar weiße Leute aus Sutton zu dem Niggertotengräber gegangen sind.«

»Ich bin mir nicht so sicher, ob das alles so gut ist. Ich

hab noch nie einen Weißen gesehen, der einen Laden ausfegt, immer nur Farbige. Willst du jetzt den Besen schwingen, Stewart? Denn das ist das Einzige, was du kannst.«

Einige lachten.

Bobby-Joe schnippte mit den Fingern. Es war ein lautes,
hallendes Geräusch. »Genau!«

Alle sahen ihn an. Er hatte nichts gesagt, allerdings ein
paar Schlucke getrunken. Er saß auf der Stufe, hatte die
Füße auf den Rand des Asphalts gestellt und stützte einen
Ellbogen auf das nackte Knie, das man durch das Loch in
seiner Latzhose sehen konnte. »Ich hab euch doch gesagt,
da steckt mehr dahinter.«

»Sieh dir das an, Loomis: Bobby-Joe führt schon Selbstgespräche, und dabei hat er bloß mal genippt.« Thomason saß auf dem Stuhl, den er aus seinem Laden auf die
Veranda getragen hatte. »Wenn du nichts verträgst, Junge,
solltest du's lieber lassen.«

»Ach, Quatsch!« Bobby-Joe war wütend. »Ihr seid entweder zu besoffen oder zu bescheuert, um zu kapieren,
was hier los ist.« Er hielt inne. »Warum kommt der hierher,
wenn nicht, um irgendwelche Schwierigkeiten anzuzetteln? Genau! Ich wusste doch, dass da noch mehr dahintersteckt.«

Sie starrten ihn an, blinzelten und kniffen die Augen
zusammen, um ihn besser sehen zu können, als würde
ihnen das helfen zu verstehen, was er eigentlich meinte.
»Wer kommt hierher?« Thomason beugte sich über seinen
dicken Bauch zu Bobby-Joe. Stewart wischte sich nervös
über das Gesicht, wie er es tat, wenn er dachte, er sei zu
blöd, um etwas zu verstehen, was eigentlich ganz einfach
war.

Bobby-Joe drehte sich um. »Der Nigger-Prediger mit seinem dicken Schlitten. Und wir haben hier gesessen und ihn angeglotzt, als wär er der Präsident. Wir hätten's wissen sollen, wir hätten was tun können.« Er kam in Fahrt, sprang auf, drehte sich um und hielt ihnen einen Vortrag. »Wir hätten ihn aufhalten können – das war so, als würde man mit 'ner nackten Frau im Bett liegen und nichts weiter tun als rot zu werden.«

»Jetzt halt mal die Luft an, Bobby-Joe.« Thomason drehte sich zu Stewart um: »Der Junge kriegt nichts mehr«, und wandte sich wieder zu Bobby-Joe. »Wir hören dir zu, Junge, aber du musst dich verständlich ausdrücken. Jetzt setz dich hin und fang noch mal von vorn an.«

Aber Bobby-Joe redete einfach weiter. »Verdammt! Was sind wir doch für'n Haufen Idioten! Wir hätten was tun können, aber wir haben bloß den Wagen und den Fahrer und das Geld angeglotzt, mit dem er um sich geworfen hat. Wir hätten was tun können, anstatt hier rumzusitzen und zu glotzen, wir hätten *gestern* was tun können, dann würden wir jetzt nicht heulen, weil sie alle weg sind. Wir hätten was *tun* können!«

Plötzlich verstand Thomason. »Du meinst den Nigger von dieser auferstandenen Kirche.« Es war weniger eine Frage als vielmehr eine Erkenntnis, als wäre ihm dieser Gedanke ganz ohne Bobby-Joes Hilfe gekommen: Freitag … der Neger in der Limousine …

»Ja, genau den meine ich. Den Nigger aus dem Norden, der hier aufgekreuzt ist und den ganzen Mist angefangen hat. Verdammt! Und wir hatten ihn hier und haben nichts getan, bloß rumgestanden und zugesehen, wie er mit Geld um sich wirft.«

»Moment mal, Junge – der ist doch erst gekommen, *nachdem* Tucker Caliban sein verrücktes Zeug gemacht hat. Er hat Mister Leland gefragt, was er weiß. Er kann gar nichts davon gewusst haben.«

»Glaubt ihr das? Glaubt ihr das wirklich? Ihr glaubt *wirklich*, Tucker Caliban hat genug Grips, um das, was jetzt passiert ist, in Gang zu bringen? Hätte ich mir ja denken können!« Er sagte es, als würde er Thomason ein Verbrechen unterstellen. »Ich jedenfalls hab's nicht eine Sekunde lang geglaubt. Ich wusste die ganze Zeit, was dieser Nigger aus dem Norden vorhat.« Bobby-Joe ging vor ihnen auf und ab und fuchtelte wie ein Anwalt vor den Geschworenen. »Diese Geschichte von dem Afrikaner und dass Tucker Caliban von seinem Blut ist – das war von Anfang an totaler Blödsinn!«

Stewart wiegte sich hin und her und zeigte mit dem Finger auf Bobby-Joe. »Ach ja, du hast es schon immer gewusst.« Er grinste. »Darum hast du gestern auch so *viel* gesagt. Lüg mich nicht an, Junge – du hast es genauso wenig gewusst wie wir alle. Also lüg mich nicht an, sonst nehm ich's persönlich.«

Bobby-Joe ruderte zurück. »Na gut, dann hab ich's gestern eben noch nicht gewusst, aber ihr alle habt mich gehört, als ich gesagt hab, dass ich diese Blutgeschichte, die Mister Harper verzapft hat, nicht glaube. Ich hab diesen Mist nicht geglaubt – das ist es nämlich: Mist! Wie, verdammt noch mal, soll irgendwas, was vor hundertfünfzig Jahren passiert ist – wenn's überhaupt je passiert ist –, wie soll das irgendwas mit dem zu tun haben, was vor einer Woche passiert ist? Das ist doch Blödsinn! Nein, Sir, dahinter steckt dieser Nigger aus dem Norden, dieser

Agi ... Agi ... wie nennt man einen, der kommt und Unruhe –?«

»Agitator«, fiel Loomis ihm ins Wort.

»Genau, Mister Loomis – Agitator. Der kam hier angerauscht in seinem großen schwarzen Wagen und hat alle Nigger aufgestachelt, dass sie weggehen, dass sie irgendwo anders hingehen, anstatt hier zu bleiben, wo sie hingehören.«

»Aber er wusste doch gar nichts davon, Bobby-Joe.« Thomason hätte nicht sagen können, warum er sich einem Gedanken widersetzte, der so einleuchtend schien. Vielleicht war es sein Kaufmannsverstand, sein ständiger Umgang mit Zahlen, der ihn davon abhielt, etwas zu glauben, das er wahrscheinlich glauben wollte. »Warum ist er sonst noch mal gekommen? Kein Mensch ist so blöde, dich zu besuchen, wenn er deine Frau vergewaltigt oder deine Tochter geschwängert hat. Er verschwindet, er haut ab, er versteckt sich, aber er klopft nicht an deine Tür.«

Bobby-Joe stellte einen Fuß auf die Veranda und beugte sich vor. »Ich hab immer gedacht, Sie wären ein schlauer Fuchs, Mister Thomason. Sie waren immer schlau genug, den Leuten vorzumachen, Ihre Preise wären fair, aber Sie sind nicht schlau genug, um zu erkennen, dass er bloß aus stinknormaler Gemeinheit noch mal aufgekreuzt ist, um zu sehen, wie sein Plan funktioniert hat, und sich über uns kaputtzulachen. Darum ist er noch mal hergekommen.«

»Tja, da hat der Junge vielleicht recht.« Stewart drehte sich zu Thomason um und nickte.

Thomason richtete sich an alle und versuchte es mit gesundem Menschenverstand. Er spürte, er konnte geradezu riechen, dass sie anfingen, Bobby-Joe zuzuhören und ihm zu glauben. »Aber heute haben wir ihn nicht gesehen, Junge. Auch gestern nicht, und er war nicht im Negerviertel und hat ihnen beim Packen geholfen. Und es waren auch keine anderen hier, um nachzusehen, ob jeder weiß, wie er von hier wegkommt.« Sie entglitten ihm, es war, als würden einem Weizenkörner durch die Finger rinnen, und er wünschte, Mister Harper wäre da, um sie zur Vernunft zu bringen, oder Harry, um sie zu bremsen.

»Er brauchte ja nicht nachzusehen«, sagte Bobby-Joe. »Warum sollte er? Diesen Niggern aus dem Norden sind die Nigger hier im Süden eigentlich ziemlich egal. Die wollen bloß uns Weiße ärgern und alle unglücklich machen, egal, ob weiß oder schwarz. Als er die Nigger aufgescheucht hatte, war sein Job erledigt. Er brauchte nur noch in seinem dicken Schlitten zu sitzen und sich kaputtzulachen. Und was interessiert es ihn, ob die Nigger hier wissen, wie sie von hier wegkommen? Die haben sich ja auch ohne seine Hilfe auf den Weg gemacht.«

Thomason seufzte. »Na gut. Was soll's? Dann hat er das also angezettelt. Kann man jetzt auch nicht mehr ändern.«

Das brachte sie für einen Moment zum Schweigen. Bobby-Joe setzte sich und zündete eine Zigarette an. Die anderen starrten auf die Sterne über den Hausdächern. Jemand bat um ein Streichholz. Ein anderer reichte ihm eine Schachtel.

»Es ist vorbei«, sagte Thomason. »Es hat keinen Sinn, sich groß darüber aufzuregen. Wenn er's war, hat er gute Arbeit geleistet. Mehr gibt's dazu nicht zu sagen.« Man muss ein bisschen nachgeben, um was zu erreichen, dachte er.

Die Männer nickten und murmelten zustimmend.

»Mann, wenn ich den in die Finger kriege, weiß ich, was

ich mit ihm mache.« Bobby-Joe schlug mit der Faust in die Hand. »Dem würd ich das Grinsen aus der Fresse hauen.«

Hätten sie auf der anderen Seite der Straße gesessen, dann hätten sie den Wagen vielleicht über den Hügel kommen sehen. Seine Scheinwerfer waren bergauf gerichtet, als er von Harmon's Draw herauffuhr, und beleuchteten wie ein winziger kalter Mond einen kleinen Streifen Horizont. Dann erreichte er die Kuppe, und der Strahl kippte wie der Balken einer ungleich belasteten Waage und badete die Straße in einem langen Strom aus Licht. Der Wagen dahinter jedoch blieb im Dunkeln, sodass sie, hätten sie es bemerkt, nur den Strahl gesehen hätten, der sich auf die Stadt zubewegte, und dann auch nicht mehr den Strahl, sondern nur ein Gleißen, ein Verschmelzen der beiden Lampen mit dem verchromten Kühlergrill. Schließlich hätten sie gesehen, dass das Licht von zwei Scheinwerfern ausging und zuletzt hätten sie darüber ein grünlich schimmerndes Rechteck ausgemacht, in dessen rechter Ecke das Gesicht eines hellhäutigen Negers war. So nahe war der Wagen, als sie den Lichtschein auf der Straße vor ihnen und den Häusern gegenüber bemerkten, und sie wandten den Kopf und wollten die Neger zählen, die vorbeifuhren. Nicht dass sie irgendwie Buch geführt hätten – sie wollten nur wissen, wie viele Neger in dem Wagen saßen, um es sogleich wieder zu vergessen. Aber vorn war nur der hellhäutige Neger, und hinten saßen zwei Gestalten. Die auf der rechten Seite war die eines Negers mit langem, ergrauendem Haar und dunklen runden Scheiben vor den Augen – eine Sonnenbrille –, der zurückgelehnt dasaß wie in einem Liegestuhl. Bobby-Joe sprang auf und rannte auf die Straße, wo er sogleich von

Staub, Abgasen und Schatten verschluckt wurde, und aus dieser Wolke aus Staub und Schmutz hörten die Männer auf der Veranda ihn brüllen: »He, du gottverdammter schwarzer Scheißprediger, halt an! Hast du gehört, Nigger? *Halt an! Ich will mit dir reden! Halt an!*«

Als sie an Thomasons Laden vorbeifuhren, sah Dewey nicht den jungen Mann in seinem Alter, dessen glattes, strähniges Haar bis über die Ohren hing und der hinter ihnen auf die Straße sprang und die Faust schüttelte, aber der Chauffeur bemerkte ihn und hörte ihn etwas schreien. Er bremste so abrupt, dass der Wagen ins Schleudern geriet und direkt vor den Augen des Generals zum Stehen kam. Bradshaw beugte sich zum Mikrofon. »Was ist denn, Clement?«

»Da hinten hat einer geschrien, aber ich hab nichts gesehen, Reverend. Ich glaube nicht, dass ich jemanden angefahren habe.« Er hatte noch nicht zu Ende gesprochen, da kamen die Männer von der Veranda auch schon angerannt, umringten den Wagen und rissen die Türen auf, und ein junges Gesicht, das Dewey zwar erkannte, aber nicht mit einem Namen versehen konnte, sah durch die offene Tür neben Bradshaw zu ihnen herein. Selbst auf diese Entfernung roch Dewey seine schale Whiskeyfahne.

»Na, sieh mal einer an – da haben wir ihn ja. Er ist es. Hier, Mister Stewart.«

Ein anderes Gesicht erschien neben dem des jungen Mannes, ein älteres Gesicht mit roten, schlaffen Hängebacken, die den Mund mit den dicken Lippen beinahe verbargen. »Ja verdammt! Das ist er doch, Bobby-Joe, oder? Das ist der Nigger, der das alles angezettelt hat.« Er grinste.

Der junge Mann nickte. »Das ist er. Was hab ich gesagt?

Na? Was hab ich gesagt? Dass ich den in die Finger kriegen will. Und irgendein Engel muss mich erhört haben, denn da ist er.«

Dewey beugte sich über Bradshaw hinweg zu dem jungen Mann. »Augenblick mal. Was soll das?«

Der andere grinste ihn an; seine Zähne waren schief, einige abgebrochen. »Na, wenn das nicht einer von diesen Willsons ist, diesen Niggerfreunden, die Tucker Caliban so lange für sich haben arbeiten lassen, bis er reich genug war, um mit diesem Scheiß anzufangen. Haben Sie Ihrem Niggerfreund bei seinem Plan geholfen, *Mister Willson, Sir?*«

»Bei was für einem Plan?« Dewey begann zu zittern; er bemühte sich, mit fester Stimme zu sprechen.

»Was für'n Plan?« Der junge Mann stieß den Dicken mit dem Ellbogen an. »Was für'n Plan, Mister Stewart? Was meint er bloß? Meint er vielleicht den Plan, dass die Nigger alle abhauen? Ja, ich glaube, das meint er.«

Der Dicke grinste. »Muss wohl so sein, Bobby-Joe.«

Hinter den beiden sah Dewey zwei, drei andere, dann vier, dann fünf aus den Schatten auftauchen. Sie standen stumm da und hörten zu, im Streulicht der Scheinwerfer sahen ihre Gesichter allesamt gleich und feindselig aus.

»Er hatte nichts damit zu tun.« Dewey versuchte, ruhig zu bleiben, in der Hoffnung, die Ruhe möge sich auf sie übertragen – so, wie man sich einem in die Enge getriebenen Tier näherte. »Es gab überhaupt keinen Plan.«

»Woher wollen Sie das wissen? Haben Sie vielleicht mit jemandem geredet? Haben Sie vielleicht mit Ihren Niggerfreunden geredet, *Mister Willson?*«

»Dieser Mann hatte nichts damit zu tun. Es war vollkommen spontan.«

»Ach, *so* war das – ganz *spontan*.« Der junge Mann sah den Dicken an. »Haben Sie das gehört, Mister Stewart? Die haben ihn in den Norden geschickt, damit er schlaue Wörter lernt, und ich würde sagen, er hat 'ne ganze Wagenladung mitgebracht. Und *spontan* heißt dann also *geplant*, oder?«

»Nein, nicht geplant. Es heißt, dass es von allein passiert ist.« Dewey beugte sich vor und wollte die Tür schließen, doch der junge Mann schlug seine Hand weg.

»Das sollten Sie lieber lassen, *Mister* Willson, sonst geht's Ihnen wie dem Nigger da.«

»Nun kommen Sie, machen Sie sich nicht lächerlich. Er hatte nicht das Geringste damit zu tun.«

»Hat *er* Ihnen das erzählt?« Der Mann beugte sich in den Wagen; der Whiskeydunst wurde stärker, geradezu überwältigend.

»Ja, natürlich. Er kennt Tucker Caliban nicht mal. Er hat mir gesagt, dass er nichts damit zu tun hat.« Dewey sah dem jungen Mann in die Augen. In den acht Monaten seiner Abwesenheit hatte er diesen Blick beinahe vergessen, den Blick, dem man in Situationen wie dieser begegnete, denn es war keiner von denen, mit dem ein Neuengländer eine Gemütsverfassung zum Ausdruck bringen würde oder je gebracht hätte; nein, es war ein Blick, der weit kälter, gemeiner, grausamer war als der, mit dem ein Farmer aus Vermont einen Fremden betrachtet, der ihn nach dem Weg fragt; er war kälter, gemeiner, grausamer, weil er vollkommen leer war, und diese Leere verriet, dass alle Alternativen – Zärtlichkeit oder Brutalität, Lust oder Schmerz, Verständnis oder Unwissen, Glaube oder Zweifel, Mitgefühl oder Intoleranz, Vernunft oder blinder Fanatismus – längst verworfen waren; es war ein Blick, der verriet, dass der Mechanismus, der den Menschen zum Menschen macht, ausgeschaltet war; es war ein Blick, der sagte: Jetzt müssen wir kämpfen. Die Zeit des Redens ist vorbei, die Gewalt ist schon da, sie ist ein Teil von uns.

»Er hatte nichts damit zu tun.« Dewey versuchte es ein letztes Mal und mit leiser Stimme. »Sagen Sie es ihnen, Reverend.« Er fasste den Neger am Arm, sah ihn an und stellte fest, dass was ihn schweigen ließ nicht Angst war, sondern Enttäuschung. Er dachte gar nicht an die gegenwärtige Gefahr, sondern nur an die Neger, an seine Sache, die sich verselbständigt hatte. Dewey wurde bewusst, dass Reverend Bradshaw sich wünschte, sagen zu können, er habe all das ins Werk gesetzt, er ganz allein habe es geplant, er habe Tucker dazu gebracht, die Farm zu kaufen und dann zu zerstören, er habe den Negern gesagt, sie sollten seinem Beispiel folgen und weggehen. Aber das konnte er nicht. Doch dies war nicht die rechte Zeit für Enttäuschung und Selbstmitleid. »Verdammt, sagen Sie es ihnen!«

Auch der Dicke beugte sich in den Wagen. »Warum sagt er nichts?«

Der junge Mann lachte leise. »Vielleicht ist er ja zu ehrlich, um zu lügen.« Er packte den Kragen von Bradshaws Hemd. »Also, Nigger, sag die Wahrheit: Hast du irgendwas damit zu tun?« Er zerrte ihn halb vom Sitz.

»Nein! So leid es mir tut.«

Es war, als würde die Sekunde zum Zerbersten anschwellen. Alles schien in einem Augenblick der Gewalt zu erstarren wie ein Statue, die zeigt, wie das Schwert eines Kriegers in den Körper seines Gegners eindringt und dieser im Begriff ist zu fallen, aber noch nicht gefallen ist, sondern taumelt, als trotzte er der Schwerkraft. Und dann entlud sich die Gewalt, der junge Mann packte das Hemd noch fester – »Du lügst!« –, zerrte Bradshaw aus dem Wagen, außer Reichweite von Deweys vergeblich gereckten Armen, und warf ihn auf den Asphalt, wo er sogleich von fünf schlagenden und tretenden Männern umringt war.

Dewey rutschte zur rechten Seite und sah Bradshaw rücklings da liegen, auf seinem Gesicht ein seltsames, verzerrtes, ängstliches Lächeln; er schien sich nicht zu wehren oder sonst irgendwie Widerstand zu leisten, als wüsste er, wie sinnlos das war. Seine Augen waren offen, sie bewegten sich hin und her und beobachteten beinahe teilnahmslos die dunklen, grotesken Gesichter der Angreifer und die Fäuste, die von hoch oben auf sein Gesicht und seinen Körper einschlugen, doch er schien sich um sie und den Schmerz, den sie ihm zufügten, ebenso wenig zu kümmern wie ein Mann, der am warmen Ofen sitzt und dem Schneetreiben vor dem Fenster zusieht. Dewey dagegen schrie und wollte dazwischengehen. »Es war Tucker Caliban!«, schrie er, »Tucker Caliban!« Ein Ellbogen erwischte ihn im Gesicht; seine Lippe schmerzte, und er schmeckte Blut.

»Holt ihn von dem Wagen weg!«, rief einer. »Hier kommt man ja gar nicht richtig an ihn ran. Los, hier rüber!« Der Mann, der das gerufen hatte, packte Bradshaw an den Beinen und schleifte ihn zum Bürgersteig. Die anderen folgten ihrem Opfer.

Dewey eilte ihnen nach und versuchte, ihnen in den Arm zu fallen und sie wegzuziehen. Zahnlückig grinsend, drehte sich der junge Mann zu ihm um, und Dewey sah, ohne reagieren zu können, die Faust, die ihn voll an der Schläfe erwischte, und dann nur noch weiße und rote Funken in der Dunkelheit. Einen Augenblick später fand er sich, die Hände noch immer schützend vor dem Gesicht, auf dem Asphalt wieder. Der Mann stand über ihm, wandte sich dann aber wieder den anderen zu, die sich um Bradshaw scharten und mit gedankenloser Brutalität auf sein Gesicht einschlugen und ihn traten, als wäre er eine Konservendose.

»He, wartet mal! Wartet mal kurz, Leute!« Der junge Mann rannte zu den anderen und schwenkte die Arme. »Wartet!«

Dewey saß auf dem Boden und sah, dass einige sich umdrehten. »Was? Wieso?«

Mühsam und noch immer benommen kam Dewey hoch. Der junge Mann schien der Anführer zu sein. Vielleicht glaubte er ihm nun doch endlich. Vielleicht würde er die anderen zur Vernunft bringen.

»Wartet mal, Leute. Mir ist gerade was eingefallen.« Die Männer hatten aufgehört, auf Bradshaw einzuschlagen. Sie standen da und hörten zu. Bradshaw lag leise stöhnend zu ihren Füßen. »Ist euch eigentlich klar, dass das unser letzter Nigger ist? Muss man sich mal vorstellen. Unser allerletzter Nigger. Nach dem hier wird's keine mehr geben und auch kein Singen und Tanzen und Lachen. Die einzigen Nigger, die wir noch zu sehen kriegen werden – außer wir fahren rüber nach Mississippi oder Alabama –, werden die im Fernsehen sein, und die singen nicht mehr die alten Lieder und tanzen auch nicht mehr die alten Tänze. Das sind allesamt Oberklassenigger mit weißen Frauen und dicken Schlitten. Und ich hab mir gedacht, solange wir noch einen haben, soll er uns doch eins von den schönen alten Liedern singen.«

Die Männer standen mit ausdruckslosen Gesichtern da. Sie verstanden nicht ganz und wussten nicht, ob er es ernst meinte oder nicht. Einige wollten einfach weitermachen und sahen auf Bradshaw hinab.

»Ich verstehe, worauf du rauswillst, Bobby-Joe«, sagte der Dicke und lachte schallend. »Ich verstehe: unser letzter Nigger! Das ist gut. Als er in seinem dicken Schlitten aus dem Norden gekommen ist, war er ja keiner von unseren, aber jetzt ist er's und muss tun, was wir wollen.«

»Genau, Mister Stewart.« Der junge Mann lachte ebenfalls, und auch die anderen fielen nach und nach ein. »Ja, ich verstehe.«

Der junge Mann schob sich in die Mitte des Kreises und half Bradshaw mit Hilfe des Dicken auf die Beine.

Auch Dewey war aufgestanden. Er sah, dass sie nicht aufhörten, sondern das Ritual in die Länge zogen. »Das könnt ihr nicht machen!« Den Kopf gesenkt und mit beiden Fäusten austeilend stürzte er sich auf die Gruppe, wurde aber, kurz bevor er den Anführer erreicht hatte, von zwei oder drei Männern festgehalten.

Der junge Mann drehte sich um. »Hol mal einer ein Seil aus Thomasons Laden – wir müssen unseren Niggerfreund fesseln. Wenn der was abkriegt, gibt's Ärger. Dann schmeißt sein Pa uns von seinem Land.« Einige hielten Dewey fest, während einer ein Seil holte; dann fesselten sie ihn an Händen und Füßen und ließen ihn auf dem Asphalt liegen.

»Und jetzt weiter im Text. Was kannst du, Nigger? Ihr Nigger könnt doch alle irgendwas.«

Bradshaw stand benommen und blutend zwischen dem jungen Mann und dem Dicken. Seine Kleider waren verknittert und zerfetzt, doch seine etwas verbogene Brille saß wie durch ein Wunder noch immer auf seiner Nase. Er sagte nichts.

»Raus mit der Sprache! Was kannst du?«

Der Dicke ballte die Faust. »Ich bring ihn schon zum Sprechen.«

»Nein, Mister Stewart, dafür ist später noch Zeit. Bis dahin wird er so nett sein, uns zu unterhalten. Also, was kannst du? Kennst du ›Kleines schwarzes Schaf‹?«

Dewey sah Bradshaw nicken. Natürlich kannte er das Lied, jeder kannte es. Liberale Lehrerinnen in New York, Chicago, Des Moines, San Francisco und allen Städten dazwischen ließen es ihre Schüler in der dritten Klasse singen, um sie mit der Negerkultur bekanntzumachen; in Cambridge wurde es gesungen, wann immer jemand mit einer Gitarre, der sich voll Stolz als Folksänger bezeichnete, auf Leute traf, die sich als Volkskundler bezeichneten; es war schon lange in Umlauf und im ganzen Land bekannt. Doch Dewey merkte, dass Bradshaws Nicken auch etwas anderem galt: Er wusste jetzt, warum die Neger weggegangen waren, ohne noch länger zu warten, ohne Organisation, ohne Anführer. Er konnte es verstehen.

»Na dann«, sagte der junge Mann und kniff die Augen zusammen, »lass hören.«

Bradshaw sang leise und beinahe tonlos:

Komm, komm, komm zu Mami,
Mein kleines schwarzes Schaf,
Und gib mir deine Sorgen,

Bevor du fällst in Schlaf.
Ich weiß, was du brauchst, ist ein Kuss auf die Wange,
Gegen böse Träume, die dich nur machen bange.
Drum komm her, komm zu Mami,
Mein kleines schwarzes Schaf.

Es war eigentlich ein schwungvolles Lied mit einem Cakewalk-Rhythmus, und es klang seltsam aus Bradshaws Mund, denn mit seinem britischen Englisch sprach er jedes Wort korrekt und ohne jeden Negerakzent aus. Den Männern gefiel das nicht. »Der ist nicht besonders gut«, murrten sie.

Der junge Mann packte Bradshaw an der Kehle. »Und jetzt, Nigger, singst du's noch mal wie ein Nigger.«

Der Dicke hatte noch einen Vorschlag. »Ja, und dazu soll er tanzen!«

»Und so laut singen, dass ich's hören kann«, rief einer von weiter hinten.

Dewey zerrte an seinen Fesseln, konnte sich aber nicht befreien. Er schrie ihnen zu, sie sollten aufhören, doch sie beachteten ihn gar nicht.

Bradshaw begann erneut zu singen und hüpfte dabei von einem Bein aufs andere; sein Bauch wippte. Er hatte die Hälfte der Strophe gesungen, als der junge Mann vortrat und ihn mit der Faust ins Gesicht schlug. »Das ist scheiße! Schmeißt ihn in den Wagen. Ist sowieso besser, wenn wir ihn in *seinem* Wagen wegbringen – dann können mehr mitfahren.« Er und der Dicke packten Bradshaw an den Schultern, schleiften ihn, beinahe über Dewey hinweg, zum Wagen und stießen ihn hinein.

»Er hatte nichts damit zu tun!« Dewey wandte sich zum

Wagen. Der Chauffeur war geflohen, niemand hatte ihn wegrennen sehen. Einer setzte sich ans Steuer, startete den Motor und ließ ihn aufheulen. Er rief den anderen zu, sie sollten einsteigen, und dann hörte Dewey, dass die Türen zugeschlagen wurden: eins – zwei – drei – vier. Er wollte auf die Beine kommen und schrie ihnen hinterher, war aber noch nicht einmal auf den Knien, als der Wagen bereits losraste, die Landstraße entlang zu Tucker Calibans Farm. Als die Lichter längst verschwunden waren, konnte er noch den Motor hören.

»Aber er hatte doch gar nichts damit zu tun.« Dewey saß zusammengesunken wie ein Kind da und weinte.

Die Straße war leer, so friedlich wie die Stelle unter einem Stein, den man umgedreht hat, wenn alle Käfer und Würmer geflohen sind und nichts mehr darauf hindeutet, dass dort je welche waren. Dewey saß auf dem Mittelstreifen und weinte in der Stille.

Dann hörte er das Quietschen von Rädern, den schrillen Schrei ungeölter Kugellager. Er sah den Rollstuhl, die steif aufgerichtete Frau mit dem strähnigen Haar und den alten Mann aus den Schatten kommen. Er sagte nichts, und zunächst bemerkten sie ihn nicht, doch dann waren sie so nah, dass sie sein Schluchzen hörten, und kamen zu ihm. »Wen haben sie mitgenommen, Mister Willson?« Bevor Dewey antworten konnte, wandte der alte Mann sich zu seiner Tochter und sagte: »Bind ihn los, Schatz.«

Sie ließ die Griffe des Rollstuhls los und kniete sich hinter ihn. Er spürte ihre weichen Hände, und der Schmerz ließ nach, als sie die Knoten löste. »Reverend Bradshaw. Sie denken, dass er es war … der die Neger aufgestachelt hat. Ich muss mich beeilen. Vielleicht kann ich ihn retten.«

Sobald die Frau ihn von der Fußfessel befreit hatte, sprang er auf.

»Versuchen Sie's lieber nicht, mein Junge. Sie werden zu spät kommen. Und danach werden sie noch schlimmer sein. Keiner von denen wird sich morgen in der Stadt blicken lassen ... Die werden sich für eine Weile nicht mehr ins Gesicht sehen können.« Mister Harper sah traurig aus.

»Diese Scheißkerle tun Ihnen leid? Tja, Sie wollen anscheinend nichts unternehmen, aber ich werde tun, was ich kann.« Er tat einen Schritt.

»Sie können aber nichts tun, mein Junge.« Der alte Mann erhob die Stimme; sie schallte über die leere Straße.

Die Lichter eines sich nähernden Wagens glitten über die Fassaden. Die Tochter des Mannes eilte zum Rollstuhl und schob ihn zum Bürgersteig.

»Sehen Sie sich den Wagen an!« Mister Harper drehte sich zu Dewey um. »Sehen Sie ihn sich genau an.«

Dewey musterte den Wagen. Ein dicker Neger saß am Steuer, neben ihm seine Frau, friedlich und entspannt, mit glänzenden, wachen Augen. Sie hielt ein schlafendes Kind im Arm, ein kleines Mädchen mit Cornrows. Auf dem Rücksitz türmte sich Gepäck.

»Ja, meine Leute tun mir leid. Sie haben nicht das, was diese Farbigen haben.«

Dewey sah noch immer dem Wagen nach, bis der den Stadtrand erreicht hatte und verschwand. Dann ging er zu dem alten Mann.

»Wenn es Ihren Schmerz lindert, Mister Willson: Es war das letzte Mal. Und ich sag Ihnen noch was.« Der alte Mann sah zu ihm auf und lächelte. »Der General hätte es missbilligt.« Er drehte sich zu seiner Tochter um und sagte: »Ist da noch Kaffee in der Kanne, Schatz?«

»Ja, Papa.«

»Wie wär's dann mit einem Kaffee, Mister Willson? Sie sollten nicht gleich nach Hause gehen. Sie sollten sich vorher ein bisschen frisch machen.«

Dewey nickte. Gemeinsam gingen sie die Straße hinunter.

Mister Leland wusste nicht, was ihn geweckt hatte. Zuerst dachte er, Walter hätte sich bewegt, weil er im Traum vor einem vielköpfigen Ungeheuer zurückgezuckt war, doch als er nachsah, lag sein Bruder noch immer so da wie vorhin, als ihre Mutter ihnen den Gutenachtkuss gegeben hatte. Und dann hörte er es wieder: Es war ein Schrei.

Er kam von der Landstraße, vielleicht von Tuckers Farm, und war gedämpft durch die Bäume zwischen den beiden Farmen. Vielleicht war Tucker zurück und feierte ein Fest. Aber wo? Er hatte doch kein Haus mehr. Vielleicht feierte er unter freiem Himmel, es war ja warm genug, und außerdem war niemand sonst dort.

Er rüttelte Walter, um ihm zu sagen, dass Tucker zurück war und ein Fest feierte. Jetzt hörte er noch andere Stimmen und lachende Männer – das mussten Tuckers Freunde sein, die ihm auf die Schulter klopften und sich freuten, ihn wiederzusehen, wo sie doch gedacht hatten, er wäre für immer weggegangen. Er hörte auf, seinen Bruder zu rütteln, zum einen, weil der einfach weiterschlief, zum anderen, weil er, selbst wenn er schließlich aufwachte, zu schläfrig wäre, um irgendwas zu verstehen.

Mister Leland lag auf dem Rücken, lauschte auf das

ferne Gelächter – jemand hatte begonnen zu singen – und stellte sich das Fest vor. Sie hatten vielleicht Popcorn und Bonbons und Limonade. Es war bestimmt ein schönes Fest, wo alle sich freuten, einander wiederzusehen – wie die Familienfeste im Haus seines Großvaters in Willson City. Er selbst war erst einmal dabei gewesen und konnte sich gut daran erinnern, obwohl er damals noch ganz klein gewesen war. Er hatte im Bett gelegen und die Erwachsenen lachen und singen hören, und als er morgens aufgestanden war, hatten sie alle noch geschlafen, sogar sein Großvater, der, wie sein eigener Vater, Farmer war und normalerweise mit der Arbeit begann, wenn es noch dunkel war. Er selbst war der Einzige im ganzen Haus gewesen, der nicht geschlafen hatte, und im Wohnzimmer hatte er Bonbons und Popcorn und allerlei andere Sachen gefunden, die noch von der Nacht übrig waren. Als seine Onkel und Tanten schließlich verknittert und mit blutunterlaufenen Augen erwacht waren, hatte er so viele Reste gegessen, dass er vorerst keinen Hunger mehr gehabt hatte.

Er lag auf dem Rücken und dachte daran, und plötzlich wusste er, was er morgen tun würde. Morgen war Sonntag. Sie würden frühstücken und in die Kirche gehen, wo seine Mutter in der Sonntagsschule unterrichtete, und dann würden sie nach Hause fahren. Er würde Walter an die Hand nehmen, und dann würden sie durch den Wald gehen und an Tuckers Feld herauskommen. Tucker würde sie sehen und winken, und sie würden über die weiche graue Erde des gepflügten und gesalzenen Felds zu ihm laufen. Er würde sie begrüßen und sich freuen, sie zu sehen.

Dann würde Mister Leland Tucker fragen, warum er zurückgekehrt sei. Tucker würde sagen, er habe gefunden, was er verloren habe, und er würde lächeln und sagen, er habe etwas für sie. Er würde ihnen große Schüsseln bringen, voll mit Süßigkeiten und Popcorn und Schokoladenbonbons, und sie würden essen, bis sie nicht mehr konnten. Und die ganze Zeit würden sie lachen.

NACHWORT

Der vergessene Gigant
der amerikanischen Literatur

von Kathryn Schulz

Da waren Pfeile, also folgten wir ihnen. Es war an einem Nachmittag im letzten Sommer. Meine Freundin und ich hatten den ganzen Tag in unserer örtlichen Bibliothek verbracht, ohne Frühstück, Lunch oder das, was die Briten Teatime nennen, bis uns der Hunger überfiel, wir unsere Sachen packten und zum Auto liefen. Es waren vier Meilen bis nach Hause. Ich sah mich schon riesige Sandwiches schichten. Wir waren zwei Meilen gefahren, als am Straßenrand die Pfeile auftauchten, dort, wo am Morgen noch nichts als Sumpfgras zu sehen gewesen war. In Schienbeinhöhe, ohne weiteren Hinweis oder Slogan, rot auf weißem Grund, wiesen sie in die den Sandwiches entgegengesetzte Richtung. Meine Freundin, die meistens hungriger und immer neugieriger ist als ich, wechselte die Spur und begann ihnen zu folgen.

Die Pfeile führten uns auf einen Highway, über ein Autobahnkreuz und auf eine kleinere Straße, an einer Scheune und ein paar Getreidesilos vorbei, schließlich einen der zahllosen Zuflüsse der Chesapeake Bay entlang.

Ein Verkehrsschild wies darauf hin, dass wir uns in einem Überschwemmungsgebiet befanden. Meine Freundin, die ein County weiter aufgewachsen war, erinnerte sich an den Ort, mit sieben oder acht hatte sie in der Gegend ein denkwürdiges Erlebnis in einem Wohnwagen voller Nymphensittiche gehabt, war aber seitdem nicht mehr da gewesen. Die Pfeile endeten vor einem grauen Schuppen mit rotem Dach. Einem besprayten Schild zufolge hatte er zweimal im Monat geöffnet, an Samstagen, nur im Sommer. Wir parkten auf der anderen Straßenseite neben einem Boot und gingen zur Tür.

Drinnen: Kisten mit Anglerausrüstung, Rostschutzfarbe, ein bis zur Decke reichender Stapel von Farbeimern. Ein halbes Dutzend Waschbretter, eine gusseiserne Nähmaschine, Werbeschilder für frische Eier und Guinness, Tempolimit-Schilder. Türrahmen, Fensterrahmen, Bilderrahmen ohne Bilder, kreuz und quer verstaut in einer Ecke. Eine Wand mit alten Nummernschildern, eine Kiste mit alten Taschenlampen, *Chock-full-o'Nuts*-Dosen voller Nägel. Kreissägen, Gewichte für Viehgatter, Bohreinsätze, Köder, Austernzangen, ein Wirrwarr von anderem Farm- und Angelequipment, mit dem ich, aufgewachsen landeinwärts in einem städtischen Vorort, nichts anfangen konnte. Keine Kissen mit Kreuzstichstickereien, keine Kleidungsstücke, es sei denn man zählt Watstiefel dazu, kein ausrangiertes Porzellan – kurz, nicht viel von dem üblichen Trödelladenkram. Ein paar Kisten mit LPs. Ein paar Wimpel. Und, neben der Kasse, ein einziges Bücherregal, an dem oben ein handgeschriebener Zettel klebte: »Taschenbücher 50 c. Hardcover 1 $.«

Mit Büchern kann ich was anfangen. Als ich sie durchsah, fiel mir sofort ein schmaler Band auf, der falsch herum eingeordnet war, mit dem Rücken nach hinten, den Seiten nach vorn. Ich zog ihn heraus und drehte ihn um: Es war eine schöne, leinengebundene Erstausgabe von Langston Hughes' *Ask Your Mama*. Ich schlug sie auf und entdeckte eine Widmung auf dem Frontispiz:

Gewidmet William Kelley –
Bei Ihrem ersten Besuch in meinem Haus – willkommen!
Herzlich –
Langston Hughes
New York
19. Februar 1962

Ich riss den Mund auf. Dann winkte ich meine Freundin rüber, und wir standen beide so da. Nach einem kurzen, stillen Gewissenskonflikt – den ich löste, indem ich mich daran erinnerte, dass die meisten Trödlerbesuche in der Hoffnung unternommen werden, genau solche Schätze zu bergen – ging ich zu dem jungen Mann hinter der Kasse, gab ihm einen Dollar und kaufte das Buch. Und weil auch das Buch ein Pfeil war, folgte ich ihm.

Ich wusste nicht, wer William Kelley war, als ich auf das Buch stieß, aber genau wie Millionen anderer Amerikaner kannte ich einen Begriff, den er als Erster in einem gedruckten Text verwendet haben soll. »If You're Woke, You Dig It«, lautete die Überschrift eines Kommentars, den Kelley 1962 in der *New York Times* veröffentlicht und in dem er darauf hingewiesen hatte, dass viele Ausdrücke des »Beatnik-Slangs« (»dig«, »chick«, »cool«) ursprünglich von Afroamerikanern verwendet wurden.

Der Schriftsteller und Essayist Kelley war dabei selbst überaus *woke*. Ein halbes Jahrhundert, bevor die Lyrikerin Claudia Rankine mit den Geldern ihres MacArthur-Genius-Stipendiums ein Institut unter anderem für die Erforschung der *Whiteness* gründete, widmete er sich mit Intellekt und Imagination der Frage, wie es sich anfühlt, weiß zu sein und was es, für alle Amerikaner, bedeutet, unter weißer Vorherrschaft zu leben –, wobei sich Kelley nicht allein auf die effektvollen Kreuz-Verbrennungen und die Neonazi-Kundgebungen bezog, sondern auch auf die alltäglichen, in unserer Kultur endemischen Formen dieser Vorherrschaft.

Ausführlich behandelte Kelley diese Themen in seinem Debütroman *Ein anderer Takt*, der drei Wochen nach seinem Kommentar in der *New York Times* veröffentlicht wurde und dem 24-Jährigen prompt Vergleiche mit Autorengrößen wie William Faulkner, Isaac Bashevis Singer oder James Baldwin einbrachte. Schnell galt Kelley, neben Alvin Ailey und James Earl Jones, als einer der talentiertesten afroamerikanischen Künstler seiner Generation.

Als ich *Ein anderer Takt* las, verstand ich warum. Der Roman spielt in dem kleinen Dorf Sutton, nahe der Stadt New Marsails, in einem fiktiven, zwischen Alabama und Mississippi gelegenen Staat im Süden der USA. Im Juni 1957 versalzt der junge afroamerikanische Farmer Tucker Caliban seine Felder, schlachtet sein Pferd und seine Kuh, brennt sein Haus nieder und verlässt den Staat – gefolgt von dessen gesamter afroamerikanischer Bevölkerung.

Es ist ein großartiges Szenario. Es gibt zwar unzählige Geschichten darüber, was gewesen wäre, wenn der Sezessionskrieg anders ausgegangen wäre – vor allem, was gewesen wäre, wenn die Konföderierten gewonnen und die Sklaverei beibehalten hätten. (Zum Beispiel *The Guns of the South*, *If the South Had Won the Civil War* oder *Underground Airlines*.) Aber es mangelt an Geschichten über ein anderes Ende der Bürgerrechtsbewegung oder alternative Universen, in denen Afroamerikaner, egal welcher Epoche, nicht weniger, sondern mehr Macht haben.

Es ist genau diese Ermächtigung – die plötzliche Weigerung der Afroamerikaner, weiter unter den gegebenen Bedingungen der Unterdrückung zu leben –, die die weißen Bewohner Suttons verblüfft. Als sie sich, auf den ersten Seiten des Romans, die Geschehnisse zu erklären versuchen, erzählt einer von ihnen eine grauenvolle Geschichte. Halb Sklavenerzählung, halb Legende, handelt sie von einem Hünen, »der Afrikaner« genannt, der eines Tages, einen kleinen Jungen auf dem Arm, von einem Sklavenschiff heruntergeführt wird. In Ketten, die von mindestens zwanzig Männern gehalten werden, wird er in die Stadt gebracht und verkauft – woraufhin er zu wüten beginnt, mit den Ketten um sich schlägt, die Sklavenhändler zu Boden wirft und den Auktionator enthauptet: »Manche Leute [...] schwören, dass [...] der Kopf [...] wie eine Kanonenkugel ein paar Hundert Meter durch die Luft geflogen und dann noch ein paar Hundert Meter weit gehüpft ist und immer noch genug Schwung hatte, um einem Pferd, auf dem ein Mann nach New Marsails ritt, das Bein zu brechen.« Die Ketten raffend »wie eine Frau die Röcke«, flieht der Afrikaner in ein nahe gelegenes Sumpfgebiet und unternimmt von dort aus Raubzüge, auf denen er weitere Sklaven befreit. Sein nomineller Besitzer aber, den ein Verräter zum Versteck des Afrikaners führt, tötet ihn schließlich und nimmt das Kleinkind an sich: Tucker Calibans Urgroßvater.

Der Mann, der die Geschichte erzählt, führt Calibans Handeln auf sein »afrikanisches Blut« zurück. Und auch wenn ihm nicht alle seiner Zuhörer zustimmen, eine bessere Erklärung für den Exodus der Afroamerikaner, geschweige denn eine Vorstellung von dessen Konsequenzen, haben sie nicht zu bieten. Während sich manche von ihnen fragen, ob die Löhne steigen oder fallen werden nach dem Abgang eines Drittels der Bevölkerung, plappern andere, die sich für Caliban und seine Anhänger erklärtermaßen nicht weiter interessieren, dem Bürgermeister nach: »Wir haben sie nie gewollt, wir haben sie nie gebraucht, und wir werden sehr gut ohne sie zurechtkommen.« Wieder andere fühlen sich durch die einseitige Aufkündigung eines Gesellschaftsvertrags, für dessen Inhalt sie sich nie auch nur ansatzweise interessiert haben, hintergangen, ohne genau erklären zu können, wie.

Auch wenn es vor allem die autonomen Entscheidungen der Afroamerikaner sind, die die Handlung des Romans vorantreiben, wird die Geschichte allein aus der Perspektive der Weißen erzählt. Und auch das ist eine clevere Idee: eine Art fiktionale Bestätigung der Feststellung des Historikers Lerone Bennett Jr., dass es »in Amerika kein Schwarzenproblem gibt. Das Rassenproblem Amerikas [...] ist ein weißes Problem.« Und die Idee ist großartig umgesetzt. Bereits mit vierundzwanzig war Kelley ein außergewöhnlich selbstbewusster Schriftsteller, dessen ätzender, origineller und effektvoller Humor an Kurzgeschichten wie *Revelation* von Flannery O'Connor erinnerte. Darüber hinaus war er ein genauer Beobachter, und auch wenn die emotionalen Größenverhältnisse seines Romans oft an einen Mythos denken lassen, spürt man in seinen Sätzen stets das echte Leben. Das Fell von Tucker Calibans Kuh, die dran glauben muss, ist »hellbraun wie frisch geschnittenes Holz«, und den Männern, die von draußen zusehen, schienen die Flammen des Feuers, das er gelegt hatte, zuerst ein paar Gardinen drinnen im Haus hochzuklettern, bevor sie »sich wie ein Kaufinteressent langsam weiter zu den anderen Fenstern [bewegten]«.

Das Ende von *Ein anderer Takt* ist pessimistisch, nicht so sehr in Bezug auf das Schicksal der Afroamerikaner als vielmehr auf das moralische Potenzial der Weißen. Und doch verdankte Kelley diesem Umstand den mächtig optimistischen Start seiner Karriere. Dies war einer der seltenen Erstlingsromane, denen zwangsläufig weitere vielversprechende Bücher folgen – und tatsächlich veröffentlichte Kelley in weniger als zehn Jahren vier weitere Romane. Doch war ich nicht die Einzige, die noch nie von ihnen gehört hatte. Nach dem furiosen Start seiner Karriere geriet Kelley schon zu Lebzeiten fast in Vergessenheit. Kein seltenes Schicksal für einen Autor. Merkwürdig an dem Kelleys ist aber, dass er heute nicht wegen der Schwächen seiner Bücher, sondern wegen ihrer unheimlichen Stärken kaum noch gelesen wird.

William Melvin Kelley wurde am 1. November 1937 im Seaview Hospital, einem Sanatorium auf Staten Island geboren, in dem seine tuberkulosekranke Mutter Agatha Garcia Kelley in Behandlung war. Sein Vater, der ebenfalls William Kelley hieß, arbeitete lange Jahre als Redakteur für die *Amsterdam News*, eine der ältesten und einflussreichsten afroamerikanischen Zeitungen unseres Landes.

Deren Sitz befand sich in Harlem, aber die Familie lebte zusammen mit Agathas Mutter, einer Näherin, Tochter eines Sklaven und Enkelin eines Konföderiertenoberst, in einem italo-amerikanischen Arbeiterviertel in der Bronx.

Nach eigener Aussage wuchs Kelley zu einer Zeit auf, in der »ehrgeizige Schwarze« die Rassenfrage eher »überwinden« als politisch behandeln wollten. Dementsprechend arbeitete sein Vater »hart daran, alle Spuren seines Schwarzseins aus seiner Stimme zu verbannen«, er stellte Countee Cullen und Paul Laurence Dunbar gut sichtbar in sein Regal und verbannte Marcus Garvey auf die obersten Bretter. Kelley, der den Akzent der Bronx nie ablegte, verinnerlichte dieses Ethos früh. Zu Hause gewann er die Nachbarskinder mit seinen exzellenten Sinatra-Imitationen und seiner Bereitschaft, bei Cowboy und Indianer die Rolle des Indianers Tonto zu übernehmen, für sich. Auf der fast ausschließlich von Weißen besuchten Fieldston Privatschule, die er von der ersten bis zur zwölften Klasse besuchte, verfolgte er die altbewährte Strategie des Overachievers: In seinem Abschlussjahr war er Schulsprecher, Kapitän des Leichtathletik-Teams, der »Golden Boy« des Mehrkampfs und bereits auf dem Weg nach Harvard. Dort angekommen, entdeckte er das Schreiben – »das mich«, wie er sich später erinnerte, »so glücklich machte, dass ich nichts anderes mehr tun wollte«. In dem experimentellen Romancier John Hawkes und dem modernistischen Dichter Archibald MacLeish fand er zwei Mentoren, und 1960 gewann er den Dana Reed Prize für die beste schriftstellerische Leistung eines Harvard-Undergraduate.

Es war eine große Ehre, jedoch fast die einzige, die Kelley in seiner schwierigen Zeit als Student zuteil wurde.

Die Mutter starb in seinem zweiten, der Vater in seinem letzten Studienjahr. Kelley wechselte viermal das Fach, absolvierte fast nur die Schreibseminare mit Erfolg und verließ Harvard ein Semester vor dem Abschluss. Er kehrte nach Hause zurück zu seiner Großmutter und gestand ihr etwas beklommen, dass er seine glänzenden Karrierepläne aufgeben und Schriftsteller werden wolle. Sie ließ ihn ausreden und entgegnete schließlich, dass sie es kaum fertiggebracht hätte, siebzig Jahre lang Kleider zu schneidern, wenn sie ihre Arbeit nicht geliebt hätte. Zwei Jahre darauf veröffentlichte Kelley *Ein anderer Takt*.

Rasch folgten zwei weitere Bücher: ein Kurzgeschichtenband, *Dancers on the Shore*, 1964, und ein Roman, *A Drop of Patience*, 1965. Die Kurzgeschichten sind von unterschiedlicher Qualität, doch die besten – darunter *The Only Man on Liberty Street*, die von einer durch Rassismus zerbrechenden Familie handelt, und *Not Exactly Lena Horne*, die sich um eine kurze, aber heftige Auseinandersetzung zweier Witwen dreht – sind Paradebeispiele des Genres: verdichtet, in sich abgeschlossen und doch wie mitten aus dem Leben geschöpft. Der Roman hingegen handelt von einem blinden Jazzmusiker, der es zu landesweiter Berühmtheit bringt und eine schicksalhafte Affäre mit einer weißen Frau beginnt, in deren Folge er einen Nervenzusammenbruch erleidet. Mit ihm erforschte Kelley nicht nur das zerstörerische Potenzial rassistischen Denkens, sondern widmete sich auch einem seiner großen Interessen: dem Primat des Klangs. Als Kind saß Kelley viele Stunden bei seiner Großmutter, während sie arbeitete, und die Geschichten, die sie ihm erzählte, verschmolzen in seinem Kopf mit dem Geklapper der Nähmaschine.

In Europa freundete er sich mit dem Avantgarde-Saxophonisten Marion Brown an und beteiligte sich an einem regen Gedankenaustausch über Klang und Bedeutung. »Wenn es anders gelaufen wäre«, sagte er 1968 in einem Interview mit Gordon Lish, »wäre ich Musiker geworden«.

Im Rückblick allerdings sind seine Hauptfiguren das Bemerkenswerteste an Kelleys frühen Arbeiten. Wallace Bedlow, dem wir zuerst in *Ein anderer Takt* auf seinem Weg zu Calibans Farm begegnen, taucht in *Dancers on the Shore* als Bluessänger wieder auf, den, unterstützt von seinem Bruder Carlyle, eine kurze, glänzende Karriere in New York erwartet. Carlyle übernimmt dann die Hauptrolle in Kelleys letzten beiden Romanen, in deren Verlauf er Chig Dunford kennenlernt, einen Harvard-Absolventen und aufstrebenden Schriftsteller, der ebenfalls im Kurzgeschichtenband seinen ersten Auftritt gehabt hat. Dutzende weitere Figuren tauchen von Geschichte zu Geschichte immer wieder auf. In seinen späteren Jahren sagte Kelley einmal, sein Wunschtraum sei es gewesen, eines Tages auf sein Regal zu schauen und festzustellen, »dass alle meine Bücher in Wahrheit *ein* großes Buch ergeben«. Wie Balzac und Faulkner hatte er sich dem Entwerfen von Welten verschrieben – in seinen Texten wie inzwischen auch in seinem Leben.

Kelley war siebzehn, als er seine künftige Ehefrau Karen Gibson kennenlernte. Sie war vierzehn und, wie sie mir erzählte, zuerst ziemlich unbeeindruckt. Fast zehn Jahre später liefen sich die beiden bei den Penn Relays, einem Leichtathletik-Wettbewerb, der ein Wochenende lang Tausende afroamerikanische Teilnehmer und Zuschauer anzog, wieder über den Weg. Kelley schloss zu dieser Zeit gerade seine Arbeit an *Ein anderer Takt* ab, während Gibson nach ihrem Kunststudium am Sarah Lawrence College vorhatte, Malerin zu werden. Kreative Typen zogen sie an, und dieses Mal war sie von ihm fasziniert. 1962 heirateten sie.

Die ersten Jahre des Paars waren von Rastlosigkeit bestimmt. Wie ihr Mann entstammte auch Gibson, die ihren Namen später zu Aiki Kelley änderte, der schwarzen Bourgeoisie und sehnte sich danach, ihr zu entkommen; wie er wollte auch sie die Welt sehen, bevor man eine Familie gründen würde, und so zog das Paar schon bald nach Rom. Für die Geburt ihrer ersten Tochter Jessica kehrten sie ein Jahr später in die Vereinigten Staaten zurück, doch die Heimkehr war von kurzer Dauer. Drei Tage nach der Geburt wurde Malcolm X ermordet. Kelley, der von der *Saturday Evening Post* gebeten worden war, über das anschließende Strafverfahren zu berichten, war zunehmend entsetzt von der parteiischen Justiz und schwor sich, das Land erneut zu verlassen: »Ich wollte nicht derjenige sein, der unseren kleinen Aufstand für gescheitert erklären und vom abermaligen Sieg des Rassismus schreiben würde. Nicht mit einer jungen Frau und einem Kleinkind zu Hause, für die ich verantwortlich war, nicht bei der tödlichen Gewalt auf den Straßen.«

Kurz darauf packten Aiki und er ihre Sachen und zogen mit Jesi nach Paris, wo 1968 ihre zweite Tochter Cira zur Welt kam. Ursprünglich planten sie, Französisch zu lernen, um anschließend in den frankophonen Teil Afrikas zu ziehen, um dort ihrer Vergangenheit auf die Spur zu kommen. Doch um ihren Verwandten näher zu sein, entschieden sie sich nach einigen Jahren stattdessen für einen Umzug nach Jamaika, wo sie fast ein Jahrzehnt lang lebten – William schrieb, Aiki widmete sich ihrer Kunst, zusammen zogen sie ihre Töchter auf und erteilten ihnen selber Unterricht.

Auf Jamaika konvertierten Kelley und seine Familie zum Judentum. Kelley hatte mit ein paar Einheimischen begonnen, täglich hinter einem nahe gelegenen Hühnerschuppen Marihuana zu rauchen, und jedes Mal bevor sie sich einen Joint ansteckten, lasen sie sich aus der Bibel vor. Zwar war Kelley christlich erzogen worden, doch auf Jamaika entflammte sein Interesse an der Heiligen Schrift, und also bat er seine Frau, sie mit ihm zu lesen. Die beiden suchten nach moralischen Prinzipien, nach denen ihre Kinder zu erziehen wären, und fanden das Gewünschte bald im Pentateuch. Sie begannen, alte Bräuche nach und nach abzulegen – Schweinefleisch, Weihnachten, Sonntag als Feiertag – und neue anzunehmen: Sabbat, Yom Kippur, koscheres Essen.

Es war ein selbstbestimmter Glaube. Weder Kelley noch ein anderes Familienmitglied schlossen sich je einer Gemeinde an, und sie folgten einem religiösen Kalender, der dem herkömmlichen jüdischen widersprach. Tatsächlich trieb Kelley es weit mit der Selbstbestimmung. Er nahm es akribisch genau mit all seinen Gewohnheiten – vom Arrangement seiner Schuhe bis zur Ordnung seiner Stifte –, und das Schreiben bildete keine Ausnahme. Er arbeitete mit der Regelmäßigkeit eines Uhrwerks, in einem Büro, an einem Schreibtisch, der direkt an der Wand stand, sodass Kelley nur die Welt sah, die er schuf. Seine ersten Entwürfe schrieb er mit Bleistift, korrigierte mit Tinte und tippte das Ergebnis mit einer Schreibmaschine ab, deren Rhythmus er liebte. So verfuhr er jeden Tag, Woche für Woche, Monat für Monat, bis er zwei weitere Romane veröffentlicht hatte. Danach machte er so weiter, jeden Tag – auch wenn ihn die Welt nach dem zweiten der beiden Romane praktisch nicht mehr zur Kenntnis nahm.

Das Motto zu Kelleys drittem Roman *dem* ist in der Internationalen Lautschrift verfasst – er wollte darstellen, wie die Leute tatsächlich sprechen, auch wenn es die gewohnte Art zu lesen erschwerte. »Næʊ, ləmi təljə hæʊ dəm foks lɪv«: Diese Worte signalisierten eine neue Bereitschaft Kelleys – die, es dem Leser schwer zu machen, sprachlich und auch sonst. Übersetzt lauten sie: »Now, lemme tellya how dem folks live.«

Die Leute, von denen hier die Rede ist, sind weiß, und auch dieser Roman dreht sich, wie *Ein anderer Takt*, um einen weißen Protagonisten: Mitchell Pierce, Durchschnittsangestellter einer Werbeagentur, der sich nach und nach nicht nur von seinem Job, seiner schwangeren Frau, seinem Selbstwertgefühl und der Realität entfremdet. Damit ist Mitchell ein für die Mitte des Jahrhunderts klassischer weißer Antiheld, wie man ihn auch in anderen Texten, von *The Secret Life of Walter Mitty* bis *Portnoys Beschwerden*, findet. Er strahlt professionelle Mittelmäßigkeit aus, meidet Verantwortung, erniedrigt sich selbst sexuell und duckt sich vor den ihm angeblich Unterlegenen: Frauen, Kindern, Haushaltshilfen, allen Angehörigen der unteren Klassen.

Passend zu einem Buch über einen Antihelden, ist die Handlung in *dem* eher von Passivität als von aktivem Handeln geprägt. Gleich zu Beginn reißt Mitchell eine Kniesehne, was ihn für mehrere Wochen ans Bett fesselt, in welcher Zeit er peinlicherweise einer Soap und besonders deren Protagonistin verfällt. Kelley bringt uns dazu, über das Genre des Melodrams nachzudenken, auch wenn *dem* keines ist, sondern nur davon handelt: vom Tausch Gefühle gegen Ethik, schneller Nervenkitzel gegen erarbeitete Erfahrung, Simulacrum gegen Realität. Tatsächlich kann Mitchell, als er der Schauspielerin begegnet, die die von ihm verehrte Protagonistin spielt, es nicht fassen, dass sie nicht die Figur *ist*, und versagt dann auch noch, als sich eine Gelegenheit bietet, mit ihr zu schlafen.

Während Mitchell sich seiner unglücklichen Affäre widmet, hat seine Frau eine deutlich erfolgreichere mit einem Schwarzen. Auf den ersten Seiten ist sie mit Zwillingen schwanger; auf den Plot jener Soap anspielend, nach der Mitchell so verrückt ist, stammt einer der Zwillinge von ihm, der andere von ihrem Liebhaber. Als die Babys geboren sind und der Doktor diesen Umstand bekannt macht, begibt sich Mitchell auf die Suche nach dem Co-Vater, um ihn zu überreden, das dunkelhäutige Baby zu sich zu nehmen.

Damit beginnt eine pikareske Reise durch das schwarze New York und, parallel dazu, durch das Bosch-artige Fantasy- und Horrorsetting von Mitchells Rassenvorstellungen. Dabei begegnet Mitchell einer weiteren attraktiven, dieses Mal schwarzen Frau, die er allerdings auch nicht ins Bett bekommt; einem afroamerikanischen Hausmädchen, dem er vor einiger Zeit zu Unrecht gekündigt hat; ihrem Neffen, niemand anderes als Carlyle Bedlow, der Mitchell das Geld aus der Tasche zieht und ihm mit Pokerface als Harlem-Guide dient; Carlyles aggressivem jüngerem Bruder Mance, der Mitchell den »Teufel« nennt; und, zuletzt, dem Co-Vater, einem Mann namens Cooley, den er, wie sich herausstellt, schon seit langem kennt.

Die gesamte Reise ist eine gnadenlose Satire auf Themen wie weiße Angst, Schuld und Überheblichkeit, umgesetzt in der immer schon vorbelasteten Sprache der Rassenmischung – diesmal aber von der anderen Seite aus. Praktisch und emotional war die Unfähigkeit der Versklavten, über ihre eigene Familie zu bestimmen, ein wichtiger Aspekt der Sklaverei. Als Mitchell, betrogen und gezwungen, das Kind eines Schwarzen als sein eigenes aufzuziehen, realisiert, dass sein Leid eine Art Vergeltung ist, wird sein weinerliches »Warum ich?« vom Co-Vater schlagend pariert: Warum Cooleys Urgroßvater? Wie die weißen Figuren in *Ein anderer Takt* erfährt Mitchell die Vergeltung der Schwarzen. Sie ist beide Male nicht gewalttätig – im ersten Fall eine Abkehr, im zweiten Abrechnung –, und doch ist beides erschütternd, weil es die weißen Figuren und Leser mit vergangener und gegenwärtiger Ungerechtigkeit und damit, wie sie zu bewerten ist, alleinlässt.

Wenn *dem* ein seltsames Buch ist, dann seltsam auf eine vertraute Art. Teils Roth, teils Swift, teils Twain, ist es eine Mischung aus Satire, Farce und Übertreibung, eingesetzt im Namen moralischer Ernsthaftigkeit. Kelleys folgender Roman aber, *Dunfords Travels Everywheres*, ist auf eine seltsame Art seltsam. Er beginnt mit Chig Dunford, der in einem imaginären europäischen Land lebt, in dem eine bizarre Kleidungssegregation herrscht: Jeden Tag scheiden sich seine Bewohner in die, die blaue Kleidung tragen (Atzuoreursos), und die, die gelbe Kleidung tragen (Jualoreursos), Gruppen, denen strengstens verboten ist, sich zu vermischen. In seiner Zeit dort geht Chig eine kurze Affäre mit einer rätselhaften Expat namens Wendy ein, die er auf seinem Rückweg in die Vereinigten Staaten wiedertrifft, als sie sich, zusammen mit der mysteriösen Organisation The Family, auf demselben Dampfer einschiffen, der außerdem eine Ladung Sklaven an Bord hat. In der Zwischenzeit kehrt Carlyle Bedlow aus *dem* zurück mit einer ganzen Reihe neuer Tricks im Gepäck, die sich unter anderem um einen Kreditsachbearbeiter drehen, der schwarz als Chauffeur arbeitet und sich – in einem Bulgakow'schen Twist, bei weitem dem besten im ganzen Buch – als der Teufel entpuppt.

All das ist witzig, finster, klug und sehr unterhaltsam – bloß dass der Leser nach fünfzig Seiten plötzlich auf diesen Satz stößt: »Witches oneWay tspike Mr Chigyle's Languish, n curryng him back tRealty, recoremince wi hUnmisereaducation. Maya we now go on wi yReconstruction, Mr Chuggle? Awick now?«

Ja, klar: Wir sind jetzt sehr *Awick*, ob wir aber weiterlesen, ist eine andere Frage. Bewusst konzipierte Kelley *Dunfords Travels Everywheres* in Anlehnung an *Finnegans Wake*, und sein eigenes Buch ist über weite Strecken ebenso schwierig. Zwar erzählt Kelley Chigs und Carlyles separate Geschichten meist geradlinig, doch nimmt er sich zwischendrin immer wieder die Sprache her und biegt sie, so weit er kann, um den gebildeten Bourgeois Chig und den verarmten, aber cleveren Carlyle in einem einzigen Bewusstsein zusammenzubringen, das aus ihrer gemeinsamen nationalen Geschichte besteht.

Lange schon hatte Kelley fasziniert, dass Sprache vielen unterschiedlichen Sprechern Raum gibt: »Schon früh mit einem Ohr für die Varianten des gesprochenen Englisch gesegnet«, schrieb er, »wurde mir klar, dass ich in vier linguistischen Welten lebte«: dem Standard-Englisch, das er zu Hause sprach; dem amerikanischen Arbeiterklassen-Englisch, das er in der Bronx lernte; dem stark latinisierten, leicht jiddischen Englisch, das er an der Fieldston hörte; und dem schwarzen Englisch, das er, wie Jazz, für einen der großen kreativen Beiträge der Afroamerikaner hielt. Gleichzeitig war er gefesselt von der Beziehung zwischen Sprache und Macht. Tucker Caliban ist so schweigsam, dass er fast als stumm gelten könnte. Selbst seine Frau bekommt kaum etwas aus ihm heraus, Ansprachen und Überredung lehnt er ab und weigert sich, die Überzeugungen darzulegen oder gar zu erklären, die ihn zu seinem Verbrannte-Erde-Abschied bewogen haben. Die anderen schwarzen Figuren sind, mit einer Ausnahme – einem aggressiven Prediger aus dem Norden, unsympathisch, redselig und verloren –, ähnlich schweigsam. Die Figuren aus *Dunfords* dagegen haben durchaus einiges zu sagen, doch ihre Stimmen werden nach und nach immer unverständlicher.

Ein und dasselbe Problem wird auf zwei verschiedene Arten gelöst. Wie so viele, die zwar vom Standard-Englisch geprägt, jedoch strukturell von dieser Sprache und ihrem Kanon ausgeschlossen sind, hatte Kelley seine Zweifel daran, ob sie afroamerikanisches Leben wiedergeben könne. In seinem Motto für *Dunfords* zitiert er Joyce: »Meine Seele zerfrisst sich im Schatten seiner Sprache.« Die Sprache, die er stattdessen erfindet, mischt die schwarze Umgangssprache mit Wortspielen, Patois und linguistischen Entlehnungen, die zu erkennen den meisten LeserInnen (und auch mir) schwerfällt.

Das Ergebnis sollte man am besten laut lesen – und kann tatsächlich auch anders kaum aufgenommen werden. Manchmal lohnt es sich, denn Kelleys Klugheit und Witz ziehen sich durch jede Sprache, die er verwendet, doch leicht ist es nicht, und es bremst das Buch, das doch von seiner Anlage her impulsiv und überschäumend sein will – weshalb den Lesenden vergeben sei, die schwierige Stellen überspringen, um zum Plot zurückzukehren. (Und zu Sätzen, die für ein vertrauteres Vergnügen sorgen. Hier wie auch sonst ist Kelleys Geradeaus-Prosa so schlicht wie schillernd, wie Sonnenlicht, das auf die Fenster eines Wohnhauses trifft. Als der Teufel in seiner Limousine davonfährt, beobachtet Carlyle, »wie sie den frisch gefallenen Schnee mit jeder Radumdrehung durch kleine ineinandergeschachtelte Hämmer verziert, bis ihr Heck schließlich mit den Schatten verschmilzt«.)

Natürlich aber bringt es nichts, die schwierigen Passagen einfach zu ignorieren. Kelleys Privatsprache ist zwar schwierig zu entschlüsseln, aber essenziell für das Buch. Und so muss der entschlossene Leser durchhalten, dankbar dafür, dass *Dunfords* im Vergleich zu *Finnegans Wake* wenigstens kurz ist. Das Ergebnis fühlt sich an, als würde man mit angezogenen Bremsen Achterbahn fahren: aufregend, frustrierend, übertönt von schierem Klang.

William Melvin Kelley war zweiunddreißig, als *Dunfords Travels Everywheres* erschien. Die nächsten siebenundvierzig Jahre über schrieb er regelmäßig, aber er veröffentlichte kein weiteres Buch und starb am 1. Februar 2017 im Alter von neunundsiebzig Jahren.

Längst hatte er wieder in seiner Heimatstadt New York Fuß gefasst. Er liebte Jamaika, doch schließlich liefen die

Visa der Familie aus, und die Verwandten baten sie, nach Hause zu kommen. 1977 zogen die Kelleys um und mieteten eine Wohnung im sechsten Stock, ohne Fahrstuhl, an der Ecke 125th Street und Fifth Avenue. Die Gentrifizierung Harlems hatte noch nicht begonnen, ihr neues Zuhause wurde von einem abwesenden *Slumlord* vermietet, hatte einen trinkenden Hausmeister, keine Heizung, keine Elektrizität, kein Gas, kein Telefon und kein Türschloss. Zum ersten Mal seit zehn Jahren kauften sich die Kelleys Winterklamotten, dazu Kerzen, einen Gaskocher und ein Vorhängeschloss für die Tür.

Es war nicht ideal, doch etwas anderes konnten sie sich nicht leisten. Von den Vorschüssen, den Auftritten, den Auftragsarbeiten für Zeitschriften und den Universitätsanstellungen war nichts geblieben, sie hatten kaum Geld. Kelley konnte sich damit anfreunden, er hatte seinen Thoreau gelesen (Der Titel *Ein anderer Takt* stammt aus *Walden*) und konnte sich mit der Idee der selbstgewählten Armut anfreunden. Tagsüber schrieb er an einem unter ein Hochbett gequetschten Schreibtisch. Nach Mitternacht, wenn die Geschäfte ihr unverkauftes Obst und Gemüse auf den Müll warfen, tätigte er den Familieneinkauf. »Es machte ihm nichts aus, sich durch den Müll der koreanischen Lebensmittelhändler zu wühlen«, sagte seine Tochter Jesi. »Er hatte absolut keine Angst davor, arm zu sein.«

Genauso wenig Angst hatte er davor, ohne öffentliche Aufmerksamkeit weiterzuschreiben. Als er starb, hinterließ er eine beachtliche Zahl von Prosatexten, darunter zwei unveröffentlichte Romane. Einer von ihnen, *Daddy Peaceful*, basiert zu einem gewissen Teil auf seiner Familie, über die er nie zuvor geschrieben hatte, obwohl er sie über alles liebte. Der andere, *Dis/integration*, ein metafiktionaler Roman über die weiteren Abenteuer Chig Dunfords, enthält, wie die *Brüder Karamasow* und *Fahles Feuer*, ein Buch im Buch: den gesamten Roman eines weißen Schriftstellers à la Hemingway. Der Roman im Roman, *Death Fall*, in dem überhaupt keine schwarzen Figuren auftreten, beschreibt den Untergang einer Kleinstadt in Kansas, in der eine neue und sofort abhängig machende Droge Verbreitung findet.

Vergeblich versuchte Kelley, die beiden Romane zu Lebzeiten zu veröffentlichen. Schließlich begann er 1989 am Sarah Lawrence College Kreatives Schreiben zu unterrichten, er fand es passabel, und so unterrichtete er dort beinahe dreißig Jahre lang. Doch auch in dieser Zeit hörte er nicht auf zu schreiben. »Es gibt die Künstler, die diesen ›Mein Gott, was ein Schwachsinn‹-Moment haben«, sagte Jesi. »Er nicht. Er war nie deprimiert. Er dachte nie, er schriebe schlecht. Er zweifelte nie an sich selbst. Er verstand bloß nicht, was passiert war.«

Was war passiert? Schwierig zu sagen. Ruhm, zu Lebzeiten und danach, ist flüchtig, sprunghaft und abhängig von vielen Faktoren. Dass Kelley das Glück verließ, lässt sich zum Teil mit der Veränderung des politischen Klimas erklären. »Wir haben immer gesagt, dass wir eine Revolution angezettelt und verloren haben«, sagte Aiki Kelley, überzeugt davon, dass ihr Mann zu den Opfern dieser Niederlage zählte. Als der Schwung der Bürgerrechtsbewegung nachließ, wandten sich die Leute, die verlegerische Entscheidungen zu treffen hatten, anderen Dingen zu.

Doch Kelley war nie ein politischer Autor, nie von ideologischen Konjunkturen bestimmt – und es gab noch ganz andere Aspekte. Da war vor allem der seltsame Chiasmus, der sein Schreiben auszeichnete: ein schwarzer Autor, der beschreibt, wie Weiße über Schwarze denken. Eine kluge und wichtige Perspektive – die im Übrigen aus dem durch den amerikanischen Soziologen und Bürgerrechtler W.E.B. Du Bois geprägten Begriff des »Doppelbewusstseins« ein narratives Verfahren machte –, und doch verkleinerte sie Kelleys Leserschaft radikal. Während viele weiße Leser nicht von einem schwarzen Autor erzählt bekommen wollten, was sie dachten, vor allem, da das meiste davon vernichtend war, sehnten sich zahlreiche schwarze Leser schon seit langem nach literarischer Darstellung und wollten nicht von noch mehr weißen Figuren lesen. Darüber hinaus waren nur sehr wenige, ob nun weiß oder schwarz, bereit, sich auf eine Vision von Amerika einzulassen, die mit dem Fortgang von Kelleys Karriere immer verheerender wurde. Und schließlich war, unabhängig vom Thema eines Buchs oder der Ethnie seines Autors, kaum jemand bereit, sich auf experimentelle Prosa einzulassen.

Letztlich aber litt Kelley wohl vor allem unter dem unerbittlichen Fließband des Lebens, das ständig mit Neuem ankommt und Altes verschwinden lässt. Auch Zeit ist ein Pfeil, dem wir alle folgen. Kritiker lieben das Adjektiv »zeitlos«, doch die Wahrheit ist, dass die meisten Autoren, auch die begnadetsten, einer Zeit verhaftet sind, wenn auch nicht immer ihrer eigenen.

Als William Kelley 1962 Langston Hughes kennenlernte, befanden sich die beiden Autoren an entgegengesetzten Enden ihrer Karrieren. Hughes hatte zahlreiche Bücher, Stücke und Gedichtbände herausgebracht und nur noch fünf Jahre zu leben. Aber er liebte es, sich für aufstrebende schwarze Schriftsteller einzusetzen, und brauchte Hilfe, um in seinem Apartment ein paar Dinge für die Nachwelt zu ordnen. Kelley wiederum verehrte Hughes, brauchte Geld und nahm den Job an. Das signierte Exemplar von *Ask Your Mama* war so etwas wie eine Zugabe, und doch musste es wenige Monate vor Erscheinen von *Ein anderer Takt* wie eine Bestätigung wirken. Hughes hatte sich darin ebenfalls eine kontrafaktische Geschichte ausgedacht:

Träumte, dass die Schwarzen
Des Südens die Macht übernommen –
Alle Dixiecrats abgewählt haben
Raus aus ihren Ämtern –
Anbricht die Stunde der Schwarzen:
Martin Luther King ist Gouverneur von Georgia ...

Sechs Jahre später war King tot, Hughes ebenso, und, auch wenn Kelley es damals noch nicht wusste: Sein Exemplar von *Ask Your Mama* war verloren gegangen. Jedes Mal wenn er mit seiner Familie das Land verließ, gaben sie weg, was sie nicht brauchten, und brachten Wertvolleres bei Verwandten und Freunden unter. Zu diesen Wertgegenständen zählte auch Hughes' Geschenk, doch irgendwann zwischen 1963, als die Kelleys das Land zum ersten Mal verließen, und 1977, als sie zurückkehrten, um zu bleiben, verschwand es aus dem Apartment eines Verwandten in Manhattan.

Wie es in den folgenden vierzig Jahren von dort ins ländliche Maryland gelangt ist und wo es auf seinem Weg sonst noch landete, lässt sich nicht sagen. Das Schöne an einem Trödelladen ist, dass er eine Insel im Strom der Zeit darstellt. Den hier angespülten Gegenständen gewährt er vorübergehend Zuflucht vor der alles verschlingenden Zukunft; Leute kommen vorbei und, wie Zeitreisende auf einer Raststätte, mit Fragmenten der Vergangenheit in Kontakt. Man darf nicht unbedingt erwarten, hier etwas Wertvolles zu finden. Doch hin und wieder macht man, wie ich mit Langston Hughes' Buch und mit dem Mann, für den es bestimmt war, wirklich eine Entdeckung.

Kathryn Schulz ist Redakteurin des *New Yorker* und Autorin des Buchs *Being Wrong. Adventures in the Margin of Error*. Für ihr Schreiben wurde sie u.a. mit dem Pulitzer Preis (2015) ausgezeichnet.

Aus dem amerikanischen Englisch
von Moritz Müller-Schwefe

WILLIAM MELVIN KELLEY

Jessica Kelley
über ihren Vater

Der dem Black Arts Movement zugerechnete, für experimentelle Prosa und seine satirische Darstellung der Rassenbeziehungen in den Vereinigten Staaten bekannte afroamerikanische Schriftsteller William Melvin Kelley kam am 1. November 1937 im Seaview Hospital auf Staten Island als Sohn von Narcissa Agatha Kelley (geborene Garcia) und William Melvin Kelley Sr. zur Welt. Da die strenggläubige Katholikin Narcissa Kelley an Tuberkulose litt, war ihr von einer Fortsetzung der Schwangerschaft abgeraten worden. Den Tag der Geburt per Kaiserschnitt legte sie selber fest: Allerheiligen. Von Schwangerschaft und Geburt stark geschwächt, konnte Narcissa erst nach vier Monaten aus dem Krankenhaus entlassen werden und nach Hause zurückkehren.

William Melvin Kelley Sr., ehemaliger Redakteur der *Amsterdam News*, Harlem, hatte mehrmals versucht, eine eigene Zeitung auf die Beine zu stellen und sich schließlich mit einem Beamtenposten in New York City abgefunden. Die Kelleys zogen in ein Apartment in der Carpenter Avenue Nr. 4060. In dem Zweifamilienhaus, das Narcissas Bruder Joe gehörte, wohnten bereits einige Verwandte, so auch ihre Mutter Jessie.

Im Viertel lebten vor allem italienische Einwandererfamilien, in ihrem Block waren die Kelleys die einzigen Afroamerikaner. Trotz der Probleme, die ihm das Lesen bereitete, galt ihr einziges Kind als sehr intelligent und wurde auf die angesehene Fieldston School in Riverdale geschickt. Auch wenn seit den zwanziger Jahren Weiße und Schwarze die Schule besuchen konnten, war Billy dort eines der wenigen afroamerikanischen Kinder, die es an die Fieldston schafften. Der enorme Unterschied zwischen seinen reichen, meist jüdischen Freunden in Riverdale und seinen aus Arbeiterfamilien stammenden italienischen Freunden zu Hause inspirierte sein Schreiben viele Jahre lang. »Ich kenne reiche Weiße. Ich kenne arme Weiße«, so Kelley 2012 in einem Interview mit dem *Mosaic Magazine*, »ich kenne die Weißen.«

Mit dem Ziel, Anwalt für Bürgerrechte zu werden, schrieb sich Kelley 1956 an der Harvard University ein, doch die Leseschwäche, die ihn sein ganzes Leben begleitete, machte seine Pläne zunichte. Kelley, schon damals ein begabter Geschichtenerzähler, ein Talent, das er auf seine Großmutter Jessie Marin Garcia zurückführte, wechselte das Studienfach, belegte Englisch und besuchte Seminare von John Hawkes und Archibald MacLeish. Für seine Kurzgeschichte *The Poker Party* erhielt er den *Dana Reed Prize* für Kreatives Schreiben, diverse Literaturagenten wurden auf ihn aufmerksam. Kelley merkte bald, dass ihm das Schreiben wichtiger als alles andere war und brach sein Studium in Harvard sechs Monate vor dem Abschluss ab. Zwei Jahre darauf, 1962, erschien sein erster Roman, *Ein anderer Takt.*

Im April desselben Jahres lernte Kelley bei den Penn Relays (ein jährlicher Leichtathletik-Wettbewerb der University of Pennsylvania) Karen Gibson kennen, eine junge Frau aus Chicago, Kunststudentin am Sarah Lawrence College. Während Gibson sich sofort in ihn verliebte (»Er war barfuß, und wenn er lächelte, sah man seine großen weißen Zähne«), war sich Kelley bei ihr erst sicher, nachdem er sie seiner Großmutter Jessie vorgestellt hatte. »Sie saßen stundenlang zusammen und redeten, ohne mich auch nur einmal zu beachten«, erzählte Kelley gern, »da wusste ich, dass sie die Richtige war«. Gerade einmal acht Monate später, am 15. Dezember, wurde geheiratet.

Zwei Jahre darauf, 1964, erschien Kelleys Kurzgeschichtenband *Dancers on the Shore*, in dem zahlreiche Figuren auftreten, die auch in seinen späteren Romanen eine Rolle spielen sollten.

Sein zweiter Roman, *A Drop of Patience* folgte 1965 – ein für Kelley entscheidendes Jahr. Im Februar wurde seine erste Tochter Jessica geboren, Tage bevor Malcolm X vor den Augen seiner Frau und seiner Kinder im Audubon Ballroom in Harlem ermordet wurde. Kurz darauf folgte der Brandanschlag auf den Nation of Islam Temple in der West Street.

»Die Sache war ziemlich klar«, schrieb Kelley später über die Geschehnisse. »Auf Jamaika nennt man so etwas Stammeskrieg. Und doch musste ich mir die Gesichter derjenigen ansehen, die beschuldigt wurden, Brother Malcolm getötet zu haben, ich wollte hören, was sie zu sagen hatten. Also bat ich meinen Agenten, mir einen Auftrag für die *Saturday Evening Post* zu verschaffen, damit ich beim Prozess dabei sein und berichten konnte. Als der Prozess Anfang 1966 begann, hatte ich am Pressetisch einen Platz direkt in der ersten Reihe.«

Schon bald wurde Kelley klar, dass die Behörden den Prozess nutzten, um sich zwei der drei Beschuldigten, Norman Butler und Thomas Johnson, vom Hals zu schaffen.

»Nach der Urteilsverkündung fuhr ich den West Side Highway hoch, mit Tränen in den Augen, voller Angst. Die Geschehnisse der vorangegangenen drei Jahre hatten auch mein letztes Quäntchen Hoffnung auf ›das Amerikanische Versprechen‹ zunichtegemacht. Damit, dass die Reichen die Armen ausnahmen und die Politiker den Weisungen der Wirtschaft folgten, hatte ich mich inzwischen abgefunden. An die Unabhängigkeit der Gerichte aber hatte ich bis zuletzt geglaubt. Jetzt musste ich mich auch von dieser Vorstellung verabschieden. Das Kennedy-Ding [sic] und jetzt dieses Urteil bewiesen, dass der Staat die Gerichte dazu bringen konnte, nach politischen Interessen zu entscheiden. Und wenn der Staat alles daran setzte, Butler und Johnson verurteilt zu bekommen, würde ich nicht den Mut aufbringen, in einem Artikel für irgendein Magazin – selbst wenn sie drucken würden, was ich zu sagen hatte – die Rechtmäßigkeit des Urteils anzuzweifeln. Ich würde nicht derjenige sein, der unseren kleinen Aufstand für gescheitert erklären und vom abermaligen Sieg des Rassismus schreiben würde. Nicht mit einer jungen Frau und einem Kleinkind zu Hause, für die ich verantwortlich war, nicht bei der tödlichen Gewalt auf den

Straßen. Als ich in der Bronx ankam, stand meine Entscheidung fest, ich würde ›die Plantage‹ verlassen, vielleicht für immer.«

Es dauerte fast zwei Jahre, ehe die Kelleys von New York nach Paris ziehen konnten. Sie lebten in der Rue Regis Nr. 4, im gleichen Haus, in dem der Autor Richard Wright *(Native Son, Black Boy)* einige Jahre zuvor gewohnt hatte. Noch im Jahr ihres Umzugs wurde Kelleys dritter Roman *dem* veröffentlicht. Und auch wenn in *Kirkus Reviews* der »ebenso kraftvolle wie feine Umgang mit einem schweren Thema und sperrigen Plot« hervorgehoben wurde, für den Rezensenten war der Text vor allem spürbar »wütender« als die früheren Arbeiten des Autors. Während der Pariser Studentenunruhen im Mai 1968 wurde Kelleys zweite Tochter, Cira, geboren. Kelley hatte Paris als Wohnort gewählt, weil sie dort Französisch lernen und anschließend, so ihr Plan, in den Senegal emigrieren wollten. Später aber entschieden sie sich für Jamaika, auch wegen der Nähe zu den in den Staaten verbliebenen Verwandten. Dort lebten sie bis 1977.

Kelleys letzter, 1970 erschienener Roman *Dunfords Travels Everywheres* spielt in einem mythischen fremden Land, in dem Segregation allein auf der Entscheidung der Einwohner basiert, an einem gegebenen Tag gelbe oder blaue Kleidung zu tragen. Inspiriert von James Joyce' *Finnegans Wake* verfasste Kelley Teile des Romans in einer traumartigen Sprache, die sich an Rhythmus und Tonfall des afroamerikanischen, mit Standardenglisch kombinierten *Patois* orientierte.

Nach ihrer Rückkehr in die Vereinigten Staaten 1977 ließen sich die Kelleys in Harlem nieder. Williams langjähriger Mentor, der amerikanische Schriftsteller Joseph Papaleo *(Italian Stories)*, verschaffte ihm eine Stelle als Dozent für Kreatives Schreiben am Sarah Lawrence College.

Zwar schrieb Kelley nach *Dunfords* keinen Roman mehr, veröffentlichte aber weiterhin Essays und Kurzgeschichten in Zeitschriften wie dem *New Yorker*, dem *Playboy* und *Harper's*. Immer wieder wurden seine Texte in Anthologien oder akademische Textsammlungen aufgenommen. Für sein Schreiben erhielt Kelley zahlreiche Auszeichnungen, unter anderem den Rosenthal Award und den John Hay Whitney Award (1963) für *Ein anderer Takt*. Mit seinem Kurzgeschichtenband *Dancers on the Shore* gewann er den Transatlantic Review Award (1964), für *Dunfords Travels Everywhere* erhielt er außerdem eine Auszeichnung der Black Academy of Arts and Letters. Zuletzt wurde er 2008 mit dem Anisfield-Wolf Book Award für sein Lebenswerk ausgezeichnet.

Doch Kelley war nicht nur Schriftsteller, sondern auch begeisterter Fotograf und Filmemacher. In mehreren Tausend Fotos dokumentierte er sein Leben in Paris und Jamaika; für ein Filmprojekt, *Excavating Harlem*, arbeitete er 1988 mit dem Mixed-Media-Künstler Stephen Bull zusammen. Der 28-minütige Kurzfilm brachte ihnen eine kleinere Auszeichnung ein, vom Preisgeld kaufte sich Kelley eine Videokamera und begann mit einem Videotagebuch, das er von 1989 bis 1992 führte und mit dem er die Schönheiten Harlems einfangen wollte, für deren Beschreibung ihm, meinte er, die Worte fehlten. Das Videomaterial, teilweise beschädigt durch lange Lagerung, wurde später von dem Regisseur Benjamin Oren Abrams zusammengeführt und ediert. Mit *The Beauty That I Saw* entstand so ein weiterer Kurzfilm, der 2015 auf dem Harlem International Film Festival gezeigt wurde und den Harlem Spotlight Award gewann.

Kelley war erfüllt von einer tiefen, stillen Spiritualität. Er war ein Anhänger der jüdischen Religion, auch wenn er nie offiziell konvertierte, und nannte sich ›ein Kind Israels‹. Aufgrund seiner Leseschwäche habe er, sagte er oft, nur zwei Bücher vollständig gelesen, Joyce' *Ulysses* und die Bibel. Dass er zeit seines Lebens ein leidenschaftlicher Cannabisraucher war, verheimlichte er nicht.

Zuletzt lebte Kelley in den Dunbar Apartments, einem Häuserkomplex in Harlem, der 1926 im Zuge eines Reformprogramms erbaut worden war, das die Wohnungsnot des Viertels lindern und bezahlbaren Wohnraum für Afroamerikaner schaffen sollte. Zu den bekannten Afroamerikanern, die vor Kelley in den Dunbar Apartments gewohnt haben, zählen unter anderen W.E.B. DuBois, Paul Robeson, Bill ›Bojangles‹ Robinson, Countee Cullen und der Forschungsreisende Mathew Henson.

Nach einer Blasenkrebserkrankung, die seine Nieren nachhaltig schädigte, war Kelley in den letzten achtzehn Jahren seines Lebens Dialysepatient im Mount Sinai Kidney Center am East River Plaza. Wegen Durchblutungsstörungen wurde ihm 2009 das rechte Bein amputiert. Trotz dieser schweren gesundheitlichen Einschränkungen setzte Kelley seine Tätigkeit als Dozent für Kreatives Schreiben am Sarah Lawrence College in Bronxville, New York, fort, wo er seit 1989 unterrichtete.

Im Winter 2016 hatte der ›Duke‹, wie Kelley in Harlem genannt wurde, gerade das Wintersemester abgeschlossen,

ganz begeistert von den Teilnehmern seines letzten Semi-
nars. Am 1. Februar 2017 starb er im Lenox Hill Hospital
in New York City. Er wurde 79 Jahre alt.

Aus dem amerikanischen Englisch
von Moritz Müller-Schwefe